グリーフ

ある殺人事件裁判の物語

This House of Grief

The Story of A Murder Trial

ヘレン・ガーナー
Helen Garner

加藤めぐみ・訳

オーストラリア現代文学傑作選

現代企画室

Australian Government | 豪日交流基金 Australia-Japan FOUNDATION

Masterpieces of Contemporary Australian Literature project is supported by the Commonwealth through the Australia-Japan Foundation of the Department of Foreign Affairs and Trade.

本書の出版にあたっては、豪日交流基金を通じて、
オーストラリア政府外務貿易省の助成を得ています。

Japanese translation published by arrangement with The Text Publishing Pty. Ltd.
through The English Agency (Japan) Ltd.

目次

ビクトリア州最高裁判所に――

「この苦痛のやぐら、この権力と悲しみのやかた」

コストラーニ・デジェー*『エシュティ・コルネール』

* Kosztolányi Dezsö (1885–1936)
ハンガリーの小説家

「ファクワスンの証言を聞きにいくのかい？　僕はこう思うんだ。奴にはできっこなかったって。だがほかに説明のしようもない、とも」

二〇〇七年一一月一六日、ビクトリア州最高裁判所の前を通った弁護士

「子ども殺しには、納得できる説明などない」

レオン・ウィーザルティア『カディーシュ』

「……人は、二つのレベルの思考と行動によって人生を送る。あるレベルでは意識して。もう一つのレベルでは、夢や言葉のあや、そして説明のつかない行動だけで推しはかって」

ジャネット・マルカム『盗まれたクリニック』

【関連地図】

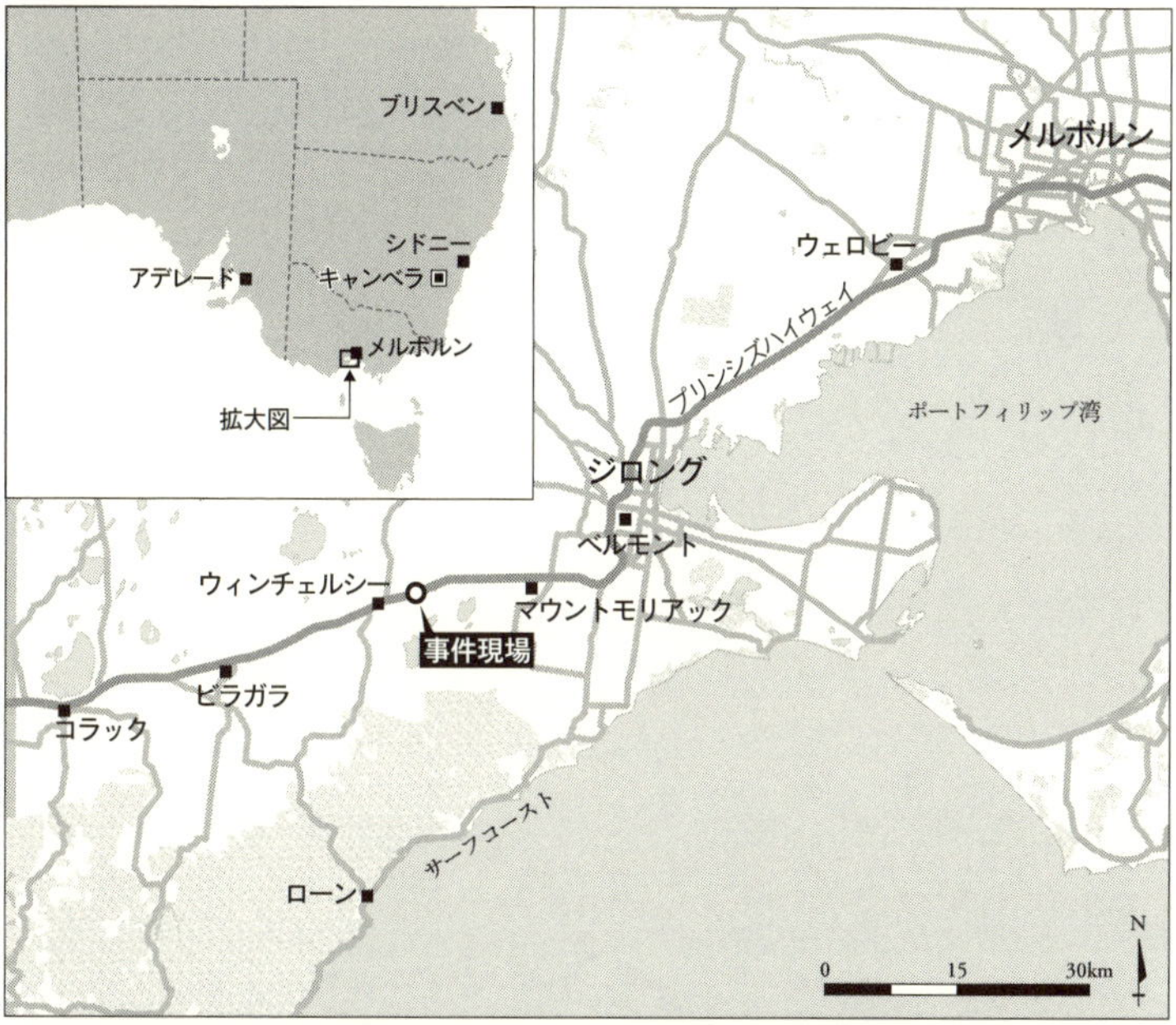

右●事件現場空撮写真

上●立体交差上方からウィンチェルシー方面を望む

＊オーストラリアの車道は左側通行

あるときビクトリア州の小さな田舎町に、妻と幼い三人の男の子と暮らす勤勉な男がいた。男の清掃業の給料で賄いながら、やがて夫婦はより大きな家を建てた。ところがある日、妻が突然に、男にもう愛していないと告げた。もう結婚生活を続ける気はない、と。妻は男に出ていってと言った。子どもたちは私が引き取る、好きなときに会えるわ。妻は、欲しい物は何でも家から持ち出して構わない、と言った。ただ新しいほうの車は置いていって。

悲しみにくれた夫は、自分の枕を抱え、幾つかの通りを越えたところでやもめ暮らしをしている父親のもとへ去った。やがて、妻が別の男といるのが目撃されるようになった。二人で建てていた家でコンクリートを流す仕事に雇っていた職人だった。この職人は新生《ボーンアゲイン》キリスト教徒で、自身も結婚に破れ、子どもが幾人かいた。ほどなく、別れた妻はこの男と一緒に教会に通い始めた。さらに夫は、汗水垂らして働いて買った車をこの職人が乗りまわしているのを町で目撃した。

ここまでは、カントリーウェスタン調の物語だった。ちょっとばかり女々しくて、ちょっとばかり甘ったるい、裏切られた愛の哀しい物語。

けれど一〇か月後の二〇〇五年九月の日暮れどき、この捨てられた男が、父の日に一緒にでかけた外出先から、息子たちを母親のもとに車で送ったときのこと。あと五分で家というところで、乗っていた古い白のコモドアが車道を逸れ、農業用貯水池に突っ込んだ。男は車から脱出して岸に泳ぎ着いた。車は貯水池の底に沈み、子どもはみな溺れ死んだ。

＊＊＊

それを私はテレビのニュースで見ていた。夜。低い茂み。霧が立ち込めた暗い水面。おぼろな照明とヘリコプター。蛍光仕様の作業衣にヘルメットの男たち。何かとても悪いことが起きている。恐ろしいことが。

ああ神様、これが事故でありますように。

＊＊＊

子どもたちが溺れた場所を、誰でも見ることができる。メルボルンから車で、大陸を一周するプリンシズハイウェイを南西に走る。ジロングを迂回してサーフコーストのほうに逸れる誘惑を逃れて、ビクトリア州南西部にまたがる火山性平地をコラックの方向へと内陸に運転する。

二〇〇六年八月、ジロングの治安判事が、ロバート・ファクワスンを三名の殺人のかどで公判審理に付すため起訴した。私は日曜の朝に、古くからの友人を伴って現場に向かった。友人の夫は、彼女のもとを去っていったばかりだった。彼女は髪を挑戦的に赤く染めていたが、疲れ果て、悲しみでうつろなようすだった。私たちは二人とも六〇代の女だった。彼女が離婚の痛みと屈辱に耐えていること、また同時にそれを自分自身に負わせていることを、私たちそれぞれが判っていた。

春の陽気だった。ジロングを過ぎ、ハゴロモギクで黄色に染まり防風用の黒いイトスギの柵が見え隠れする牧草地のあいだを、車を飛ばした。空には真っ白な平底船のような雲が流れていた。友人と私は、この辺りで子ども時代の年月を過ごしたのだった。そしてこの大地のメランコリックな美しさ、雄大さ、滑らかさに親しんできた。二車線の自動車道を西へ向かい、車の窓を開けて風を通した。

ウィンチェルシーまであと四、五キロのところで、前方に長く緩やかに線路をまたぐ立体交差が見えた。これがその場所？　私たちは話をやめ、人工の丘陵に車を走らせた。丘の上から見下ろすと、車道の右側に、周りを放牧地に囲まれた黄褐色の水面が見えた。いかにも農業用というような四角いものではなく、楕円形で、女性的な、涙のしずくのような形で、まばらに木々が囲んでいる貯水池。池の南側の岸に並行して走る自動車道の北側の縁とのあいだは二、三〇メートルほどだ。ファクワスンの車は、自動車道の左側に逸れてしまっただけかと思っていた。けれども反対車線を越えたところにあるこの貯水池に飛び込むとなると、車は、中央の白線に向かってハンドルを切り、東方面へ向かう対向車線を突っ切ったことになる。私たちはスピードを上げて立体交差のウィンチェルシー側の坂を下りながら、右に視線を向け、道と柵のあいだの膝丈もある草間に小さな白い十字架が三つ並んで立っているのを見届けた。車を停めようとはしなかった。まるでそんな権利などない、というように。

ウィンチェルシーの人口は六〇〇〇人くらいと漠然と思っていたけれど、街の入り口の案内には一一八〇人と出ていた。そして私たちがウィンチェルシー川に架かったブルーストーンの橋を渡って反対側に行き、何軒かの店と小学校を過ぎると、もう町の端が見えた。この程度の大きさの場所では、誰もが他人のことまで判ってしまう。

街から一マイルほどのところで脇道に入り、サンドイッチを食べる草地を見つけた。何だかぎごちなく、やましい気持ちさえした。なぜ来てしまったのだろう？　私たちは互いの視線を避けて日の当たる牧草地を眺めながら、低い声で話した。

彼が警察に話したこと——運転中に咳き込んで失神してしまった——なんて本当だと思う？　そういうこともあり得るのよ。咳嗽《がいそう》失神っていうんだって。元妻は、予備審問で、夫は息子たちを愛していたって言ったのよ。だからどうだっていうの？　いつ、愛してるからって相手を絶対殺さないっていうことになったの？　元妻は、あれは悲劇的な事故だった、夫は息子たちの髪一本にも触れなかったって。彼の家族もみな後ろ盾になっているらしいわ。法廷では、お姉さんたちが両側についていて、手にアイロンがかかったハンカチを持たせていた。元妻の家族も、彼を責めていないって。でも警察はおかしな証拠を握っているじゃない？　車の轍は？　それに彼は逃げたのよね？　そう、沈んでいく車に子どもたちを残して、元妻の家にヒッチハイクして戻ったのよ。写真だとがっしりして見えるわね。大男なの？　いえ、小男でずんぐりしているわ。腫れぼったい目をしていて。審理のとき近くで見た？　ええ。ドアを開けてくれたわ。微笑んだ？　微笑もうとしていた。もしかすると、変質者かも。そうやってにこやかにして近づくのが手じゃない？　にこやかではなかったわね。酷いようすだったわ。惨めだった。へえ、あの男が可哀そうなの？　そうねぇ……可哀そう、と言うのか。自分が何を期待していたのか判らないけれど、とにかく普通だったわ。ただの男。

ウィンチェルシーの郊外にある墓地は、数エーカーの広さのなだらかな土地で、広々とした空を背景にしていた。人気《ひとけ》はなかった。私たちは墓碑のあいだを行き来した。ファクワスン家のものはない。どこか余所から来た家族なのか？　けれど、のろのろとした足取りで車に向かっていたときに、低木の藪のあいだに建っている背の高い御影石の墓碑が目にとまった。それには三つの円形写真と長い名字が記されていた。私たちはゆっくりと近づいていった。

オーストラリアンフットボールのファンの誰かが、ボンバーズの風車を土に刺していた。そのプラスチックの羽は陽気にまわっていた。その墓石の上部の角にはエッセンドンフットボールクラブのエンブレムと幼児番組のキャラクター、ゴールデン・ボブが彫ってあった。写真の男の子たちは、くったくなく朗らかで、刈り込んだ金髪に目を輝かせていた。ジェイ、タイラー、そしてベイリー。「ロバートとシンディが愛し慈しんだ子どもたち……再会のときまで神のもとにあれ」それを恐れに似た気持ちで私は眺めた。その後の七年間、あのときに冥福を祈ってそれでお終いにすればよかったのに、とたびたび後悔することになる。刈り込まれた芝には無数の小さなピンクの花が咲いていた。私たちはそれを手折ってそっと墓石に添えたけれど、風が吹き飛ばしてしまった。小枝や小石で押さえようとしても、容赦なく吹きつける春の風の前に、花は軽すぎた。

＊＊＊

予備審問が終わり裁判が始まるまで、一年を要した。ファクワスンの名が会話に上ると、人は身震いした。涙を浮かべる女たちもいた。それぞれが意見を持っていた。咳の発作というのは不信と嘲りの対象だった。ファクワスンのような男は妻のほうから離婚されるなどという不甲斐なさには堪えられないのだろう、というのが大方の意見だった。人びとは幾度でもこの説明に行きついた。そう、それが原因——家族が自分の手から離れてしまうのが堪えられなかったに違いない。さもなければ、彼が悪人だったのか。極悪人。私にはこういう男は理解できないわ、とフェミニストの弁護士が言った。そう、妻に捨てられた。でも男性には生物学的なリミットがないんだから、どうして新しいガールフレンドを見つけて子どもを生んでもらわないの？　なぜみなを殺さなければならないの？　年配の、キリスト教徒の女性が言った。故意なのかそうでないのかにかかわらず、彼はこれをどう償うのでしょう。何人もの男たちが、怒りと嘆きを込めて、事故なんていうことはあり得ない、と言った。子どもを愛する父親なら、車から泳いで逃げるなんてことはしない。子どもを守るために踏ん張って、だめなら自分も一緒に沈むはずさ。稀だったが、なかにはそう言ったあとに、こう付け加える者もいた。「少なくとも、俺はそうできたらと思っているよ」

この裁判について書きたい、と言うと、人は黙って私を見たが、その表情からは何も読み取れなかった。

＊＊＊

二〇〇七年八月二〇日、貯水池に車が沈んでから二年後のこと、ロバート・ファクワスンの公判がビクトリア州最高裁判所で始まった。メルボルンの中心のウィリアム通りとロンズデール通りに面していて、ドームや舗装された中庭もあるこの一九世紀の建造物には、フリーのジャーナリストとして、また好奇心溢れる一市民として私は何度も来ていて、その法廷で独り没頭して過ごしたものだった。この場所には慣れているし、こういった公的な場所でどのように振る舞えばいいかも判っていても、通りから入るとき、アドレナリンがみなぎり密かな畏れを抱かずにはいられなかった。

今回は、親友の娘を連れてきていた。この子は青白い肌をした物静かな一六歳で、白っぽい金髪で歯には矯正器をつけており、ジーンズに真っ青なパーカーを羽織っていた。名前はルイーズだった。高校卒業後、大学入学前のギャップイヤーの期間だったのだ。私はのちに、この子が一緒にいてくれたこと、そしてその早熟な知性に感謝することになる。私たちは第三法廷の報道陣席に、ほかの賑やかなジャーナリストたちと共にぎゅうぎゅう詰めになって座った。その噂話から、もうファクワスンはすでに吊るされ、はらわたが抜かれ、四つ裂きにされたも同然だった。

この法廷は美しい場所だった。高く上った天井、青白い漆喰の壁、そして濃い色の木製のどっしりした建具。けれどもこの大きな古い建物のなかの法廷がどれもそうであるように、ここも狭苦しく動きにくい場所だった。後ろの壁際に被告人席があり、赤いベルベットのロープの内側には、ぴんとした襟の真っ白なシャツにネクタイを結んだロバート・ファクワスンが座っていた。彼は自由の身として入廷したが、ここで保釈が切れ、勾留されることになる。法廷には支援者が大勢詰めかけていたが、ファクワスンは身を縮め、怯えてひどく孤独そうに見えた。

予備審問のときに、ジェレミー・ラプキ特任法廷弁護士が検察側として出席していた。この弁護士は主席検事代理でこれから州の検事長への任命が決まっていた。ラプキは痩せて落ち着いた面持の男で、刈り込まれたごま塩の顎鬚に縁どられた口はへの字に結ばれ、毎日くだらない御託を聞かされている、といったようすだった。

「うわぁ」ルイーズは囁いた。「ハヤブサみたいな人ね」

私が知る弁護士たちは、ラプキが裁判で格別の威力を持っていること、そしてファクワスンの予備審問でも見惚れるようだったと言っていた。頑張っているようには見せず、低くて慇懃な声で簡潔に話していた。まるで頭のなかではもっと重大なことが巡っているのだが、声に出した言葉のほうはそのほんの上層だけだ、というように。けれどその最終弁論は、同じ会話の口調ながら痛烈で、優雅ながら破壊的強さを持っていた。この日は、艶のある顔と茶色の髪で、足首に紐を結んだ高いヒールの靴でかたかたと音を立てて法廷入りした若い助手のアマンダ・フォレスターを隣に従えて、ラプキは法廷用の鬘を前に傾げ、回転椅子に浅くもたれて、一方の骨ばって乾いた手のひらで頬杖をついて座っていた。

ガラス窓がついた幅の狭いフレーム材の扉が、後ろでばたんと音を立てて開き、ピーター・モリセイ上級法廷弁護士が、黒のガウンを片肩に引っかけ法廷用の鬘を光る額の後ろにずらした格好で、ばたばたと登場した。モリセイはアイルランド人に多い大柄で金髪のざっくばらんなようすの男で、フットボールの選手のような存在感ある体躯だった。傍らの助手コン・マイロナスを小さく見せつつ、弁護団席を目がけて大股で歩きながら、モリセイはオーストラリアンフットボールチームの「古き良きコリングウッドよ永遠なれ」のメロディを口笛で、唇をことさらにきゅっとすぼめて挑戦的に吹いていた。彼は被告人席の近くで向きを変え、朗らかでざっくばらんな調子で呼んだ。「やぁ、ロブ！」ファクワスンがそれに答えたとしても、私には聞き取れなかった。モリセイはちょうどハーグ国際司法裁判所で勝訴して戻ったばかりということだった。その信用度は高かった。自然な態度で、人好きのする男だった。ファクワスンの家族もそう思っていたようだ。外のロビーで家族たちは、裁判用の法衣をまとった大柄なモリセイを信頼しきった笑顔で囲んでいたが、見ている私は何だか落ち着かなかった。

フィリップ・カミンズ裁判官が入場してきた。銀髪の六〇代で、開放的なユーモアのある顔立ちだった。緋色の法衣を着用していたが、裁判用鬘はかぶっていなかった。小さなダイアモンドのピアスが左の耳たぶできらりと光った。カミンズは街でよく知られていた。ジャーナリストに聞かなくても、そのあだ名が「伊達者フィル」なのはすぐ判った。高慢だったり威圧的だったりすることはなく、見ていて安心できた。その裁判官の高座で、肘をついて身を乗り出しながら、にこやかに法廷に向かって挨拶した。

一〇人の女性と五人の男性で構成された陪審団が選定された。一二名の必要数に予備の三名だ。この裁判は簡単には終わらないだろうから。翌朝までに、もう女性が一人辞退した。陪審員はみな列をなして着席し、手を組んで不安げに周りを見まわしていた。まるでその重い責務が肩にのしかかっているかのように、身体を椅子に沈めているのだった。このときから裁判が終わるまで、陪審員が入廷するたびにファクワスンは被告人席で飛び上がって立ち、彼らが着席するまで直立していた——あたかも、私の命は皆さんの手のなかにあるのです、ということを示す儀礼であるかのように。

＊＊＊

二〇〇五年九月四日、父の日の日曜の夕方、ウィンチェルシーに住む二人の若い男シェイン・アトキンスンとトニー・マクレランドが、知り合いの女性に犬をひと晩預けて、アトキンスンのコモドアに乗り、ジロングでのバーベキューパーティに出かけた。その日アトキンスンのフィアンセが出産した赤ん坊を連れて病院から退院したので、誕生のお祝いをすることになっていた。

検察側の最初の証人であるアトキンスンが、家族席の横の細い通路を通ったとき、席にいた二人の女性が冷たい視線で眺めたが、そのくぼんだ目の形から、どう見てもファクワスンの姉たちに違いなかった。アトキンスンは黒い髪で背が高く痩せていて、頭の先からつま先まで黒だった。証人台の彼は、叱られている子どものように、申し訳なさそうに身を屈めて、検察側のフォレスター女史に向かって立った。人前で話すのは大儀そうだった。のろのろと口ごもりながら、頭を垂れ落ち着かないようすで話をした。つい粗野な言葉が出てしまうと、彼は恥ずかしそうに下を向いて間抜けた人懐こい笑みを漏らした。

七時半くらいで、もう暗かった、と彼は言った。友だちのトニーと自分がウィンチェルシーから四、五キロのところにある立体交差に差しかかったのはそのときだった。前方の車が数台、急に何かをかわそうとするように蛇行してまた進んでいったのを見た。すると一人の男が腕を勢いよく振りながらヘッドライトに飛び込んできた。アトキンスンの神経は凍りついた。兄がほんの数週間前に自殺していたのだ。急ブレーキを踏んで、車から飛び降りた。その男は走り寄ってきた。

「俺は言ったんです。『何やってんだよ、車道に突っ立っていやがって、自殺でもしようってのかい？』だけどこの男は意味不明のことを言ってたんです。『ああ、畜生、なんてことをしたんだ？　何が起こったんだ？』」

その男は早口で、貯水池に車が突っ込んだこと、子どもを死なせてしまったこと、そしてホイールベアリングをやっちまったとか、咳の発作が出てしまったとか、まくし立てた。胸まで濡れていた。そして何度もこう繰り返していた。妻のところに連れていってほしい、子どもたちを死なせてしまった、と言わなくては、と。

背が低くてずんぐりした男で、息は喘ぎ、びしょ濡れでヘドロや泥にまみれていた。こんな馬鹿げた話はあるのか？　いったいこんなことが当てになるのか？　ダウン症患者か何かかと思った。似たような女が近隣にいたのだ。トニーのほうは、ここにきてまだ日が浅かった。このときまでこの立体交差のたもとに貯水池があるとはほとんど認識していなかった。シェインはウィンチェルシー育ちで、幾度となくこの貯水池の横を車で通っていたが、車が跡形もなく消えてしまうほど深いとは思ってもいなかった。彼はトニーと車道を離れてフェンスまで歩いていった。辺りは暗かったが、晴れて見通しは良かった。トラックが轟音をたてて立体交差を通り過ぎるたびに、そのヘッドライトの明かりが貯水池の水面をなでるように照らすのを、二人は目で追った。水はガラスのようだった。何もなかったに違いない。

シェインの携帯は、まだ通話上限に達していなかった。救急車でも警察でも呼べるようにと、その男に携帯を渡そうとした。男は拒絶した。何度も何度も、シンディのところに連れていってくれ、と頼んだ。

「どこにも連れていかないいね」とシェインは言った。「子どもを死なせたっていうんならな！　身軽な俺らなんだから、水に入って潜ってみるよ！」

ところが男は「たぶん一〇〇回も繰り返し『いや、だめだ、もう遅い。子どもたちはもうだめだ。とにかく戻ってシンディに伝えなきゃ』って言ってました」

ファクワスンは、検察側が冒頭で述べた「衝撃的に邪悪で残酷な行為」という起訴の言葉からずっと泣き通しだったが、被告人席で頭を傾け小さい目を疑い深そうに細めながら、シェインの証言に聞き入っていた。

「それで」フォレスターが穏やかに尋ねた。「シンディのところに連れていったのですか？」

傍聴人席の最前列で、ファクワスンの姉たちは、それぞれの物静かな夫に付き添われて、口を堅く結びじっと座っていた。

シェイン・アトキンスンは頭を垂れ、低い惨めな声で「ええ」と言った。「一生で一番馬鹿なことをやらかしちまった。連れてったんです」

シェインはそのびしょ濡れの男を助手席に座らせ、そいつが妙なことを仕出かそうとしたら頭を殴れるよう、トニーを後部座席に置いた。車をUターンさせ、ウィンチェルシー目指して走り出した。

町の近くまで来たとき、シェインは車内灯を点けてその男をよく見た。なんだ、ロビー・ファクワスンじゃないか。シェインは子どもの頃から、このロビーが他所の家の芝生を刈ったり、自分と同じ型のコモドアを運転したりしているのを見ていた。シェインの車のほうはアルミホイールを装着していたが。そして唐突に、男がうわ言のように口にして会いたがっているシンディとは誰か、気づいた。男の元妻のシンディ・ファクワスンで、町の誰もが、スティーヴン・ムールズという別の男とできていることを知っていた。

三人はパニックになり口々に怒鳴りながらシンディの家に車を乗り入れた。ファクワスンとシェインは、シンディの名を叫びながら玄関の上がり口に走り寄った。スティーヴン・ムールズの子どもの一人が網戸のところに来た。シンディがそれに続いた。ロブの車はどこ？　子どもたちはどこなの？

ファクワスンは単刀直入に切り出した。事故だったんだ、子どもたちを死なせてしまった。溺れたんだ。救い出そうとしたんだけど、できなかった。シンディは大声で喚き始めた。「こん畜生」呼ばわりした。殴ろうとしたので、シェインはシンディとファクワスンのあいだに入って彼女を羽交い絞めにしようとした。それから車に戻ると、車を疾走させて警察に向かい、着くなり急ブレーキを掛けたので車がスピンするほどだった。

警察署には鍵が掛っていた。そこで隣にある巡査の家に走ったけれど、不在だった。

この頃には誰もが通りに出てきていた。誰かが000に電話して、救急車が到着すると、シェインは車が沈んだ場所を教えた。州の消防団所属のスピーディと呼ばれている男が自分のトラックを出そうと走っていった。シェインは、トニーと誰か知らない男たちと共にまた車に乗り込んだ。シンディの家に行ったが、ファクワスンと子どもたちはすでにいなかった。シェインは自動車道を疾走した。立体交差の近くでシェインは車を停めた。ファクワスンがフェンスに寄りかかって、頷いたり、よろめいたり、喘いだりしていた。彼は次々と煙草を吸っていて、新たに到着した者に、煙草を求めていた。トニー・マクレランドは彼に一箱投げてやると、フェンスをよじ上って暗い草むらを躓きながら走っていった。シェインはそれには続かなかった。「俺は貯水池の近くには行きたくなかったんです」彼は、自分の恐怖を恥じるかのように頭を垂れて法廷に向かって述べた。

シンディは緊急通報に電話して、暗いなかをむせび泣きながらオペレーターに方向を指示していたが、プリンシズハイウェイでなくコルダーハイウェイと言い続けていた。その前にスティーヴン・ムールズを呼んでいたのだろう。ムールズは到着していて、服を脱ぎ貯水池に入ろうとしていた。水は黒々としていてひどく冷たかった。ムールズは端から何歩か進んだが、足元の水底が崩れてしまった。トニーが腕を捕まえて助け上げた。このとき、みなこの貯水池がどれほど深いのか判ったのだった。

けれども本当の大きさが明らかになったのは、警察が法廷で証拠として数字を挙げたときだった。この貯水池は、岸から傾斜している普通の農業用のものではなかった。立体交差を作るための盛土を道路工事者が掘削してできた人工の坑で、まっすぐ七メートルの深さになっていたのだ。

＊＊＊

トニー・マクレランドが必死で怒りを抑えたようなようすで、ファクワスンの家族の横を通って証人台に大股で歩いていった。彼も黒一色の服装だった。痩せて衣服や髪は乱れていたが、尖った頬骨に鋭い目をしていて、その顔ははっとする美しさを持っていた。シェインが携帯をファクワスンに貸そうとしたのはマクレランドの記憶になかったが、ウィンチェルシーに向かう途中に車内でファクワスンが「妻に殺される」と呟いていたのを覚えていた。ファクワスンがシンディに子どもたちが溺れたことを告げると、彼女は叫んだ。「なんでそこにいなかったのよ?」彼は答えた。「もう子どもたちは死んでしまったんだ」

これを聞くと被告人席のファクワスンは前に身体を折って顔をハンカチで覆った。

貯水池で、喚き続けるシンディを抱きかかえて、手から電話をもぎ取ったのはマクレランドだった。そして緊急通報オペレーターに、正しい場所を告げた。

そして二人は車に座って待った。トニー・マクレランドは二三歳の見習い大工、シェイン・アトキンスンは二二歳、父親になったばかりで目下失業中。二人は煙草を吸い、話そうとした。自分たちが車を探すべきだったとお互いに言った。子どもたちは死に、ファクワスンを連れていってしまったのが自分たちだったことで、狼狽してしまっていた。

＊＊＊

大きなプラズマスクリーンが、報道陣席と家族が座ったベンチ席のあいだの狭い空間に、陪審員席に向かって設置されていた。この「スマートボード」には道路、草むら、そして貯水池のデジタル写真が映された。反対尋問に立ったモリセイは、アトキンスンとマクレランドに、特殊なペンを用いて、その夜のいろいろな自動車の相対的な位置を示すようにと言った。ファクワスンの家族は信頼しきってモリセイを凝視していたけれど、私には彼の複雑な戦術の目的が謎だった。

若者たちは戸惑っていたようだが協力しようと努めていた。マーカーペンで車やトラック、救急車の位置を書き込むために、彼らは証人台から通路に沿って報道陣の脇を通りぬけるとスクリーンのところに行った。私たちには、彼らの髪を逆立てている頭髪剤や、肌のつややかさ、顔の筋肉の震え、そしてマクレランドのピアスまでがよく見えた。証人台では、明瞭さに欠けぎごちなかったので、ぞんざいな態度を取っていると誤解されそうだった。近くで見ると、彼らからは苦しみによる厳粛さや、歯がみするような罪の意識と悲しみが感じられるのだった。アトキンスンがようやく放免され、ファクワスンの姉たちから睨みつけられながら、重い足取りで法廷をあとにすると、ギャップイヤーのルイーズは、震える囁き声でこういった。「ハグぐらいしてあげられれば、と思うわ」

翌朝『ヘラルドサン』紙を開くと、州最高裁を出て道路を渡る二人の姿が載っていた。先に立ったトニーは眉をひそめ、片手に水のボトルを持ち、膝を曲げて、まるで走り出すかのように身体を前のめりにさせていた。より背が高いシェインは毛のビーニー帽を眉まで深くかぶり、肩をいからせて両腕を垂らし、幅広の顔に陰鬱な表情を浮かべてそのあとに続いていた。二人とも痩せて、黒装束で、何かに取りつかれた目をしていた。これから来る攻撃から逃れようとしているかのように。

ファクワスンは息子たちを救いに水に飛び込まなかったかもしれないが、ほかの男たちは飛び込んだ。

＊＊＊

ウィンチェルシーの消防団員で、シェイン・アトキンスンが通報したときすぐに貯水池に向かった一人は、短パンとランニングシャツで裸足のまま飛び出してきていた。分別のある彼の妻は、腕いっぱいに衣服とタオルを集めて、そのあとに続いて貯水池へと車を走らせた。彼女は法廷で、貯水池の横に車を停めるとファクワスンが一人で濡れたまま毛布を巻いて立ちすくんでいたのを見たと言った。「ロビー、ロビーじゃないの？」抱きしめると、彼はすすり泣いた。そしてあとずさりすると、彼女の目を見て言った。「風邪を引いていたんだ。咳の発作が起きて、失神してしまったんだ。気がついたら車に水が入ってきていたんだ」子どもたちを外に出そうとしたけれどだめだった、と言った。そしてこう付け加えた。「こんなことになって、どうやって生きていけばいいんだ？　俺が死んでいればよかったのに」

地域消防隊のボランティア消防隊員が二人到着した。うち一人は一六歳の高校生だった。八時頃彼らが貯水池に到着すると、暗闇のどこかで女性がすすり泣き、子どもたちを葬るなんてできない、と叫んでいた。明かりをかざしながら躓きつつ、草むらのタイヤ跡を辿って車が入水した場所を探した。ここか？　木の枝がへし折れていて、ガラスのかけらが地面に散乱しているこの場所だろうか？　その頃、警察のヘリコプターが貯水池の上空を旋回して、水面にサーチライトを照らしていた。車の形跡はなかった。誰かが水中に入らねばなるまい。

地域消防隊のボランティア隊員二人と、土地の持ち主が、ほかの消防隊員が握る綱に身体を縛って、貯水池に入っていった。水際からあまり遠くないところで、水底が急に深くなっていた。彼らは泳ぎ始めた。水はひどく冷たかった。頭を潜らせたが、暗くて何も見えなかった。水底は足先に届かなかった。車は沈む前に水に浮かなかったのだろうか？　どこか横のほうに流れたのでは？　潜水用器具もなく、せいぜい浅いところでしか潜れなかった。彼らは喘ぎ、震えながら水中で苦闘したが、一五分ほどで救急医療士が上がるようにと叫んだ。車は跡形もなかった。

＊＊＊

救急車が路肩に停まったとき、ファクワスンは濡れたまま毛布をかぶってフェンスのそばに立っていた。皮膚が冷たくなっていて震えがきていた。脈は速かったが、血圧は正常だった。両肺ともぜいぜいしたり割れるような妙な音を立てたりすることはなかった。救急隊員は彼に咳をしてみるように言った。痰は出なかった。酒気検査でもアルコールは検出されなかった。失神の経験はないけれど、と彼は言った。この数日間乾いた咳が続いていたんです。

長男が車のドアを開けたので、車に水が入って沈んでしまった、と彼は救急隊員に言った。自分は出られたので、通りかかった車を止めて、ウィンチェルシーの警察と元妻に何が起こったか言いにいった、と。

ジロング病院に向かう途中、救急隊員は、搬送しているこの男は、精神的なショック状態というよりは、唖然としているようだと思った。空咳をしていた。救急車が闇のなかを疾走するあいだ、ファクワスンは暗い車内の後部にある担架から隊員の一人に問うた。「俺のやったことは正しかったんだろうか？　こんなことが起きて、このあとどうやって生きていけばいいんだ？」おそらくこれらは単なる自分自身への問いかけだったのかもしれない。たぶん独り言だったのだろう。どちらにせよ、記章と肩章がついた紺の制服姿で証人台に立った救急隊員は、それに答えたか、または慰めをかけようとしたかは言わなかった。法廷に向かって、彼はファクワスンがそのあと黙り込み、頭をゆすりながら救急車のなかで横たわっていたと述べるにとどまった。

＊＊＊

地方裁判所のファサードのガラスの外、最高裁判所の前のロンズデール通りを越えた真向いに光ったメタルのバンが停まっていて、なかにはエスプレッソ用の機械と腕利きのバリスタが二人いた。法に関わる人間の誰もがその顧客のようだった。高雅な鬘とバラ結びに飾られた絹装束の裁判官、不吉な黒のフォルダーを抱えた殺人課の刑事、ボマージャケットを羽織った交通課警察官、帽子に制服姿の巡査、芝生での禁煙を無視して煙草を吸ういらいらした廷吏、そしてウィリアム通りの治安判事裁判所から流れてきた、首や肘に蜘蛛の巣の刺青を入れたチンピラに至るまで。その民主主義的に平等なカウンターでは、時たま裁判官がエスプレッソをひと息に飲みほす姿もあった。

裁判が始まって二週目の月曜の朝、コーヒーを買うための列に並んでいたギャップイヤー中の娘と私に、一組の男女が話しかけてきた。記録ノートを持って裁判にいなかったかね？　彼らは自己紹介してきた。ボブとベヴ・ギャンビーノ。ファクワスンの元妻のシンディの親で、溺れた子どもたちの祖父母だよ。私たちは畏れをなして彼らを見やったが、彼らのほうは美味しいコーヒーを味わい、弁護士らが行き交うのを眺めながら話をしていて、それには田舎の人の無防備さが伺えた。ボブは背が低く丸顔でがっしりした体つきだった。縁なし眼鏡のベヴは、痩せて姿勢がよく、髪は白髪混じりだった。彼らはウィンチェルシーの近くのビラガラという町に住んでいるということだった。ボブは地域消防隊のボランティア隊員で、三人いる息子の一人は正規の消防隊員だったので、消防隊員組合が裁判のある期間に消防博物館の上階の住居スペースを使わせてくれていた。夫婦にとって都会のすべてが楽しいらしかった。病院やトラム、ビクトリアマーケットで買える食料品。ボブはゆったりした喋り方で自分から話をした。

「裁判所にいる人たちは、我々にいつも聞くんだ。『どちらの側でしょうか？』ってさ。はじめ、どういう意味なのか判らなかったよ。それからようやく、もし我々がいやならロブの家族と一緒に座らせないようにする、ということだったんだと気づいた。それでこう言ったよ。『なあ、どちらの側もないよ』」

「ロブと私は地方の仕事で一緒に働いていたこともあるんだ」彼は裁判所のほうに頭を振って続けて言った。「奴は怠け者だったよ。何かしたくない、と思ったら、やろうとしないんだ。やる気がないのさ。弱虫なんだ」

鷹揚ににやりと笑ってこうしたあからさまな意見を聞かせるようすは、まるで好ましい相手をからかっているか、少なくとも我慢してやろうと言うかのようだった。妻のほうは親しげな眼差しだったがほとんど口を挟まなかった。

午前一〇時頃だった。通りの向こうにファクワスンの姉たちとその夫が一群となって最高裁のほうに歩いていくのが見えた。真面目な、普通の労働者階級の、控えめな態度の人びと。ギャンビーノ夫妻によれば、年長の姉はカーメン・ロス、知的で優しい顔つきで、真面目そうな人だった。下の姉はケリ・ハンティントンで、もう少し派手な感じで脱色した波打つ髪を肩になびかせていた。私は家の冷蔵庫に新聞記事からとった写真を貼っていた。それはファクワスンが逮捕後に保釈になった夏の日付の、カールしたブロンド髪の女性と裁判所を出るところのものだった。その写真を切り抜いて貼っておいたのは、女性がファクワスンを引っ張って通りを行くそのようすが目を引いたからだった。彼は急ぎ足だ。彼女のほうは大股で歩いている。彼女は気が短くまるで幼児を扱うようにファクワスンの左手首を握って引いている。六人きょうだいの年長であった私は、その手の掴み方をよく知っていた。これは威張った姉の握り方だ。今、この姉が金色の髪を暗い通りで旗のようにきらめかせて、裁判所の階段を突進していくのを私は見ていた。

* * *

「今日は」ボブがコーヒーを飲み干して紙コップを捨てながら言った。「警察の番だ」

ビクトリア州警察には高い評価を得ている重大事故捜査班という組織がある。隊員は、ブランズウィックとグレンウェヴァリーにある基地から二四時間体制で人命に関わるような交通事故に対処する。ここの隊員たちが、私たちがテレビのニュースでよく見る、道路脇で砕け散って煙を上げている金属の山の脇で沈痛な表情で立っている警官なのだ。

ジェフリー・エクストン巡査部長は、この夜の事故の混乱のなかで最初に指揮を執った捜査隊員だった。彼は五〇代後半で、濃い口髭を生やし、短いごま塩の髪が逆立った砲丸のような頭をした逞しい人物だった。「完璧なクルーカットの一人ね」ルイーズが囁いた。「基地には二四時間床屋が詰めているのかも」彼はぴんと伸ばした腕に聖書を掲げ、喫煙者特有のしわがれた声で宣誓した。

エクストンが一〇時頃に貯水池に着いたとき、捜査救助隊のダイバーが水に潜ろうとしていた。検死官もこちらに向かっているところで、彼は上級巡査のジェイソン・コックと共に現場検証を開始した。

二人の警官は、地面に懐中電灯の明かりを照らすのに前屈みになったりしゃがんだりしながら、立体交差のてっぺんからウィンチェルシー側に下って、舗装された車道の右端を調べていった。下り坂の途中の路肩の砂利に、道路から貯水池の方向に逸れた車のタイヤが残したに違いないと思われる跡があり、道路からはおよそ三〇度くらいの角度を示していた。そして道路脇の草むらには、ほぼ西に向かって少し右に逸れた方角に、砂利についたタイヤ跡から自然につながると思われる痕跡が見つかった。ブレーキやスリップを示す跡はなく、その轍はより深い草むらを通って、貯水池を囲むフェンスの壊れた杭と針金を越えて池まで続いており、サイドミラーの外枠の破片が示しているように、車は池の土手の小木をなぎ倒して水に飛び込んだものと思われた。舗装道路の端から池の土手まで、車は四四メートルくらい走ったようだった。

そこから警官らは、向きを変えて、草むらに長く伸びた同じ轍を逆から辿り、最初に路肩の砂利に見つけたタイヤ跡まで戻ってみた。

エクストン巡査部長はこれらの地点をスプレー缶の黄色い塗料でなぞった。

＊＊＊

表面上は、これは非情なまでに単純な、車の軌跡の物語だった。さて今やこれを複雑にするのがモリセイ弁護士の仕事になった。実際のところ、あのような弧を描いて貯水池に飛び込むには、三回はハンドルを切らねばならず、そのときに意識不明だったとは考えにくいという検察側の主張に対抗してファクワスンの弁護をするには、モリセイは警察の証拠は穴だらけだと一蹴する必要があった。彼は、重大事故捜査班の正確さ、また誠実ささえも陪審員の疑いにかけなければならなかった。彼は、警察が事故の夜、そしてさらにその後に犯した明らかな間違いや誤った情報に助けられながら、この面倒な仕事に強い意志をもって取り組んだ。

そしてこの警察の間違いが、少なくはなかったのだ。

たとえば、エクストン巡査部長の黄色いペンキ印の全体が、月曜の朝、太陽が昇って捜査が続く前に、互いに平行でないことが判明した。またそれが草むらのタイヤ跡とも正確に一致していなかった。

そして重大事故捜査班の状況再現チームが現場に到着したとき、彼らは明らかに、その事故の全体像を不完全な方角に示されたペンキ印に基づいて再現していた。さらに、警察の捜査官の一人であるブラッドフォード・ピーターズ巡査部長が月曜と火曜に撮った二九枚の写真――ヘリコプターからのものと、地上のもの――はメモリースティックに保存されて部隊の本部に持ち帰られ、ファイルにダウンロードされたあと、二年も忘れ去られていた。裁判が始まって二週間にもなる今になって、弁護側だけでなく検察側も、初めてその存在を知ったのだ。

モリセイは喜び勇んでこれらの過失を指摘した。それから数日間、警察がその捜査方法を弁護し、途方に暮れながらも地上及び空中からの写真について意見を述べるたびに、彼は異議申し立てをした。スマートボード上にモリセイは車や救急車、砂利の上のタイヤが引きずった痕跡や草むらの薄い跡についての、おおよその位置関係を示す点や線、矢印が沢山ちりばめられた映像を映した。警察は、何枚もの写真、自分たちが書いた図表や縮図、現場の三次元模型を突きつけられた。彼らは車輪の傾斜角、ハンドルの回転、地形、草むらについてモリセイと渡りあう羽目になった。そして、いつでもモリセイは、繰り返し、エクストンがその夜黄色いペンキ印を誤った角度で引いたことに注意を戻すのだった。

モリセイの骨折りは大したものだった。けれどもすぐに、私はこれが逆効果になっているのでは、と思い始めた。どんなに懸命に内容を把握しようとしても、彼の反対尋問は漠然としていて堅固なものではなかった。内容そのものが難解だった。しち面倒くさく、マニアックなまでに詳細で、壊滅的にストーリー性に欠けていた。私だけでなく、おそらくその表情から陪審員たちも、わけが判らず茫然としていた。その週の終わりにはカミンズ裁判官が、ひどく同情的に、「三日間草むらについて話すことになりましたね」と言ったのだった。最悪だったのは、この技術的な証拠についてのモリセイの反対尋問が、一貫性のない挿入句のようだったのだ。彼は一つのことを何度も言い換えたり、話を戻したり語句を足したり、弁解したり、方向を変えたりした。次々と数値を並べ立てたが、何も明確にできなかった。どんなに頑張っても私にはその話についていけず、モリセイがどうしたいのかも判らなかった。さらに当惑したことに、彼が吠えるように乾いた咳をしていて、それがまるで、彼の被弁護人がこの咳のせいで車を突っ込んだのだと言わんばかりだった。

日時が過ぎていくなかで、法廷の空気は困惑と退屈に満ちてきた。裁判官は眼鏡を外して乱暴に目をこすった。記者たちは目を覚ましておくために飴を舐めていた。陪審員たちの口は、喘ぎにも似たあくびをかみ殺すためにまっすぐに結ばれていた。彼らの頭は揺れたり、がくっと垂れたりした。けれどもモリセイは、聞き手がついてきていないのも気づかないようすで、額を光らせ法衣を肩から床にずり落としながら、粘り強く続けていた。一度、モリセイが尋問でファクワスンのものではない車が道路脇の砂利に問題となっているタイヤ跡を残した可能性を示唆し、彼が言う「エクストン氏の印」に一〇〇回目ともなる言及をしようとしていたとき、ラプキの助手のアマンダ・フォレスターが目を閉じ長い脚を組んで、額を指の関節でとん、とん、とんと叩いたのを見た。

法廷を催眠ガスで充満させるのは、弁護士の手腕なのだろうか？　昼食時間に、引退して久しい元弁護士の友人に聞いてみることにした。妻は亡くなっていて、彼は一人きりの日々を海沿いの家で過ごしていた。双眼鏡を手に居間の窓脇に立って、通っていく船を注意深く見ている姿が想像できた。

彼の現代社会への唯一の譲歩は、携帯電話だった。そして助言を求められるのが好きだったのだ。「ファクワスンの弁護団のせいで、私たちは退屈で死にそう」とメールを送った。

すぐに返信が来た。「ほかに方法がないときの伝統的なやり方だよ。だが、自分や聞き手を退屈させるのを恐れることは、真実に対する重大な敵となる、とも言うね」

＊＊＊

麻痺状態から陪審員の目を覚ましたのは、モリセイとエクストン巡査部長のあいだの大きな衝突だった。エクストンはその眉の下からじっと燃える眼差しで相手の弁護士を見つめた。二人の男はそれぞれ大きな頭を低くして、まるでヘビー級のボクサーのように相手を攻撃した。エクストンは怒りで奮い立った。その怒りを抑制できたのは手の込んだ皮肉だけだった。彼は冗談とも思えるような形式張ったようすで話し、すべての文言に「サー」をつけた。ベルトを締めた白いコートの綺麗な女性がそっと法廷をあとにしようとしたとき、彼は話を途中でやめ、ドアの外に出るまでずっと待っていた。その態度は断固たるもので、何とも言えぬ暗いエネルギーに満ちた不機嫌な顔つきだったので、私は不安のあまり笑い出しそうになった。例のティーンエイジャーのルイーズは、驚いて彼をじっと見ていた。彼女がメモをまわしてきた。「あの人が父親だったら、と想像してみて」私は返事をしなかったけれど、こう思った。「ああいう男は、娘のためなら身体を張るわね」

モリセイが、黄色いマーカーの誤りについて遠慮なく言及し、捜査のずさんさや意図的な妨害、陰謀の可能性さえ仄めかしたとき、この弁護士は一瞬、警官を絶体絶命の窮地に追い込んだかのように見え、エクストンの顔は怒りで黒ずんだ。彼は黄色でマークした印の角度が違っていたことはすぐ認めた。けれどもモリセイの歯が立たないくらいの粘り強さで、その誤りは無関係だと主張した。この印の目的は角度を示すためではなく、車が舗装道路を外れたと思われる場所を状況再現の担当者に示すためのものだったのだ、と。重大事故捜査班で二九枚の現場写真が紛失し、また発見されたという謎について問われると、エクストンは大胆にも、仲間の捜査官の写真撮影の腕前を褒めてみせた。

弱ったモリセイは、相手を困らせようとした。「それでは」腕を高く胸の前に組んで聞いた。「ピーターズ巡査部長は写真を撮るのがうまいということなんですな」

「これらの写真を見れば、ひじょうに優れていると言えます」と警官は言明して白い歯を見せて破顔した。法廷の人びとはどっと笑った。陪審員や報道記者たちだけではなかった。モリセイ、ラプキ、裁判官、両方の家族たち、そしてファクワスンさえも。

モリセイによる疾風怒濤の幕のあと、ラプキが立ってこの事柄に安定した光を当てた。道路と貯水池のあいだの平らでない地面では、ハンドル操作されていない車であれば滑らかな弧を描かずもっと急激に進路がぶれるとエクストン巡査部長は予測したのであろう。おそらくは排水溝で、フェンスのところでは確実に、そしてフェンスと池のあいだではもう少し緩い角度で曲がる、というように。けれども舗装道路、砂利の路肩、そして池に続く草むらには、ファクワスンの車が制御されていなかったという痕跡は見つからなかったのだ。

＊＊＊

ブラッドフォード・ピーターズ巡査部長は、四〇代半ばの穏やかな佇まいの人物で、長い時間証人台に立った。彼の朗らかな人柄による防壁の前には、モリセイの大砲が火を噴いても無駄だった。ピーターズは、黄色いペンキ印のあいだの問題となっているタイヤの跡を警察がこすって消した可能性を示唆するなど、馬鹿げていると思わせた。いったいどうしてそんなことをするのでしょう、彼は問うた。もう写真を撮っているのに？　轍を追跡している途中で、持っていたスプレー缶の黄色の塗料がなくなった。なぜ新しい缶を取りに車に戻らずタイヤ跡の一部にプラスチックの印を刺しておいたのかとモリセイにしつこく聞かれて、ピーターズは人が好さそうに肩をすくめて言った。「覚えていないんです。おそらく面倒くさくて車まで戻らなかったのかもしれない」笑いのさざ波が法廷に広がり、彼のところまで届いた。疲れきった陪審員たちは、彼の呑気な雰囲気のおかげで緊張から解かれたようだった。

その週の後日、ルイーズと私が昼食から数分早く戻ったとき、法廷はまだ空だった。ピーターズ巡査部長が空中から撮った写真の一枚がスクリーンの上に表示されていた。私たちの報道陣席からは角度が悪くてよく見えずに苛だっていたものだった。私たちは人のいない弁護団席を通り抜けて写真の正面に立った。日中の光。茂った草。道路と池のあいだの轍が一対、それを縁どる警察の単調な黄色いマーカーの曲線。私たちは黙ってそれを見つめていた。そして、乾いた、考え深げな声でルイーズは言った。「咳の発作だって。まさか」

公判三週目の月曜、弱い春の陽射しのなか、開廷を待つあいだ裁判所の外でメディア関係者と噂話をしているうち、翌日が子どもたちの死からちょうど二年目にあたることが話題になった。その日が近づくのに怯えるファクワスンを想像しながら、「可哀そう」という言葉を使ってみた。法廷関連ではベテランの、私がずっと尊敬していた女性ジャーナリストが、振り向くなり私に食ってかかった。

「可哀そう? 最低の、いちばん酷いことをした奴が可哀そうなんて言えるの? 自分を信じて、愛してくれていた子どもたちの殺人者を? 三人も! 計画済みで! 元妻のところに戻っていって! 最悪の裏切りよ! それがなんで可哀そうなの?」

私は赤面して黙った。けれどもその午前中、ファクワスンが監房から出てきて戸口のところで手を伸ばし手錠を外されるのを見ると、いつもよりいっそう気落ちして強張ったようすに見えた。次の検察側の証人は元妻だった。

シンディ・ギャンビーノはひっそりと登場し、自分の家族とファクワスンの家族が詰めあって座っている列を通り過ぎていった。想像できないほどの喪失を味わっていながら誰にも咎を負わせようとしないこの女性は、なんて小柄な人だったのだろう。その髪は絹のように肩にふわりとかぶさっていた。その瞼の重い大きな目には、何の感情も読み取れなかったが、滑らかな肌の色は、クルミの殻の灰がかった青み色を帯びていて、まるで悲嘆が骨まで染みわたっているかのようだった。注意深く歩くあまり、脚を引きずっているかのようだった。法廷中央近くにある証人台と後部の被告人席まで一五メートルほどしか離れていなかった。ギャンビーノとファクワスンは、法廷の両端から弁護士らの頭ごしに互いを直視しなければならないだろう。

ラプキは検察側の座席から身を乗り出して、まるで眩しすぎる光に向かうように目を細めてギャンビーノのほうを見やった。彼が死んだ男の子たちの名と誕生日を読み上げ、ギャンビーノに生みの親かと尋ねたとき、ファクワスンはポケットからハンカチを引っ張り出して両手で顔に当て、すすり泣きを始めた。

何年かのあいだ、とギャンビーノは話し始めた。ロブ・ファクワスンはただの友だちだった。そして交際していた男性が交通事故で亡くなってから一年後の一九九三年、当時二四歳でまだ親のところに住んでいたロブと付き合うようになった。同居し始めてからも、ギャンビーノは男性を喪った悲嘆に囚われていた。やがてファクワスンは、もし真面目に付き合うのなら、彼との思い出の品を片づけ、写真を下ろし、指輪を外さなければいけないと言った。

一九九四年に最初の息子のジェイが生まれた。消えない悲嘆に産後の鬱が加わって、ギャンビーノとファクワスンはカウンセリングを受けなければならなかった。

ファクワスンは自治体での勤務が不満だった。一九九六年に退職してその手当でフランチャイズビジネスの「ジムの芝刈り」営業権を手に入れた。ファクワスンはサーフコーストからグレートオーシャンロードに至るまでの地方の芝生を刈ってまわったが、一人でやるには荷が勝ちすぎた。結局損失を出して、フランチャイズは人手に渡り、四万ドルもの借金が残った。

「ロブが腹立たしくてたまらなかった」とギャンビーノは言った。「彼は自営したがったんです。私はそれが嫌でした」

二番目の息子タイラーが一九九八年に生まれた。彼らは二人の幼い子を連れてビラガラのギャンビーノの実家に半年居候しなければならなかった。やがてファクワスンは、高所得者層向けの海辺の町ローンにあるカンバーランドリゾートで安定した清掃の仕事に就いた。ギャンビーノの母親がそこでサービス業に関わっていたのだ。経済状況は何とか良い方向に向かっていった。

二〇〇〇年に彼らは結婚した。家を建てたが、望んだようにはでき上がらなかった。そこでそれを売り、賃貸の家に引っ越した。二〇〇四年にウィンチェルシーのデインツリー通りにある土地を一区画購入し、別の家を建てることにした。

ひっきりなしの引っ越しと家の売買。このシンディの意志が夫婦の関係の推進力であり、彼女が夫を引っ張って生きているかのようだった。シンディには野心があり始終高い望みを抱いていたが、夫のエネルギーはそれについていけなかったのだ。両者の要求は対立していた。

「ロブは家を建てたくなかった。建売でいいというんです。でも私はもう一度家を建てたかった。そのことでひどく悩みました。でもたいてい私の思い通りになるんです」彼女は軽蔑するような小さな笑いを漏らした。「私がもう一人子どもが欲しいといったとき、ロブはそうでもありませんでした。

三人も子どもを持てるだろうかって。でも彼は気が弱くて、いつも私の思い通りになっていたんです」

涙が彼女の頬を伝わり始めた。ファクワスンはロープに遮られた席で泣き続けていた。ハンカチで顔を拭うとき以外は、彼は元妻から目を離そうとしなかった。

ロブは母親を愛していてとても近い関係にあったが、その母が二〇〇〇年に癌と診断されて翌年亡くなった。その年に、末の子のベイリーが生まれたのだった。ギャンビーノは言った。「彼は嘆き悲しんでいました。気持ちが動揺していたのです。いつも落ち込んでいました。自分は絶対に幸せになれないような気がしていたのです。それが判る気がします」

彼女はもはや低く喘ぐような泣き声で話していた。ファクワスンは脚に肘をついて身を乗り出し、どうしようもないようすで涙を拭いていた。法廷の人びとは口に手を当てていた。法廷内にはかすかな音が満ちていた。

ファクワスンは足や背中の痛みに苦しんでいた。まぎれもなく、きつい肉体労働によって悪化していた。具合が悪いと、本当に最低の状態になった。ギャンビーノは彼が咳で気を失ったのを見たことはなかったが、冬にはたいてい咳き込んでいて、息が苦しくなるほどだった。もし医者にそのことで診てもらいにいったとしても「みながかかっているのと同じだよ、何とか我慢しなさい」と言われる程度だっただろう。ギャンビーノ自身も産後の鬱を経験していたので、夫の徴候、特に気持ちの浮き沈みや不眠に気づいていた。夫に治療を受けるよう説いたけれども、彼は「いや、鬱なんかじゃないよ、大丈夫だ」と言うばかりだった。

二〇〇四年の半ばまでには、ギャンビーノはもう我慢ができなくなっていた。「結婚生活のあいだずっと、夫に心を捧げることができなかったんです」と彼女は言った。「人を愛することはできる。でも恋い慕うということはまた別で、ロブをそういうふうに愛することができなかった。夫はとても安心できる人だった。家族に不自由な思いをさせない人。でも私には夫に身も心も捧げることができなかったんです」

ベイリーが二歳になりかけた二〇〇四年の一〇月、ファクワスンはようやく家のかかりつけの医師に気持ちの浮き沈みの相談をすることに同意した。マクドナルド医師は抗鬱剤を処方したが、ギャンビーノにとってはもう遅すぎた。翌月彼女は心のうちを切り出したが、ファクワスンにとってそれは晴天の霹靂だった。

ときおり黙り込むことがあってもラプキは発言を促さず、彼女は自ら話し続けた。ティッシュを目に当て、その声は上ずって弱々しく、私たちは耳を澄まさねばならなかった。

「もう結婚を続けられなかった。彼に出ていってと頼んだんです」

それが、彼女が夫に与えた一撃だったのだ――家と家族からの追放。多くの鈍感で、口下手の自制的な夫がそうであるように、ファクワスンには、こうなることが見えていなかった。

「夫は父親が住む実家で暮らすようになりました。気落ちしてしまっていました。失ってみて初めて、持っていたものの価値に気づいたのです」

「別れたあとで」ラプキが問うた。「夫に会うことには同意しましたか」

彼女は大きく息をのんだ。「一度、夕食に呼んだことはあります。それも子どもたちのためでした」

可哀そう、という言葉を禁じた例のジャーナリストのほうを見る勇気はなかった。けれども、その瞬間、屈辱に背中を丸めて被告人席に座っていた姿に心を痛めたのは、私一人ではなかったはずだ。

＊＊＊

シンディ・ギャンビーノは懸命に、コンクリート業者のスティーヴン・ムールズが結婚破綻の原因ではないことを強調した。二人の出会いは二〇〇四年で、九月に彼女が新居の歩道にコンクリートを流してもらおうとムールズを雇ったのだった。一一月には、彼女はファクワスンを父親のもとに送り返していた。

ムールズはそのとき、子どもの親権をめぐって前妻とのあいだで揉めていた窮地から抜け出そうとしていた。ギャンビーノとの関係は友人としてのものにとどめておく必要があり、かなりのあいだ、彼女とは親しくなりすぎないようにしていた。彼女の結婚が終わってから初めて二人の関係は親密なものになっていった。その夏、二人が互いの家で泊まるようになったとき、ファクワスンはひどく傷ついたが、元妻とムールズがどうしようと知ったことではないと言い張った。彼は嫉妬にかられ、その注意は子どもたちに向けられた。ムールズの粗暴な二人の息子たちと自分の息子たちが関わらなければならないのにも、ひどく苛だっていた。一〇歳になっていたジェイ・ファクワスンは、人が変わったようになっていた。もう二度と幸せになれないと思っていたのだ。ファクワスンとギャンビーノは、交代でジェイをカウンセラーに連れていき、怒りと悲しみを抑えられるよう治療を受けていた。

ギャンビーノが保証したにもかかわらず、ファクワスンは自分が子どもたちの生活から外されることを恐れていた。ムールズが父親としての場所を奪うのではないかと心配していたのだ。

ファクワスンが、実家で時間ぎめで父親の役を果たすこつを掴むのには、時間がかかった。ギャンビーノは、彼の実家がとても冷たい感じで子どもに不向きだと感じて、「死体置き場」と呼んでいた。ファクワスンはよちよち歩きを始めたベイリーを扱う自信がなかった。当初は、ほとんど子どもたちを泊まらせなかった。だが双方ともフットボールに目がなかったので、シーズンが開幕すると、子どもらは第二週の週末にはいつも父親と過ごすようになった。

ファクワスンは、家庭裁判所との調整を必要とせず、児童支援機関が提示した月ぎめの養育費を支払うことに同意していた。その半額はそのまま家のローン支払いにまわされ、残りをギャンビーノに渡していた。ギャンビーノ自身も、政府からのシングルマザー対象の手当を受け取っていた。彼は子どもたちに服だの玩具だのといったプレゼントを好んで買っていたが、経済的にはきつかった。自分自身の生活をどのように軌道に乗せればいいか判らなかったのだ。二〇〇五年の冬には給料は上がったが、養育費もそれに合わせて上げられた。その値上げについての通知は児童支援機関に対して腹を立てていたのだが、事前にすでに知らされており、ファクワスンは児童支援機関に対して腹を立てていた。「男性側に対して不公平だ」と思っていたのだ。子どもたちの人生における最後の水曜日となった日、ギャンビーノはファクワスンに家のローン以外の養育費の支払いをやめ、それを自分の家のために使ってと申し出た。そうすれば、子どもたちが好きなときいつでも自転車に飛び乗ってお父さんに会いにいけるのだから、と。けれども彼は、断った。それは違法だ、と。

それから、二台の車が不満のもとになっていた。離婚を申し入れたとき、ギャンビーノはファクワスンに家から何でも持ち出すよう強く勧めた。拒絶された配偶者は、家を出るときに、罪悪感を抱いている相手から気前よい言葉を投げられるものだ。「何でもあげるわ！」――そして口には出さずに――「本当にあなたが欲しいもの、私の愛情だけは駄目だけれど」と。子どもの面倒を見る側の彼女が唯一欲しがったのは、二台のうちの新しいほうの車、コモドア二〇〇二ＶＸだった。ファクワスンは落胆しつつそれに従ったが、悔しい思いをしていた。

＊＊＊

二〇〇五年の父の日は、ファクワスンが子どもと過ごす取り決めの日ではなかったが、金曜夜のジェイのフットボール競技会でギャンビーノは彼に、日曜の午後に子どもたちと会えるように計らうと申し出た。当日彼らはファクワスンがちょうど仕事から戻ったときに到着した。息子たちは父親へのプレゼントを持参していた。額に入った三人の写真と、ひと揃いの鍋。年長のジェイは、自分だけで買った木製の孫の手を忘れてきてしまったので、がっかりしていた。子どもたちは父親と夕食を共にしたがった。だがファクワスンは夕食については考えておらず、家には食べる物がなかった。子どもたちはこれを滅多にないチャンスと捉えた。ジロングのケンタッキーフライドチキンに行けばいいんだ。ファクワスンはギャンビーノに、七時半までには送り返すと約束した。

「それが三時のことでした」と彼女は法廷で述べた。「ベイリーが、ママ、ハグして、と言ったんです。それで抱きしめてやりました」その声はほとんど聞こえない域に達していた。「それが、子どもたちを見た最後だったんです」

＊＊＊

ギャンビーノとスティーヴン・ムールズはその日の夕方をジロングで過ごしていた。ムールズが仕事先に進み具合を見にいく必要があったのだ。夕方六時半には二人はウィンチェルシーのムールズの家に戻り、彼が夕飯の支度を始めた。子どもたちが帰る時間直前にギャンビーノはムールズの下の子ザックを連れて自分の家に行った。ザックが子どもたちに会いたがったのだ。帰宅して一〇分後、暗くなったのでカーテンを引いていたギャンビーノの目に白いコモドアが停まるのが見えた。「ああ、戻ってきたわ」

ところが玄関口にいたのはファクワスンと二人の男だった。ファクワスンはずぶ濡れで、錯乱し、こう言い続けていた。「子どもたちは車のなかだ。水のなかなんだ」

証人台に立っていたギャンビーノは、拍子をとるような揺れ方で身体を揺らしていた。

ギャンビーノは携帯でムールズに電話を掛けると、ザックを横に、ファクワスンを後部座席に乗せ、プリンシズハイウェイを走り出した。「どこ？　どこなの？」

「立体交差の近くだ！」ファクワスンは叫んだ。「もっと先、もっと先だ！」

ザックが金切り声をあげた。「もっとスピードを落として！　怖いよ！」

ギャンビーノがメーターを見ると、一四五キロも出ていた。彼女は車を立体交差のガードレールのそばに停めた。

「私たちには貯水池は見えませんでした。とても暗くて、何も見えなかったんです」

ムールズとそのいとこが別の車で到着し、柵のなかに走り込んでいった。

「私たちは車が落ちた場所を見極めようとしていました」ギャンビーノは言い、すすり泣き始めた。

「有刺鉄線は倒れていました。地面に広がっていたんです。ロブはスティーヴンに煙草をくれと言いました。スティーヴンは、『何だと? 子どもたちはどこなんだ? 俺の前から消え失せないと殺してやる。子どもたちはどこなんだ?』ロブには判らなかったのです。ずっとこんなふうにしていました」ギャンビーノは手をひらひらさせて指し示すような仕草を真似してみせた。「私は言ったんです。『何が起きたの?』すると彼は『気絶したんだ』って。私を落ち着かせようとしましたが、私は彼を押しやりました」

刑務官に挟まれていたファクワスンは、ギャンビーノを見据えたまま、辺りをはばからず口を開け声を立てずに泣いていた。

被告人席と証人台のあいだには、ひどい苦しみが絡み合い行き交っていた。恐るべき同情心が吐き出されていた。ギャンビーノの声に変化が現れ始めた。その声色は、小さくなり、太くなり、震えたり、色彩を帯びたりし、また詠唱のように何音階にもわたるほど高くなったり低くなったりした。

「暗かった。真っ暗だったのです。私は辺りを走りまわり、救急に電話しようとしました。けれどヒステリーの発作のようになってしまって、番号がうまく押せないんです。スティーヴンは水に入っていきました。私は彼の両親の車のなかにいたと思います。ロブは腕を組んで車の前に立っていました。ずぶ濡れでした。意識はあるようには見えたけれど、身動きもしませんでした。何もしようとしなかったのです。茫然自失っていう感じでした」

貯水池の上にはヘリコプターが旋回していた。救急隊員がギャンビーノに近づいてきた。彼女は聞いた。「どのくらい経っているの?」「四〇分かな」「望みは?」「かなり難しい」

ギャンビーノのきょうだいの一人がその場に着いた。彼はギャンビーノをウィンチェルシーの自分の家に連れて帰り、医師を呼んだ。ひどく長く待った。靴下は濡れたままだった。ようやく医師がやって来た。医師は霧のなか、車でギャンビーノをウィンチェルシーの病院に連れていった。彼女が病院のドアをよろめきながら通りぬけると、誰かが注射器を片手に彼女のところに来た。

＊＊＊

モリセイが反対尋問でギャンビーノから聞きたかったのは、ファクワスンが子どもたちを愛していた、と彼女が熱を込めて躊躇なく語ったことがどのくらい確かなのか、ということだった。ファクワスンは子どもたちに甘かったので、しつけの役割はギャンビーノにまわってきた。フットボールが彼の強みだった。別れてからのほうが、ずっと子どもたちと近しくなった。ギャンビーノはできるだけ、父親と子どもたちが親しくあるよう努めてきた。ファクワスンは子どもたち、ことにジェイを自慢に思っていた。一〇歳のジェイは知的で分別と責任感があり、スポーツをよくこなし、弟たちにとても優しい兄だったのだ。

「誰もが私の子どものことを大好きでした」ギャンビーノの声は弱い泣き声に変わっていった。「あの子たちはとても人気者だったんです」

その子どもたちが亡きあとの恐るべき日々のあいだ、モリセイは尋ねた、誰か家族がファクワスンにお悔みのカードを出したか？　ギャンビーノとファクワスンは電話で連絡を取ったのだろうか？お互いに慰め合ったとか？　はい、と彼女は苦しみを抑えて穏やかに答えた。そうしていました。

ギャンビーノは丸めたティッシュで頬を押さえながら証人台を降りた。よろめきながら出口に向かう彼女を、ファクワスンは頭を振り向けて見やっていたが、その表情はまさに苦しみそのものだった。顔を懇願するようにゆがめ、歯が見えるほど口は開き、頬を滂沱の涙が伝っていた。ギャンビーノの後ろで戸がバタンと閉まった。そしてその外から聞こえた胸が張り裂けんばかりの泣き声は、壁もガラス戸も覆いようがないほどに響いた。

ルイーズのスウェットの袖は涙で汚れていた。「あの人、出るときに彼のほうを見た？」ルイーズは囁いた。「見たの？」

「首を少しまわしたわ」私は答えた。「見たんだと思うわ」

その後、通りで私が涙を拭うのを見て、例のベテランジャーナリストがぴしゃりと言った。「私は葬儀の場にもいたのよ」

何年も経ってから、そのジャーナリストと私が友人関係になったとき、彼女は私に大事な点を見失わせないようにしていたことが判った。けれど当時そう言われたときには、自分が感傷的な素人のように感じさせられたのだった。彼女が怖かったし、それにあのような情景の前で、一瞬たりとも攻撃を緩めないことに驚愕したのだった。子どもを失った二人の人間が共に嘆き悲しんでいて、その苦しみのなかでは罪とか無実とかいう考えは何も意味をなさない状況で。

＊＊＊

シンディ・ギャンビーノが、もう愛していない元夫への忠誠心を示すという見ものの劇のあとで法廷が落ち着くか否かのとき、検察側は、その新しいパートナーで、ギャンビーノの一一か月になる息子ヒゼカイアの父親であるスティーヴン・ムールズを証人台に呼んだ。

ムールズは灰色の背広とラベンダー色のシャツに白いネクタイを締めてラプキ側の助手であるアマンダ・フォレスターに相対した。ムールズは姿勢がよく、年間通して屋外にいる労働者独特の陽焼けをした滑らかな肌の、正直そうな顔の人物だった。そのとき法廷で、ファクワスンと比べようとそっと眼差しを送った女性は私一人ではないはずだ。ファクワスンは肩を落とし、目を伏せたまま座っていた。

ムールズは法廷に向かって、自分は元コンクリート職人だが今は専業主夫で子どもを育てていると言った。コップから水を啜ったが、それは揺れていた。それでもオーストラリアの労働者に特有の活気溢れる魅力が彼からは放たれていた。二〇〇四年九月に彼がファクワスンの新居のコンクリート舗装を請け負ったとき、それは確かにギャンビーノにとっては心躍る甘い夢の始まりであり、ファクワスンにとっては疑いと嫉妬、苦痛以外の何物ももたらさなかった時期の始まりだったのだ。

　ムールズが自分自身について語った内容は、決然たる徳の人であることを示していた。その家庭は崩壊してめちゃくちゃになっていたが、それを明らかにした上で、自分を万人の前に健全な一市民であると示そうと決意しているようだった。ファクワスンに雇われたとき、ムールズはカブスカウトの指導をしている関係ですでに長男のジェイを知っていた。彼は、かつてはアッセンブリーズオブゴッド教団と呼ばれていた福音主義のベイサイド教会に属する熱心な信者で、そこの日曜学校で教えていた。そのコンクリート工務店の名も「神の創造物《ゴッズ クリエイションズ》」だった。

　ムールズは、ファクワスン一家との関係は、最初は「仕事上のみ」だったと言った。けれども私は最近、自宅の裏庭にコンクリート施工をする職人たちを見ていて、その姿がシンディ・ファクワスンのような息苦しい状況にいる若い女性にどのような影響を及ぼすか想像ができた。コンクリートを流し込む作業過程はドラマチックだ。職人たちの仕事は、技術、スピード、力、そして自信に満ちた機械の扱いを必要としている。とても集中力を必要とし、またとても男性的なので、周りの女性や少年は興奮し敬意をもって見つめている。幼い孫息子たちに挟まれてベランダから見ていた私は、米国のフェミニスト、カミール・パーリアの挑発的な意見を思い出した。「もし女性が世界を牛耳っていたとしたら、人はまだ草ぶきの家に住んでいたでしょう」ファクワスンの夫としてのときは、コンクリートが流される前からすでに限られていたのだろうか？

＊＊＊

二〇〇四年の終わり頃になって、ギャンビーノはムールズに、近所のよしみということで、彼の二人の息子を午後学校に迎えにいき、仕事が終わるまで家で預かってもよいと申し出た。ムールズのほうには問題もなく、ありがたく受け入れた。ファクワスンが清掃の仕事から足を引き摺って戻ったとき、家では他所の男の子たちが大騒ぎをしていて、妻は、その父親との新しい友人関係に頬を赤らめ活き活きしているのを見たときのことを考えると、私は身が縮む思いだった。

結婚生活が終息に近づくなか、ファクワスンは無邪気にもムールズに不安や心労を打ち明けていた。妻が終わりを宣言し、ファクワスンが父のいる実家に戻ったあとでさえも——その家は、偶然にもムールズの借家のほんの五軒ほど先だった——彼は話し相手を求めてムールズのところに立ち寄っていた。ファクワスンは妻との別離を深刻に受け止めていた。シンディが和解に応じないと取り乱してしまっていた。「どうしていいやら判らなかったようです」とムールズは言った。「どんなふうに態勢を立て直していいものやら」ムールズは教会に誘ってみた。またよりを戻すための方策の助言もした。「なんていうか、彼に前に向かって進ませようとしたんです」とハンドルを握るような身振りをしてムールズは言った。彼はファクワスンに精神的かつ世俗的なアドバイスをし、ベイサイド教会のカウンセラーに会ってみるよう勧めた。やがてそういう助言も耳に届かないことが判り、諦めたのだった。

けれどもムールズが果たした隣人へのカウンセラーの役割は、気まずい折衷的なものだったに違いない。というのもシンディ・ファクワスンも同時期に彼の家をしょっちゅう訪れるようになっていたのだ。彼女は自分を聞き役にした、とムールズは言った。二人は座ってただ話をした。警察が取ったムールズの調書では、シンディはファクワスンがクイーンズランド行きを考えていて、「息子たちから離れようと考えていた、結局そうなるだろうから」と言っていたという。

ファクワスンが家を出ると、シンディはムールズに気があることを隠さなくなった。そして名前をギャンビーノに戻した。それは見逃しようがないサインだった。ムールズは、二人の関係が深入りしないよう苦悶した、と述べた。スケープゴートに使われたくはなかった、と。ギャンビーノには関係が進む前に「その問題をすべて解決してほしかった」のだ。けれども、ファクワスンは、結婚の失敗がムールズのせいだと言い始めた。

「お前のせいだ」とムールズは言われた。「ほかには結婚が駄目になった理由が思いつかない」

それに対してムールズはこう答えた。「あんたの奥さんはあんたのものだろ? 俺には子どもたちがいる。また生活をやり直しているんだ。もう大騒ぎはごめんんだ」

＊＊＊

父の日の夜について話し始めたとき、ムールズの声はしわがれて低くなった。目の周りの皮膚には震えが見えた。手の揺れを抑えるために、証人台の木の枠にしがみついていた。貯水池に着いたときにファクワスンからかけられた最初のひと言を信じられない、というようすで真似てみせた。「煙草はあるかい?」ムールズは、ひどく冷たい水に飛び込んだが何も発見できなかったこと、ファクワスンに車がどこに沈んだか何度も詰問したこと、そしてファクワスンが「判らない、咳の発作で失神したんだ」と答えたことを説明した。二人の若者――シェイン・アトキンスンとトニー・マクレランド――が土手から叫んで方向を指示していた。「泡が見えたような気がしたんです。それであっち、こっちと」ムールズは水中に動きが感じられたあらゆる場所で潜ってみた。けれども暗すぎたし、寒すぎて、身体はひどく震え、水を大量に飲んでしまっていた。とうとう彼は自分に言い聞かせたのだった。「こんなことは馬鹿げている」岸にいた一人がムールズに向かって叫んだ。「もう上がってこい、さもないと次はお前が溺れるぞ」

ムールズと同居していた一〇代のいとこが、衣服を着替えるために家まで車で送ってくれた。間違ってギャンビーノがジロングの病院に行ったと思い込み、ムールズは友人の運転で病院に向かった。ウィンチェルシーへの帰路、途中で貯水池を通りかかったとき車を停めてもらい、警察に「現場に最初に到着した」旨を伝えた。それは二日後の事情聴取でも述べられていた。ムールズは、その事情聴取では当夜ファクワスンが子どもを殺したと警官もしくはほかの誰かに言ったかどうか聞かれた、と述べた。その晩はとても腹を立てていたので、そんなふうなことを言ったかもしれない、だが自分は覚えていない、と。

＊＊＊

ファクワスンの姉のうち年下のほうのケリ・ハンティントンが、証人台に立った。その燃えるようなブロンドの縮れた髪がひと塊になって肩にかかっていた。ときおり泣くことはあっても、彼女は家族のなかでは外交的な役割で、パーティを取り仕切り、そのファクワスン家特有の小さく窪んだ目から笑いが弾けるような、暖かな人柄のように見えた。

ロブの結婚が破綻したとき、ケリとその夫のゲアリーは、弟とその息子たちのために家を開放した。ハンティントン夫婦は子ども好きだった。家にはプールもあった。二人の娘はロブの子どもたちが大好きで、子どもたちとの面会交流がある週末には、泊りにも来させていた。夫婦はロブに、一緒に住むようにと勧めることさえあった。けれども余分な寝室はなかったし、夫婦の家はマウントモリアックというウィンチェルシーとジロングのあいだの場所にあった。ロブは息子たちだけで来られるようにと、自分はウィンチェルシーに住みたがっていた。

ケリはジロングの郊外にあるベルモントのスーパー、Kマートでパートの仕事をしていて、不動産の動きに注意していた。そしてウィンチェルシーのフットボール競技場から道路を挟んで向かい側にある、弟にぴったりの家を見つけた。けれどもディンツリー通りの家はまだ売れておらず、ロブには新しい家は買えなかった。夫婦はあるだけの金を貸そうと申し出て、またましな車を買うのを助けようとした。けれども彼は借金するのが嫌で、断ったのだった。

父の日の夕方六時頃、ケリがKマートで休憩を取ろうとしていたとき、ロブと子どもたちが入ってきた。彼女は驚いた。二週間ごとの面会交流は前の週だったからだ。それを覚えていたのは、呼吸器系の風邪のせいでロブの具合がとても悪くて、電話を掛けてきて子どもたちの世話を頼んだからだった。彼らが家に来たとき、ロブはひどい咳で元気がなかった。気絶こそしなかったけれど、息が切れてしまっていた。ケリはソファに寝かせて眠るように言い、子どもたちを見ていた。

この面会予定の週末でない日に子どもたちは店にやって来て、ロブにクリケットボールやDVDを買ってくれとせがんでいた。家に帰る途中、前の週にタイラーが庭に忘れていったボールを取りに、ケリの家に寄ると彼らは言った。ケリとロブは翌週の土曜日にはそれぞれの子どもたちを一緒に過ごさせるよう計画を立て、それからファクワスン家の四人は出ていった。

ゲアリー・ハンティントンは、半時間後に子どもたちとその父親が、マウントモリアックの彼らの家に騒々しく立ち寄ったと証言している。ボールを見つけ、七時前には車のシートに収まって、ウィンチェルシーを目指したのだった。

＊＊＊

昼食どき、ロンズデール通りでルイーズと私が陽だまりのなか、最高裁判所の蜂蜜色の石壁を背にして立っていると、ボブ・ギャンビーノが近づいてきた。

「あんたたち、まだいたのかね?」

「えぇ、最後までいるつもりなんです」

彼は嬉しそうにして、手をコートのポケットに突っ込んだ。ちょっとゆがめた笑いがその普段の表情のようだった。「陪審員の何人かは」特に敵意を込めるわけでもなく彼は言った。「心ここにあらず、だ。あの黒髪の陪審員なんかだ。ガムをかんで辺りを見まわすだけで。夢のなかにいるみたいだ」

私は思わず言った。「シンディは凄い人ですね。頑張り通すようすが信じられないくらい」

「いやいや」ボブは通りの車の流れを見ながら言った。「こんな話をずっと聞かされるなんて思ってもみなかった。あの夜のことは私だって忘れないよ。さあ、午後は潜水士の番だ」

ルイーズの顔は蒼白になった。

ボブは言った。「こんなところにいたくないだろうと聞かれるんだ。でももうすでに判っていることなんだから。全部知っている話さ」

ボブの話し相手となった私たちは、壁と地面に当たって長方形に見える陽だまりのなかで立ち続けていた。

＊＊＊

その日の午後、陪審団が入場する前に、モリセイが裁判官に、二枚の写真を示す許可を求めた。

一枚目は、ジェイとタイラーがハンティントン家のプールに飛び込もうとしているものだった。この写真は、とモリセイが言った。年上の二人が自信と熱意があるようすで、水に対して手も足も出ないのではない、だから溺れさせようなどというのは「リスクの高い企み」であることを示す証拠だ、と。

私は当惑のあまりモリセイを見ることができなかった。いったいモリセイは本当に、日中の楽しいプールの飛び込みと、闇のなかの暴力的な入水のあいだに意味のあるつながりがあると信じているのだろうか？

二枚目は、肘掛椅子に座った父親とその膝に乗った二歳のベイリーとが、二人してぐっすり眠り込んでいるものだった。モリセイは、殊に陪審員にうたた寝する父と子という胸を打つ写真を見せたがった。それは、父親にとってベイリーは欲しくなかった子どもだったという検察側の示唆に対抗するものだ。

検察側は、そんな仄めかしはしていないと主張した。カミンズ裁判官は居眠りの写真を取り上げるのを渋った。「むき出しの同情は、むき出しの偏見と同じくらい不適切です。家族のアルバムでも持ち出すつもりですか？　どうしてこの一枚を取り上げたのでしょうか」

「私はただ」モリセイは頑固に言い張った。「父親が、この子を愛していたということを示したかったのです」

ほらまた、この感傷的な愛の幻想だ。人間の破壊的な衝動からかけ離れた、穏やかで光に満ちた、この慈愛という状況。フロイトが言う「わたしたちが愛するときほど、苦痛にたいして無防備なときはない」というほうが当たっていると思った。

しばしの沈黙。カミンズ裁判官は頭を振った。モリセイのプールの写真は提出させたが、二枚目の写真は許可しなかった。幼いベイリーは永遠に顧みられないまま、眠る父親の膝に丸まって夢見続けるのだ。

＊＊＊

あの晩、ついに貯水池の深くまで潜って車を発見したのは女性だった。捜索救助隊所属、上級巡査のレベッカ・キャスキーは、短髪で紺の制服に屈強な身体を包み、巨大なダイバーズウォッチをしており、その手を後ろに緩く組んで証人台に立った。その余裕のある姿勢を見て、働いている看護師を思い出した。言葉数が少なく、冷静で、油断ないけれど落ち着いたそのようすを。

救助隊は、トーチビームが照らし出した貯水池近くの泥の残骸で、車が入水したおよその岸の地点を判断した。当夜午後一〇時三〇分までには、キャスキーは全身を装備し、命綱を持つ担当を岸に立たせた。

そして水に潜っていき、底まで到達した。農業用の貯水池とは異なり、水は澄んでいた。絡みつく藻はなかった。けれども底はただの泥だった。水中は暗く、冷たかった。まったく前が見えなかった。この澱のなかでは、サーチライトも効かなかっただろう。それで円弧捜索法を使用した。岸にいる者が持つロープの一端を、キャスキーは水底でピンと張るように持ち、岸から一定の距離を弧を描くように捜索する。岸の者が腕一本分くらいロープを緩めると、キャスキーはその分岸から遠ざかり、また逆方向に捜索を続ける。

キャスキーは次第に水底に金属やプラスチック片を感じ始めた。それから頭が何かにごつんと当たり、それは動いたようだった。手で触ってみた。それはくるりとまわった。タイヤだ。証人台でキャスキーは、目をぎゅっと閉じ、指が長いその手を前に差し伸べて、見えない壁を上下に手さぐりする仕草をした。「私の目の前にあったのは」キャスキーは言った。「車の下面だったのです。垂直状態でした」

キャスキーはあとずさりして、水面に浮かんだ。捜索隊は車の位置を推定した。岸から二八メートル、水深七メートル半のところで、前部を泥のなかに突っ込んでいる。捜索救助隊の通常の方法では、車を引き揚げる前に死体を水中の車から取り出すのだった。だが重大事故捜査班と相談の結果、ファクワスンの車は封じたまま触らずに引き揚げることになった。

なんてこと、ますます恐ろしくなるばかり。私はファクワスンを盗み見た。その唇は真っ白で、口が垂れ下がっていた。まるで子どものように、拳で目をこすっていた。

キャスキーは再び潜った。水底の泥のなかを、見えないまま手探りするうちに、垂直状態の車の運転席側に来たようだった。

「最初に気づいたのは、運転席側のドアが開いていることでした。ちょうど私の頭の上あたりでした。窓は閉まっていました。ドアの縁が感じられたのです」

再び目を閉じ手を伸ばして、手探りの恰好をしてみせた。

「そのとき」彼女は言った。「車から少しだけはみ出ている子どもの頭が触ったのです」

証人台で、彼女は顔の前で手を丸め、そうっと見えない対象を動かす仕草をした。

「私は頭を戻しました。そしてドアを閉めたのです」

キャスキーは運転席側から反対側まで泳ぎ、窓やドアを確かめた。みな閉まっていた。

真夜中過ぎ、とうとうキャスキーは水中から這い上がった。警察の四輪駆動車が、コモドアをウィンチで貯水池のなかから岸まで引き揚げ、民間のレッカー車が、まだ水が満たんになっているその車を土手まで引きずり上げた。キャスキーは数時間水中にいたのだった。寒かった。早く着替えて家に帰りたかった。

そこを離れる前、車のなかをちらっと見た。三人の子どもがいた。二人は後部座席だった。前の座席に横たわっていた子の頭を彼女は、その手に一瞬抱えたのだった。

＊＊＊

重大事故捜査班の隊員たちは、車を引き揚げたとき、ドアを開けて排水をする前に、車内を調べてみた。一〇歳のジェイは前の座席で、頭を運転席のドアに向けてうつ伏せになっていた。車から引き出されたときは、死後硬直の状態を示していた。七歳のタイラーは運転席の後ろで右側を下にして横たわっていた。二歳のベイリーは、チャイルドシートの上で安全ベルトに引っかかったまま、顔を後ろに向けていた。

警察は車の制御装置を丁寧に記録した。キーはイグニッションに差し込まれており、エンジンはオフでロックがかかっていた。オートマチックのギアはドライブに入っていた。ハンドブレーキはかかっておらず、ヘッドライト、停車ライトは点いていなかった。ヒーターはオフだった。そのつまみは青い部分の一〇時の方向にあった。シートベルトは三つとも外れていた。窓はみな閉まっていた。後部の二つのドアはロックされていた。エクストン巡査部長が運転席側の後部ドアを開けようとしたところ、外側の開閉ハンドルがぱちんと音を立てて外れた。

午前二時には子どもたちの遺体がスティーヴン・ムールズによって公式に確認された。

＊＊＊

法病理学者のマイケル・バーク博士は、小柄で白髪混じりで眼鏡をかけていて、あたかもそれが慈悲であるかのように軽い早口で証言を述べ、聞いているファクワスンの顔は苦悩でゆがんでいた。彼は沈黙のなかを喘ぎ、すすり泣き、何度も目を拭っていた。姉たちの顔は赤らんでいた。音を立てずに泣いていたのだ。

状況証拠のほか被害者が溺死したという確固たる検査結果はなかった。だが溺死者に見られるある種の泡のような白い物質が、子どもたちの口や鼻の周囲に観察された。毒物検査の結果では、アルコールや一酸化炭素、その他の薬物や毒物の跡は示されなかった。三人の遺体には小さな擦り傷や痣があちこちに見られたが、車で受けた衝撃によるものか、子どもの遊びのなかでついたものだろうということだった。父親の横に座っていたジェイは、左の眉の上に傷があった。顔の左側は変色していた。首の後ろ側の軟部組織が痣になっているのは、むち打ち症らしかった。タイラーの指から皮が少しだけ剥けていた。法病理学者がベイリーを見たところ、肘にひっかき傷があるのみであり、絆創膏が貼ってあった。

＊＊＊

くたくたになったこの日の終わりには、陪審員たちは年をとったように見え、疲れて悲しげだった。男たちの眉間には皺が寄り、女たちは湿ったハンカチをバッグにしまい込んでいた。裁判所の庭で、私たちはベヴ・ギャンビーノのそばを通り過ぎた。ベヴは少し笑ってみせた。その顔は痩せて、きれいな眼鏡の奥の目は窪んで見えた。風が吹いたら、飛んでしまいそうなようすだった。ルイーズと私は話す気にはなれず、ロンズデール通りで別れた。フラッグスタッフ駅への長いエスカレーターに乗っているあいだ、三人の小さな身体、そして潜水士がそっと行なった、助産の逆のような仕草が頭から離れなかった。これに堪えられる唯一の方法は、男の子たちを水中の生き物のように想像することだった。光る裸の小さな妖精たちが、魚のように力強く車の窓の隙間を通り抜けて、しなやかに脚をひと振りし、その新しい世界へと泳ぎ去る姿を。

＊＊＊

翌朝早く、コーヒースタンドのところで、ルイーズが私のほうに慌ててやって来た。

「陪審員の一人が同じ電車だったの。あの背の高い、オタクっぽい前髪の奴。あたしに話しかけてきたのよ」

「そいつがどうしたって？」

「あたしに『君がザックかい？』って聞いたの。何のことだか判らなかったし、話しかけてくるなんて信じられなくて。違いますって冷たく言って、そばを離れた。どういうことだろう？」

「ザックって、スティーヴン・ムールズの息子じゃない？　シンディが貯水池に車を飛ばしたときに隣に乗っていた――覚えていない？　スピードを落としてって頼んだ子」

私たちは落ち着かず周りを見た。誰も聞こえるところにはいなかった。

「誰にも言わないほうがいいわ」ルイーズは言った。「私のせいで陪審団が入れ替えになって、裁判がやり直しになったりしたら嫌だもの」

ルイーズのせいなどになりはしないだろう。その陪審員は、男の子と女の子の見分けがつかないにしても、裁判のルールは判っているはずだ。けれども私は彼に同情した。出される証拠はみな限られているなかで、彼は事実を求め、その好奇心はいかばかりだろうか。ほかの陪審員、そして法廷の私たちと同様に、この不可思議な物語の絡まりのなかで、知らない人のアイデンティティと居場所を組み立てなければならないのだ。

二〇〇四年の一〇月一二日、ロバート・ファクワスンが妻に押し切られて鬱の相談をするためにかかりつけの医師のところにいったときは、そのあと一か月で結婚が終わりになるとは知る由もなかった。けれどもその可能性には感づいていたようで、その日医師に向かって彼が訴えた問題の数々は、言ってみれば人の悲しみに医学的な名前がつく前は、昔から「絶望」と呼ばれていたものだった。

イアン・ロバート・マクドナルド医師は、年とって痩せた穏やかな風貌の持ち主で、ファクワスンを子どもの頃から診ていた。医師は法廷に向かって、患者から聞いた症状についてひと通り説明した。ファクワスンは不安を抱えていた。気持ちの浮き沈み、偏執的な感情、情緒の不安定があった。不眠で、くよくよ考え込んだ。涙もろかった。ものごとに関心を示さず、動機も持てなかった。疲れやすく、ストレスに悩み、いらいらしていた。そして子どもたちとの仲についても悩んでいた。

私にはファクワスンがインターネットに何時間も費やすような類には見えなかったけれど、彼はいろいろと検索をしてみて自分は鬱病ではないか、と医師に言っていた。そういう状態になった原因を言おうとはせず、また驚くことにマクドナルド医師も、それにほとんど関心を示さなかった。医師はただ彼の自己診断を受け入れ、ゾロフトという抗鬱剤を処方したのだった。

三週間後の一一月三日のこと、ファクワスンは医師のところに再びやって来て、まさにその日に、妻が離婚を切り出したと告げた。妻はもはや彼の気分の変化に堪えられなかったのだ。マクドナルド医師は、デヴィッド・サリヴァンというジロングの精神科医を紹介した。けれどもサリヴァンは一回につき一四二ドルも請求したのだった。ジロングから戻ったファクワスンは、もうサリヴァンにはかかれないと言った。この頃、シンディ・ギャンビーノとその女友だちは、マクドナルド医師の受付と連絡を取っていた。彼女たちは、ファクワスンが睡眠薬を過剰摂取するのではと心配していた。マクドナルド医師は、コラックという小さな町の精神科救急に「緊急に」かかれるよう手配した。この救急サービスでは、ファクワスンが「自分たちの手に余る」として彼をコラック精神科病院へとつないだ。

コラックでのようすは法廷では伝えらず、ファクワスンが三週間後にまたマクドナルド医師のところに戻ってきて、まだ心の怒りが収まらず夜中の二時に目が覚めてしまうというので、医師は時間を取ってカウンセリングを行なった。薬もゾロフトからもっと鎮静効果の高い抗鬱剤のアヴァンザに替えた。

一二月中旬には、ファクワスンはマクドナルド医師に、結婚を救う望みは砕かれたと告げた。動転していたが、もう怒っているようには見えなかった。そしてアヴァンザと、スティルノックスという睡眠剤の見本をもらって帰っていった。

どれかが効果を奏したに違いない。ファクワスンはその後五か月姿を見せなかった。二〇〇五年五月、ファクワスンはマクドナルド医師に、コラックのカウンセラーに定期的に相談していて、その人が将来への賢明な計画を立てる手助けをしてくれていると打ち明けた。自分で認めているもっとも強い感情は、妻への「苛だち」だった。ディンツリー通りの家をたたんで売れるようにしてほしいという妻の要求に、自分が操られている気がしていたのだ。

苛だち。無感覚な、驚くほど表面的なこの言葉は、どれほど深い怒りを包み隠していたのだろう。振り返ってみれば、フロイトに倣って、「表現されない感情が死ぬことはない。生きたまま隠され、もっと醜い形で表出するのだ」と考えたくなる。

二〇〇五年八月、ファクワスンはマクドナルド医師のクリニックに何度かやって来た。はじめはひどい風邪を引いたと言い、やがて夜に肺から来る咳に悩み、肋骨も痛むということだった。医師は胸の音を聞いた。肺野部はきれいだった。熱もなかった。医師の前では咳も出ず、くらくらしたり失神したりするようなことにも触れなかったし、医師のほうでもそのような症状については聞くこともなかった。というのも咳によってそのような症状が起こるのはひじょうに稀だという認識だったからだ。ファクワスンの抗生剤を替え、二日ほどで良くならなければ血液検査を受けにくるように、と言った。ファクワスンは血液検査を受けに来なかった。

一二日後、彼の子どもたちは溺れた。

法廷をあとにするときに、マクドナルド医師は被告人席に座るかつての患者のほうを見た。ファクワスンは目を伏せたままだった。

＊＊＊

本質に迫ることが法廷で求められているのかは判らないが、その可能性を持つ大きな部分がマクドナルド医師の証言からは抜け落ちていた。

その朝、医師が証人台に立つ前に、カミンズ裁判官は陪審団の入場を遅らせて、弁護団と話をした。「陪審員がいないところで考えを述べ合ってみたほうがよいのかもしれません」と裁判官は言った。「先のことを考えるために」明らかに何か、裁判官にとって「強烈な、影響のある」情報が表面化したようだった。この情報を証拠として認めるべきだろうか?

ジロングの精神科医サリヴァンの診察費はファクワスンには高すぎたのだが、一度だけその診察を受けにいったファクワスンは、自殺について思いめぐらし、計画も立てていたと言ったのだ。

被告人席にいたファクワスンは、これを聞いて、ひどく身をよじらせた。その後、この証拠についての論争で自殺という言葉が出るたびに、彼は姉たちのほうを振り返り、眉をひそめ、頭を荒々しく振ったのだった。

サリヴァン医師は職業上の義務として、すぐさまマクドナルド医師に書面でファクワスンが語ったことについて知らせた。ラプキがその簡潔な報告書の一部を読み上げた。「ファクワスン氏には、抗鬱剤の使用を継続し、妻シンディとの関わりにおける新しい役割を担う責任があると説明しました。ファクワスン氏が衝動的な行動に出る可能性について危惧しており、彼には、気落ちしたときに誰か信頼できる人を探して話ができる努力をするよう求めています」

この報告が来たことで、マクドナルド医師はファクワスンをすぐにコラックの精神科救急に送ったのだった。けれども証拠を扱う上での規則として――素人には奇妙なほど非直観的に思えるのだけれど――サリヴァンの報告書の情報は、伝聞として分類されてしまった。ファクワスンはマクドナルド医師に自殺について直接話していないので、マクドナルド医師は陪審員の前でその質問を受けることができないのだ。自殺についてのやり取りは、サリヴァン医師自身が証言しない限り、法廷では証拠にできないという。

カミンズ裁判官は言った。「私は、被告人が自殺について思案していたことを示す発言は事件についての判断を左右すると思ったのですが」

当然検察側は簡単に直接的な方法で、これを明らかにできるはずではないか。どうしてサリヴァン医師を呼ばないのか？ 裁判が終わって何か月もしてから、サリヴァン医師が警察の捜査に協力することを拒み、供述書を取らせなかったのだと知った。検察側はこのような証人を召喚するのは危険が大きすぎると判断したのだった。何を言い出すことか？ しかしこの場面でモリセイは、黄色の付箋がびっしりついた、くたびれた『精神障害の診断と統計マニュアル第四版』を前に、マクドナルド医師に証人供述書にあるその最後の一文について問うつもりだと表明していた。「記憶にある限り、ロバートは自殺傾向や、誰かに怒りを持っているようすを示したことはない」

ラプキのやせた手が書類をせわしなくかき分けた。そして立ち上がった。

「私は関係者に通告しているのですよ」彼は軽い、けれど不吉な声で言った。「もしこの問題が争点になれば、サリヴァンは証言することになるだろう、と。そうすればこれが本件でずっと意味を持ってくることになるでしょう」

モリセイは、この医師をめぐって危ない橋を渡るべきなのだろうか？　カミンズ裁判官は言った。

「私としては、やめておくほうが賢明だと思いますが」

裁判官は弁護団にこれについて考える時間を与え、席を立った。傍聴者は座ったままで、いらいらしながら、弁護団が、その退いていった部屋で、これについて議論しているのを想像していた。私は妹が陪審員を務めていたとき、ある晩夕食の席でわっと泣き出したのを思い出していた。「だって話してくれていないことが山ほどあるのが判っているのだもの！　どうやって判決を下せばいいのよ？」

一〇分後、弁護団が真面目くさったようすで戻ってきた。モリセイは、マクドナルド医師の供述書の最後の一文を陪審員には示さないことにしたのだった。三者の合意として、この問題には手を着けないことにされた。そして二度と言及されることはなかった。陪審員が入廷し、裁判は再開した。

「これって何なの？」ルイーズが筆談してきた。「誰かはったりを効かせているの？」

モリセイがどうしても避けたかったのは、おそらく全体像が失敗した自殺という筋を中心にまわることだったのだろう。咳の発作なんてどうでもいい。傷ついて辛い思いの男が自分と子どもたちを一度に忘却の彼方に消そうとする。運転中立体交差にかかったところでハンドルを切ってアクセルを踏み続けた。ところが冷たい水による衝撃で死への願望から覚める。もがきながら岸に泳ぎ着き、溺れる子どもを残したまま逃げ出してしまう。

陪審員は憶測することは許されない。このような可能なシナリオは、彼らには示されなかった。陪審員が、このことについて知らされないまま、肩をすくめて、真剣ながら疑いを持たない顔つきでぞろぞろと席に着くのを見て、心が落ち着かなかった。

＊＊＊

マクドナルド医師の法廷に持ち出されなかった証言には、陰でつきまとうような細かい事柄がもう一つ秘められていた。妻に出ていってと言われた日、ファクワスンは医師にパイプカットについて教えてくれるよう頼んでいたのだ。マクドナルドは、それに対して何と答えたか記録しておらず、誰もそれについて尋ねなかった。この依頼については嫌な感じがした。性急で、自己懲罰的で、過去への悔恨と未来への絶望が溢れている。単純に考えれば、当時、子どもが苦痛の根源だという考えに取りつかれてしまった男の乱暴な結論としてしまえるかもしれない。けれどもむしろこれは、双方向への破滅的な考えが高まったものとは考えられないだろうか。これから将来何が起ころうともそれを拒絶し、過去については三人の子どもが存在したことを消してしまおうとする印――父親である自分を切り捨て、自分とギャンビーノが夫婦としてもたらした存在をすべて消滅させようとする象徴として。

＊＊＊

九月四日の夜、貯水池で警察や救急隊員、ウィンチェルシーの人びとが暗闇のなかを苦闘しているあいだ、ファクワスンは救急車でジロング病院に運ばれた。当夜の救急担当はブルース・バートレイ医師だった。眉が濃く、顎にかすかな髭をたくわえた若き医師は、時代遅れの三つ揃えを着て威勢よく法廷に入ってきた。

救急隊員がファクワスンを運び込んだとき、バートレイ医師は型通りに交通事故後の心的外傷検査を行なった。そして体温から酸素飽和度、胸と首のエックス線、血液、その後二四時間にわたる心臓モニターまで、すべての検査は正常だった。バートレイ医師は患者が述べた咳の発作に基づいて暫定的診断――ファクワスンは失神するまで咳き込んだ――を下した。

「失神《シンカピー》」――血圧が急激に下がったことによる暫時の意識喪失――は救急救命室ではよくあることだが、咳による失神はかなり稀でたいていの医者は本で読んで知っているだけだ。いや、バートレイ自身も一度もそういう診断を下したことはなく、そういうことを言ってきた患者にも会ったことはない。咳の発作によって気を失ったかどうかをあとから証明するような検査はない。この判りにくくひじょうに稀な医療ケースについてのすべての診断と同じく、バートレイはファクワスンが言ったことをすべて真実とするという仮定に基づいてのみ診断を下した。

もう一人の医師が法廷で束の間注目を浴びた。クリストファー・ゴア医師は、ずんぐりしたごま塩頭の男で、ベルモントにある全額保険が効くメディケア適用のクリニックに勤務していた。二〇〇五年九月三〇日、事故のおよそ三週間後に、ファクワスンが「姉だという」女性と二人でゴアの診察室を訪れて、しつこい咳の症状を訴えたという。連れの女性は咳の発作が原因で起こった最近の事故について触れたが、失神の話は出ず、ゴア医師はファクワスンに新しい抗生物質を出した。ファクワスンを以前診たことはなく、その後も一度も会うことはなかった。

咳の発作の最中にいるロバート・ファクワスンについて説明できる人が一人だけいた。自分の目で見ていたのだ。スーザン・ベイトソンは、こぎれいにした雀のような小柄な女性で、コーヒー色のブラウスに銀色の爪をしていて、ローンにあるカンバーランドリゾートの上司だった。隣人だったシンディ・ギャンビーノの両親を通じてロブに出会った。ジェイとタイラーの子守りを引き受けたこともあった。

ファクワスンは彼女のもとで五年、「ハウスパーソン」という役目で働いた。リゾートの共通エリアの掃除と、ゲストのアパートメント内で力のいる清掃業務を行なっていた。きちんと勤勉に仕事をしていた。仮病で休んだり給料のことで文句を言ったりしなかった。シンディと別れたあとは、時給が良い週末シフトの仕事を避けて、子どもたちと過ごせるようにしていた。子どもたちを愛していて、献身的だった。

二〇〇五年の半ばの冬、子どもたちが亡くなる前のこと、ファクワスンはインフルエンザで一〇日間仕事を休んだ。完全に回復しない状態で出勤してきたが、事故前の七日間、普通のシフトをこなした。父の日の前の金曜日、昼食どきにベイトソンの事務室にやって来て、何か言おうとして口を開けたところ、「何かとても乾いた、押さえのきかない咳に見舞われて」息がつけなかった。一〇秒か一五秒のあいだ、ファクワスンはぜいぜいと喘いでいた。顔は驚くほど真っ赤だった。失神はしなかったが、ベイトソンは発作が起きたのかと心配になった。座らせて水を一杯飲ませ、薬局でヴェントリン吸入器を手に入れるよう勧めた。その日は、咳の発作にもかかわらず、彼は通常通り午前六時から午後二時まで働いた。

法廷の外で、冷たいコンクリートのベンチに捨てられていた新聞を敷いて座り、コーヒースタンドに並んでいるルイーズを待っていた。ローンというところはよく知っていた。子どものとき家族のドライブで何度か行ったことがある、南インド洋に面した古くからある素敵な村で、桟橋と巨大なイトスギで有名だった。裕福な人たちはそこに別荘を持っていた。当時は弁護士や裁判官が多かった。シンディ・ギャンビーノは、カンバーランドリゾートでのファクワスンの仕事を「男性が担当する清掃業務——窓拭き」と説明していた。ざわめく通りでコーヒーを待ちながら、あるドイツ人の友人が、一九六〇年代に学生だったときヨーロッパの海辺のリゾートで窓拭きの仕事をした話を思い出した。大変な仕事だ、と言っていた。孤独な作業で、人を憂鬱にする。考えごとをする時間が有りすぎる。自分より金があって運が良くて、のらりくらりと休暇を楽しんでいる幸福な人たちの客室を覗き込まずにはいられない。辛くて、羨ましいのだ。それに、と彼は付け足した。この仕事はギリシア神話のシシュフォスの岩みたいなものだ。達成することがない。懸命にガラス一面を磨き上げたと思ったら、次の瞬間海から風が吹いてきて、また潮だらけになってしまう。

＊＊＊

二〇〇四年一〇月、夫に結婚解消を切り出す前に、シンディ・ファクワスンはコラックにあるオトウェイ自然医療センターのピーター・ポプコという精神科医を受診していた。医師は彼女の信頼を得たに違いない。というのも、夫婦が別れた数か月後の二〇〇五年一月に、一〇歳のジェイが苦しさと悲しみで混乱状態になったとき、彼女はポプコの家族向けの診察にファクワスンと三人の子どもを連れていっているのだ。精神科医は、この家族をさまざまな組み合わせで診察し、二〇〇五年二月には、ファクワスン一人を診察し始めた。

二〇〇五年の父の日以来、この話に出てくる二次的登場人物がみなそうであるように、ポプコも何日も眠れない夜を過ごしたに違いない。薄茶色の髪で大きな頭をしたこの男は、ネクタイなしのシャツに濃い色のスーツを着て証人台に立ち、静かにゆっくりと話した。

ファクワスンには適度に明瞭さがあるものの、と彼は言った。かなり感受性が強いと感じた。一家の主として、伝統的な役割を演じていた。ポプコが診たとき、夫婦の関係と家族の崩壊について嘆いていた。ファクワスンの鬱が深刻ではないことが明らかだったので、ポプコは正式な検査は行なわなかった。自分の面倒は見られていたし、服装もきちんとしていて、仕事も維持し、子どもたちと積極的に熱心に関わっていた。かかりつけの医者が薬を出している彼の鬱の程度は、中度と軽度とのあいだで揺れているとポプコは考えた。

だがこの精神科医は、ファクワスンの状態を説明するのに「絶望」という言葉を躊躇なく用いた。ある種の苦痛をもたらす出来事が、この望みのない感情を悪化させる。ファクワスンとシンディは電話で口論していた。新しいパートナーのスティーヴン・ムールズと鉢合わせもしている。ジェイはムールズの上の男の子と衝突していた。ファクワスンは、ムールズが家までやって来て、ジェイがムールズの息子の一人に侮辱的な言葉を使ったのでしつけを徹底しろと命令したことに激怒していた。ファクワスンには金に関わる心配事もあったが、それは主な悩みではなかった。もっとも動揺する原因となったのは、ムールズがジェイ、タイラー、ベイリーに与える影響への恐れだった。

ポプコがファクワスンに、誰かを傷つけたい気持ちがあるか尋ねたところ、彼はムールズに対しての強い怒りを示した。報復を思い描いていた。報復？ そう、ムールズと口論し、煽って自分を殴らせ、訴えることも考えたのだ。

相手をはめて、陥れ、下がって雷が落ちるのを見ている――この受け身的ながら攻撃的な空想は、これほど状況が哀れっぽくなければ、もっと面白いものだっただろう。人を操って、自分より大きくて強く、人気もある子を揉め事に巻き込もうとしている子どものやり方。ファクワスンは被告人席で眉をしかめながら聞いていた。私は彼について義理の父が「弱虫」と言っていたこと、そして姉が彼の手首を両手で掴んで引っ張って歩道を行く写真のことを思い出した。シンディ・ギャンビーノは、法廷で、妻だったときに四人の子どもを抱えたシングルマザーのような気がしたと述べていた。子どもっぽさを残してしまったのは、何が起こったからか、または何が起こらなかったからなのか？

精神科医が、この領域についてファクワスンに内密に話をしていたかどうかは、法廷では明らかにされず、もちろん聞かれもしなかった。おそらく医師の理論的な焦点は別のところにあったのだ。たぶん医師は、ファクワスンの性質や教育の程度を見て、そのような質問に関する理解力を持ち合わせているとは思えなかったのだろう。認知行動療法の治療者側のそっけない用語を交えて、この精神科医は、ファクワスンの怒りは「その悲嘆《グリーフ》と喪失の過程において、予測可能で重大な段階」と見ていると述べた。ポプコの役目は「戦略を提供」することで、それによってファクワスンが独り身の生活を送り、「親という関係性の外で」子どもと接し、「鬱の気分」に対処し、「将来的な目標を構築する」のを助けることだった。その「戦略」がどのようなものかは言わず、また尋ねられもしなかった。

ポプコは証人台で、ファクワスンには「自殺願望」の徴候は一つも見られなかったと言っていた。またはシンディや子どもたちを傷つけるような欲求についても言うことはなかった。それどころか、できるだけ子どもたちに会わせてくれるからとシンディに感謝しているほどだった。ポプコの診察は、だんだん間が空くようになっていき、その七、八回目を迎える頃には、ファクワスンは、シンディとの仲はもう戻らないということをだんだんと納得し始めていた。友人に勧められて、女性を誘うことも計画していた。

それゆえポプコは、ファクワスンは良い方向に進んでいて、新しい状況に大人として誠実に対応していたので、もう診察の必要はないと考えた。けれどもファクワスンはまだ診てもらいたがっていた。ポプコと過ごす時間から得るものが大きく、感情を吐露することができて感謝していた。ファクワスンが「まだ何も解決されちゃいない」と言わんとしていたのではないかと思うのは、ただの素人考えだろうか？

ポプコの最後の診察からちょうど一か月後の九月四日に、車は貯水池に突っ込んだのだ。

またここで、証人が法廷入りする前に、陪審団がいないところで驚くべき証拠が議論され法廷では認められないことになったのだ。子どもたちが溺れた夜のあと、ポプコとその患者は電話で何度か話をしていた。この会話は殺人課捜査官によってファクワスンの電話に仕掛けられた盗聴器から傍受されていた。彼は自分から受けると申し出た嘘発見器のテストが迫っていてパニックのような恐怖に囚われていた。けれども陪審員はこのテープを聞くことはなく、また電話の盗聴や嘘発見器についても知ることはなかった。ポプコが証人台に立ったとき陪審員が聞くことができたのは、ファクワスンが警察の捜査によるプレッシャーを恐れていたということだけ、それがノイローゼを引き起こすかもしれない、ということだけだった。

ポプコはその最後の証言がまだ余韻を残しているなか、法廷を去っていった。

＊＊＊

風の強い裁判所の中庭で、ジャーナリストの一群が立ち話をしていた。

「嘘発見器のテストはどうなっちゃったの？」と聞いたのは、まだ殺人事件の裁判を担当したことがないという控えめな若い男だった。その目は子どものような純真さを見せていた。

テレビ局のレポーターが「オーストラリアの裁判所では証拠として認められないのさ」と言った。

「奴はぶっつんしちゃったんじゃないか、のろまで、子どもっぽいから」と年かさのタブロイド紙記者が聞いた。

「シンディにはちょっとばかり風格があるね」と別の男が言った。「頭は悪くない。周りは旦那をこてんぱんにしちまう女だと思っただろうよ。何だってあんなぼんくらと三人も子どもをつくったんだ？」

「反動じゃない」二人の女性記者が異口同音に言った。

「私が思うに」といつも聞き役の思慮深い女性記者が言った。「モリセイがファクワスンのためにやっていることの頼みの綱は、今のところシンディの証言しか、ないのよね」

事故の夜の一〇時頃、重大事故捜査班の警官二人が、テープレコーダーを手に、ジロング病院の救急病棟入口を通り抜け、ファクワスンがときおりマスクから酸素吸入をしながら寝ている仕切りのなかに来た。彼らはそれぞれ隊長のジェフリー・スミス上級巡査部長と、ローハン・コーティス上級巡査だと名乗り、レコーダーのスイッチを押した。

とうとう私たちはファクワスンが話すのを聞くのだ。

子どもを喪ったその父親の声は、最初は単調で抑制されていたが、自分が誰で、どこに住んでいて、何をして働いているか、といった簡単な質問に答えていくうちに、次第に確固としてきた。そして警官が道路上で何が起こったか尋ねたとき、その声は熱を帯び、はっきりと力強いものになった。驚くほど若々しく熱意をもち、その話し方はまるで少年のようだった。

「咳をし始めたとき、ちょうど立体交差に差しかかっていたと思う。それから、まったくなんにも覚えちゃいないんです。そして俺は突然水のなかに入っていて、息子たちが俺に向かって叫んでて――息子がドアを開けて、車はそのまま水に沈んでいったんです。俺は息子側のドアを閉めて、それから子どもを救おうとしたんだ。道路からそれほど離れちゃいないと思ったんで——判らなかったんで——水から出て、助けを呼ぼうとしたんです。誰かに聞こえるかもしれない、助けに来てくれるかもしれない、と思って道路に出たんだ。だけど車はみな通り過ぎていって、どこらへんか判らなかったけど。とにかく、あんまりあっという間だったんではっきりしないんです」

「君《メイト》」巡査部長のスミスが穏やかに言った。「子どもたちはだめだったことが判っているかね、車から出られなくて？」

ファクワスンははっと息を吐き、低く生気のない声で言った。「そうかと思ってました」

訊問者はそこでとどまっていなかった。どのくらいの速度を出していたのか？

「あぁ、一〇〇キロ以下でしたよ」ファクワスンの声は再び熱を帯びて強くなった。今も子どもの父親としての義務を示しているかのようで、痛ましかった。子どもと一緒のときは、飲酒はしない。絶対一〇〇キロ以上は出さない、いつも注意しているし、事故を起こしたこともない。

ここで警官が、ファクワスンと妻が別れていて、子どもたちとの面会日の外出からの帰り道だったことを指摘すると、そのやり取りは揺れ始めた。こういった状態はどのくらい続いているのか？一二か月。元妻のフルネームは？　重苦しい溜め息と共に——シンディ・ルイーズ・ギャンビーノ。彼女の住所、生年月日を応えると、病人が横たわっているのは当然の理由があるからだと見舞っている人に思い出させるように、弱々しく苦痛の呻き声をあげた。

「我々がこういった質問をしなくてはならないのはお判りでしょう」若いほうの警官のコーティスが、礼儀正しい口調で明るく口早に言った。「奥さんとの関係は、その、問題はありませんでしたか？

何か騒ぎになるようなことは？」

「俺たちは家を建ててたんです」ファクワスンはくだけた口調で言った。「それを売るのでちょっと手間取っているけど、そのほかはね。だって、言ってみりゃ離婚がそんなにうまくいくってことはありますかね？　もちろん意見の食い違いや対立はあるけど、子どもたちがいつも優先だったし、そういうふうに進んでいったし」

その日の午後の詳細について述べるよう催促されて、ファクワスンは腕が痛むんだが、と不満を述べていた。動かしてみれば、と警官。いや、本当に痛いんです、ここのところ。ファクワスンは父の日、ジロングで夕食をとるためにベルモントのＫマートに行ったことを語り始める。そのあと、まだ二歳半だった末っ子が車で眠ってしまった。それで息子たちとＫマートの駐車場に車を停めて、フットボールの試合中継を聴いていた。末っ子の目が覚めかけたので、起こしてケンタッキーに夕食を買いに入っていった。ファクワスンはいつも子どもたちを母親のもとに七時半までに帰すことになっていたので、マウントモリアックの姉の家にちょっと寄ったあとは、まっすぐ運転していた。

その声はだんだん小さくなった。コーティスが促した。「事故の話に戻りましょう。道路にはほかに誰かいましたか？　それとも……」

再びファクワスンの声が高くなった。「いや、何も覚えてないんだ」徐々に激しさを増しながら、その声は大きくなり小さくなり、それ自体が劇的になり、同じ話を繰り返す。咳が出た、水のなかで意識が戻った、ジェイが前の座席でドアを開けようとしていた。ジェイの側のドアを閉めようと身を乗り出したとき、子どもたちは喚き声をあげていた、と付け加える。ジェイのシートベルトを外し、後部座席の二人を前に移動させようとしたが、ジェイがドアを開けてしまったため、車が急激に沈み始めた。「とにかく悪夢だったんだ。もういやですよ」その声はまた単調で感情を示さなくなった。そしてまさにこのとき警官はファクワスンに警告した。そう、ご存じかと思うが、何も言わなくてもいい。話したことはすべて証拠となります。

そして警官たちは畳み掛けるように聞く。水には沈んだのか。ファクワスンはためらっている。「ええ、沈みました。それで立ち上がろうとしたんです、足がつくと思ってたんで。立ち上がって反対側にまわってドアを開け、子どもたちを引きずり出そうと思ったんです。ああ、もう辛くて話したくないですよ」その声は、まるで子どもが何かのゲームのなかで堪えられなくて休止を求めているようだ。しばしの沈黙。そして病院らしい背景の雑音のなかから、その声が高まる。

「それで、お巡りさん、聞いてもいいですか?」

「何でも聞いていいよ」

「今までトラブルに巻き込まれたことはないんですよ。それで、これからどんな筋書になっていくと思います?」筋書になっていく、という言い方に少し仲間内の親密な響きがもたらされている。

驚いた私は制服姿で弁護団の後ろに着席しているコーティス巡査をさっと見た。その右手からは書類が下がっていた。ホチキス止めのその紙は震えていた。

「なあ」テープから流れるコーティスの声は驚きが響いている。「今の段階では、我々に判っているのは、君が事故に遭って、それは道から車が逸れたからで、子どもたちがその車に乗っていたってことだ」

ファクワスンはさらにひと押しする。「だから、どんな筋書に……」

コーティスが割って入る。彼は自分を抑制しているようだ。「まだ早い段階だから、我々は君が何か過ちをしでかしたと見ているわけじゃない」

「これは、俺がこれから生涯背負わなきゃいけないことなんだ」ファクワスンは抗議する。「生涯」という言葉に強勢をおいて、複雑な抑揚をつけて言ったので、その声は哀れを誘い、苛だちをも感じさせる。まっとうに嘆き悲しむ権利のある人が、まともに受け止めてもらえていない、というような。

「だから、警察で調べてもらえば、俺には前科なんかないっていう——」

コーティスはその不安に気づく。「何か言いたいことがあるのか?」

「ない! 言った通りですよ。嘘をついたりする理由なんかない」

自分の咳は、車のヒーターのせいだ、と彼は言う。子どもたちが寒いって言ったからつけたんだ。最近、この咳のせいで八日間仕事を休んだ。長引いた風邪のせいだ。麻薬をやっていたのか? 彼は、はっと笑う。そんなことはしない! 生計を立て、家族のためにできるだけのことをする、普通の、並みの男——ところが何ということをしでかしたのか。

「なあ、これは悲惨なことだ。車には子どもたちが乗っていた——名前は?」

ジェイ、タイラー、ベイリー。ファクワスンは唱えるように、あいだに沈黙をおいて言う。

コーティスが出し抜けに尋ねる。声は優しげだ。「車が沈みだしたところだったんだね。どのくらい沈んでいた? 頭まで水につかってしまった? 何回くらい潜った?」

「ああ、何度かですよ。三、四回かそこらだった」どもったり歯をがちがちと鳴らしたりしながら、ファクワスンは三度同じ話をする。そして激しく喘ぎ声をあげ、その喫緊の質問を再度投げかける。

「だから、この俺はこれからどういうことになるんです？」

「そうだな」警官の一人が言った。

「判らないんでしょ」また息を切らして鼻にかかったような笑いが、何気ないふうを装い、知りたいという雰囲気を軽く見せるよう。

「まだ我々も事故現場に行っていないんだ。行く途中なんだよ」

ファクワスンはもう一度試してみる。「どういう筋書なんでしょう？　判りませんかね？」

コーティスは曖昧に、夢を見ているように答える。「現場に行って、見てみよう。そしたら戻ってきてどういうことになっているか知らせるよ」

＊＊＊

私はさっとファクワスンのほうを見た。彼はじっと座ってまっすぐ前を見つめていた。姉たちは落胆しているだろうか？　貯水池で救助者が必死で右往左往しているあいだ、ファクワスンがどのように車の前に突っ立っていたかについてのシンディ・ギャンビーノの話を思い出した。「身動きもしませんでした。何もしようとしなかったのです。茫然自失っていう感じでした」

テープでは、我を忘れているようには聞こえなかった。何か、違うような、何か正当でない感じ。答え方が早かった？　相手におもねようとしていた？　足がつく深さで車が急激に沈む？　それに、貯水池から車が引き揚げられたとき、ヒーターのスイッチはオフだったのでは？ 私の頭のなかでは耳障りな音が大きく鳴っていた。専門家でも訓練を受けたわけでもなく、この方面の知識的背景もない。ただ自分のなかの探知機が鳴り響いているだけ。この世に生まれて六〇年以上が経ち、男というものを知っていて、彼らが真実を、また嘘を言うのを聞いてきた女のなかにある警報が。

あの晩、無謀な考えを逸らすものもない暗い田舎道で、運転しているあいだにファクワスンの心に何が浮かんだのだろう？ 子どもたちは口げんかでもしていたのだろうか？ 母親の新しい男について、心に刺さるようなことが話されたのか？ それとも子どもたちは父親の古い車が走るあいだ黙っておとなしくシートベルトの下で座っていて、父親のほうは、彼らにさよならを言って帰さなければならないことに心痛めていたのか？ 何気ないひと言、一瞬の絶望が、押しとどめていた破滅の留め金を外して押し流してしまったのだろうか。

そして病院の担架寝台に裸で横たわりながら、誰からも見えないところで彼は嘆き悲しむのではなく、こっそりと生命力を漲らせていたのではないか？ 新しい力がこの鈍重で孤独で絶望した男のなかで高まり、ほかのことに対して耳にふさぎ、恥も哀れみもかなぐり捨てて、自分はまだ生きているという事実以外のすべてを掻き消してしまったのだろうか？

タイヤは地面にいろいろな轍を残す。四輪すべてがロックされて自動車がはずみで動き出したとき、スキッドマークとよばれるブレーキ跡を残す。ヨーマークというのは特に車がカーブでオーバーステアしたとき、前輪と後輪の轍がばらばらになり、タイヤ跡が二つでなく四つになることだ。そしてローリングプリントとは、正常に回転している車輪の跡だ。それによって砂利や土の上にタイヤの模様が残る。草なら車が進む方向になぎ倒されている。道路と貯水池のあいだの草地では、ファクワスンの車はローリングプリントを残していた。この明白な事実は、モリセイ氏が警察に痛烈な反対尋問を行なうあいだ、私たちは――そして疑いなく陪審員たちも――断固としてゆずらず信じなければならなかった。

＊＊＊

ラプキ氏は、重大事故捜査班のコーティス上級巡査への尋問を始めた。ジロング病院救急病棟で不穏な面談をしたあと、コーティスは警察車両で貯水池に向かった。晴れた晩で、道路は乾いていたが、一一時頃コーティスが立体交差に差しかかったときには、ところどころに霧がかかっているのが見受けられた。道路の右手は薄ぼんやりと明るく、そこでは救助活動が繰り広げられていた。コーティスは車を停めて、現場検証と写真撮影を始めた。

道路脇の砂利のなかに見つけた唯一のタイヤ跡は、上司であるエクストン巡査部長によって、黄色のペンキで線を引かれていた。トーチライトを手にしたコーティスは、伸びた草地の水際まで続いていたローリングプリントと見られるタイヤ跡を追った。道路を振り返ってみて、初めて彼はエクストンが引いた印の角度が違っていることに気づいた。それはローリングプリントの角度とは正確には合っていなかったのだ。

ここでコーティスは困難に直面した。新しい調査機器であるリーグル三次元レーザースキャナを設置しようとしていて、そのケーブルについた細くとがった爪の一つを曲げてしまったのだ。スペアのケーブルがなかったので、機器をしまって代わりに重大事故捜査班の古くて馴染んだ測量機器であるジオディメーター、別名ジョージを用いた。

この若い警官は証人台で、何とか平易な言葉を用いてリーグルスキャナとジオディメーターのデジタル性能と機械的な能力について説明しようとした。だがその証言には「赤外部」とか「画素対応」「プリズム」「生データ」「数値コード」といった専門用語がちりばめられていた。陪審員にはラプキが言及した何枚もの写真が載っている小冊子が与えられていたが、報道陣席では視覚的な助けがなく、聞くだけで話についていかなければならず、私たちはまごついていた。

モリセイが反対尋問に立ったとき、法廷はまた、いらいらするような惨めな雰囲気に陥った。コーティスの手のメモが震えていたのも無理はない。なぜ道路の傾斜や横断勾配を測らなかったのか、自動車は必ずタイヤの跡を歩道や砂利に残すものなのか、また砂利や草むらに残っていたと主張している痕跡をコード化したものが正確だったのか、厳しく追及された。モリセイは、コーティスは訓練を十分に受けておらず不適格だったのではと言った。「あなたは測量の専門家などではないでしょう？警察業務が専門なのだから」そして暗に、そのせいで後日彼が重大事故捜査班から児童性犯罪および虐待班に異動になったのだと仄めかした。コーティスは、ローリングプリントの跡は「なめらかな弧を描いていて目立った波状の線はなく、ほぼ一直線でいくぶん右に傾いていた」ことに同意するよう迫られて、「はい、曲がってはいました」と言うほかなかった。

モリセイの目的は、当夜のその辺りは交通量が多く、議論の対象になっている砂利のなかのタイヤ跡は、どの車が残したものかも判らず、明らかに不完全なペンキ印に基づいた警察の現場の状況再現は役に立たないということを確証しようとするものらしかった。だがその尋問は、異常なほどの苛だちと落ち着かない気分を引き起こした。すっかりお馴染みになってしまったエクストン巡査部長の誤った黄色いペンキ印の件に戻ってばかりで、理解できる形や方向性もなく、堂々巡りだったのだ。モリセイは、まるで何か意味のある展開を示すかのように、その質問事項をいつも「さて」という言葉で始めるのだが、決して解決にならなかった。理解の助けにもならなかった。私の意識は現実から離れて夢のなかを彷徨い始めた。

「もしかしたら」ルイーズが囁いた。「これを長引かせれば、陪審員が録音テープのことを忘れてくれると思ってるのかも」

確かに救急治療室での録音はひじょうに不穏な印象を与えたので、それからあとのことはみな的がずれているかのように思えた。裁判が始まってから三週目の終わり近くになって、この「黄色いペンキ印」という言葉はパブロフの条件反射的効果をもたらすようになった。陪審員は目をどんよりさせて不機嫌そうになった。頬杖をついた。瞼が重くなった。退屈そうに首が傾いた。元気なく、ほとんどまっすぐ座っていられないようだった。一度彼らに目をやったときに見たのは、並んだ四人の陪審員が、疑義を示すかのように頭を左肩に傾げている姿で、それはまるでしおれたチューリップが花瓶に並んでいるようだった。

そしてまた、何時間も懸命に尋問を続けるあいだ、モリセイは乾いたひどい咳に悩まされていた。ごほごほと咳き込み、しわがれ声になり、汗ばんで顔は白くなった。何とか自分を立て直そうとするあいだ、沈黙が支配した。カミンズはモリセイに優しく、金曜の昼に休廷すれば週末二日半休んで声が戻せる、でもMCGスタジアムでフットボールなど見ていては困るが、と提案した。モリセイは照れくさそうだった。にやにや笑い、頭を下げて、週末ぎりぎりまで頑張ると言った。

そして金曜の朝、陪審員が入廷する前にまっさきに、モリセイは裁判官に、半徹夜をして準備したので、反対尋問を昼休みまでに終えられると述べた。

カミンズ裁判官はしかめ面をした。前の晩、と彼は鋭く言った——陪審員から質問がきた。この裁判はあとどのくらい続くんですか、と。陪審員のなかには入廷前、または昼食どきに仕事場に行っている人もいる。みな真剣にこの役目に取り組んでいる。今日の午後の仕事を休む手配もしてしまったのに、今になってもうお昼で結構です、と言われるとは。弁護団の便宜のために犠牲にしていい人たちではない。生活もある。まっとうな扱いをしなければ。

モリセイは弁護団席で目を落として自分の手を見つめていた。怒ったような、そして傷ついたようなようすだった。昨日は、実際に裁判官は、モリセイの床に湯たんぽを入れてくれるような気づかいを見せてくれていたではないか？ 今日になってその手を物差しで叩くようなことを言うなんて。

けれどもファクワスンの支援者たちは、この法廷用鬘をかぶった彼らの闘士を忠実な眼差しで見つめていた。彼らはモリセイを信じていた。モリセイを駆り立てていたのだ。あるときルイーズの母親が、娘が何に夢中になっているのか見るために傍聴しに来て、辺りを見まわして驚いたように言ったものだ。「ここは、まるでみんな家族みたい」この窮屈な法廷は、親密なスペースとなった。少なくともモリセイには。この親切で、暖かく、人好きのする弁護人は、おそらく感傷的で少しばかり自惚れていて、ファクワスンと同一化するあまり、自分の依頼人の話を身体が表現してしまい咳の発作を起こしたのかもしれない。そしてその話というのは、裁判が進むにつれてますます途方もないものになっていくのだった。

＊＊＊

裁判が四週目に入った月曜日、検察側は重要な目撃者を呼んだ。

その男が証人台への段を上るのを見たファクワスンの姉たちは肩をいからせ、敵意を示していた。

男の黒い髪は最近散髪したばかりだった。ジーンズにスニーカー、そしてストライプの半そでシャツ姿で、ロカビリー風の若々しさを装っていた。けれどもそのすっきりした顔立ちは無表情で、緊張と警戒心がその姿勢に感じられた。名前はグレッグ・キング、バスの運転手だった。そしてこれから彼は公衆の面前で苦難に引きずりまわされようとしていた。それはたいていの人が、喘ぎ、汗をかきながら覚めて良かったと思うような悪夢に似ていた。

「キングさん」ラプキが言った。「ロバート・ファクワスンという男を知っていますか」

「はい。知っています」

「どのくらいですか」

「一緒に育ったんです。友だち、仲間、家族ぐるみの付き合いです」

この友だち同士は、お互い別の方向を向いていた。私の席からは二人の横顔が見えたが、それぞれが断固として目を合わすことを避けていた。

彼らはウィンチェルシーで育った。数年おいて地域の小学校に通い、同じようにジロングの技術専門学校に通った。キングが二〇歳、ファクワスンが一七歳のとき、地方自治体の仕事で一緒になって、初めて友人となった。仕事以外では一緒にフットボールをし、パブに出入りしたりキングの家でたむろしたりしていた。ファクワスンとシンディが真剣に交際し始めた頃、キングと妻のメアリーにはすでに子どもが生まれていて、友だちの仲も少し疎遠になり始めた。

ラプキがファクワスンとギャンビーノの仲について述べるよう言ったところ、キングの息遣いが荒くなったのが判った。声はしわがれた。二人はいつでも敵対していた、と彼は言った。夫婦として結束すべきだと勧めたこともあったが、二人は互いのあら捜しをしたり口論したりしていた。結婚したときにはすでに子どもが二人いた。キングは結婚式に出席した。メアリーと家に遊びにいってバーベキューをしたり、一緒にパブに夕食を取りにいったりした。けれども親としての重圧が増すにつれて、ロブとシンディは、ことに金の問題についてしょっちゅう喧嘩していた。ロブは仕事に満足していなかった。地方自治体の仕事にも、「ジムの草刈り」チェーン店にも、カンバーランドリゾートの清掃業でさえも。キングの話では、この夫婦は相性の悪い不平屋のようだった。不満だらけの夫と要求の高い妻。キングの意見によれば、彼らはあまりにも先走って、片方にしか収入がないのに三〇万ドルもの家を建てようとしていた。供述書ではキングは、この夫婦は周りの人が持っているものと比べることで自分たちを測る癖があった、と述べていた。ファクワスンは、シンディがいつも分不相応なものを買いたがると不満を言っていた。

「シンディはいつも最高のものを家に置きたがっていました」キングは言った。「最上が良かったんです」

これを聞いてファクワスンは姉たちのほうを見て、紛うことなく目を細めてにやにや笑い、肩をよじった。ケリ・ハンティントンは冷笑を浮かべてうなずいてみせた。

二人の結婚が破綻したとき、キングは父親の実家にいたファクワスンを週に一度くらい訪ねていった。「慰めるために、です」友だちなんだから。ファクワスンはしょげていた。ふさぎ込んでいた。起こったことにたいして怒りと動揺を覚えていた。ある晩彼は言った。「シンディに男ができたらしい。あのアマ」キングはもうすでに町の噂になっていることは言わないでおいた。あるとき、別離によって悲観的な気分になっていたファクワスンは、車で崖から飛び出すか、木に衝突しようか、とキングに言った。

再びファクワスンは傍聴席の家族を振り返った。途方もない嘘だ、といわんばかりの呆れ顔で、口には苦々しい笑いを浮かべていた。

「それに対してあなたは何と答えたんです？」ラプキが尋ねた。

「私は」キングは口ごもりながら答えた。「そんな馬鹿なこと、って言ったんです」

ファクワスンとシンディが別れてから一か月ほどの頃、キングはウィンチェルシーの商店街目指して西へと自動車道を走っていた。そのとき、ロビーが白いコモドアに乗って反対車線の路肩に車を停めているのを見た。彼はジロングに続く東の方向をまっすぐ見つめていた。キングは目を合わせたが、そのまま通り過ぎた。ファクワスンもまた車を発進させて反対方向に向かっていった。

その週の後日、キングは「木の下で停まっていたのはお前だろう？　何してたんだ？」と尋ねた。

「考えてたんだ」ファクワスンは答えた。「トラックにでも衝突してやろうかって」

キングは家に帰ると妻にこのことを報告した。彼らは、またロビーが「馬鹿を言っている」という結論に達し、そのことは誰にも言わなかった。

＊＊＊

二〇〇五年冬、父の日まで数か月のある金曜の晩のこと、メアリー・キングは夫にフィッシュアンドチップスの店に車で行って、夕食用に熱々のフライドポテトを買ってきてと頼んだ。年少の子どもルーシーとラクランが一緒に行った。キングは子どもたちを店にやって注文させ、自分は車で待っていた。

偶然にファクワスンが三人の息子と店にいた。彼は外に出てきて、車のウィンドウを下げたキングと立ち話をした。疲れて、落ち込んでいるように見えた。シンディ・ギャンビーノの車がやって来て停まっても、その気分は上がらないようだった。彼女は車から降りて二人の名を呼び挨拶した。キングは話しかけたが、ファクワスンは黙っていた。ギャンビーノが店に消えるとキングはファクワスンの態度が悪いといってなじった。

「挨拶くらいしろよ、なあロビー。少しは進歩しなくちゃ」

「いやだね」ファクワスンは怒って言った。「俺にあんな仕打ちをしてただじゃ済まないぞ。あいつが運転しているあの車に、三万ドルも払ったんだ。あいつが欲しいって言ったから。それを二人で運転しやがって。俺の車を見ろよ、このポンコツを。今じゃあいつはあの馬鹿野郎と結婚するってんだ。俺の家に奴らと子どもを住まわせて、養育費まで払わされるなんて、絶対ごめんだ」

「前に進むんだよ」キングは説得しようとした。

ファクワスンは聞いた。「どうやって?」

法廷には緊張した沈黙が降りた。ラプキは目を細め、顔を上げて待った。キングは身体を左右に動かしていた。口ごもっていた。何とか気力をふりしぼって、言葉を続けた。「それから、こう言ったんです。『あいつから、一番大事なものを奪ってやる』それで彼にそれは何なのか聞いたんです。すると彼はフィッシュアンドチップスの店のほうに頭を振ったんです。

私は、『なに、子どもたちのことか?』と言ったんです。

彼は『そうだ』と言いました。

私は『どうするんだ、人さらいでもするのか?』と聞きました。

彼は私を見つめて言ったんです。『殺すんだよ』と」

被告人席でファクワスンは姉たちを振り返り、激しく頭を振った。ずっと眉をひそめ、顎を襟にうずめて激しい怒りを込めて拒否するような身振りを見せていた。

キングは心を落ち着けるために話をやめた。震える手でコップを掴むとごくりと水を飲んだ。

「私は、『馬鹿な、ロビー、お前の肉親じゃないか』と言いました」

彼の声はほとんど聞き取れなかった。ファクワスンは眉を吊り上げて必死に聞こうとしていた。

「彼は、『それがどうした、俺は奴らが憎いんだ』と答えました。

『刑務所行きだぞ』と私は言いました。

すると『いや、行かないさ。その前に死んでやる』と言ったんです。

私はどうするんだ、と聞きました。すると彼は近々さ、と言うんです。『何だって?』と聞き返しました。

彼は『事故を起こして、俺は生き延びて子どもらが死ぬんだ。特別な日にな』と言いました。

『どんな日なんだ?』と私は言ったんです。

するとこう答えました。『父の日のような。そうすればみんな覚えているだろう。父の日なら、最後のときに子どもたちと一緒にいるのは俺だ。あの女じゃなく。そうすればあいつは生涯毎年父の日に苦しむことになるさ』

私は言ったんです。『そんなこと夢にも思っちゃだめだ、ロビー！』」

そのときルーシーとラクランがフライドポテトを手に店から走り出てきた。キングは子どもたちを連れて家に車を走らせた。妻は夕食の支度で忙しそうだった。遅かった、と腹を立てていた。テレビがついていて、部屋では食卓についた四人の子どもが大騒ぎしていた。キングはメアリーに、先の会話について話した。二人は、またロビーの馬鹿話だと片づけた。その後数か月のあいだ、思い出すこともなかった。

そして父の日がやって来た。その晩一一時にキングは町の友人から電話を受けた。ロビーが事故に遭い、子どもたちが貯水池で溺れたという。

「すべてが蘇ってきました。あの会話が」とキングは言った。そしてごくりとつばを飲み込んだ。「私は、ロビーはどうした、と聞いたんです。すると『ロビーは大丈夫だった。病院に行っている』ということでした。私は唖然としてしまいました。ひどい衝撃だったんです」彼の顎や首には筋が浮かび上がっていた。その手は証人台の手すりをぎゅっと掴んでいた。

ラプキは検察側の席からキングをじっと見上げていた。話の続きのためには、この証人にしっかりしておいてもらう必要があった。

「ゆっくりと」とラプキは言った。「進めていきましょう」

バス会社に勤めていたキングの上司は、彼のひどく落ち込んだ状態を見て、いろいろと聞き始めた。

キングは泣き崩れて、すべてを打ち明けた。その上司はかつて警察に勤めており、幾つか電話をかけた。その一一日後、ジェイとタイラー、ベイリーが埋葬された翌日の朝、メルボルン警察殺人課の刑事が二人ウィンチェルシーのキングの家にやって来た。話を聞いた刑事は、キングにファクワスンがいる父親の家に行って、フィッシュアンドチップスの店での会話の件を話題にし、その反応を隠しマイクで録音してくれないかと頼んだ。

その晩暗くなってから、気が動転してしまっていたキングは、ウィンチェルシーの東数キロのところにある、旱魃で干上がったモドゥーワー湖の船着き場の、舗装されていない道の一番奥で待ち合わせた。この木に隠れた人目につかない場所で、刑事はキングの身体に盗聴器を仕掛けた。キングは、マイクを胴につけ録音機をズボンの下のほうに隠したまま、乾ききった湖から車を走らせて町に戻っていった。

＊＊＊

その晩キングが録音したテープを陪審員に聞かせるよう検察側は要求したが、それは一時間四〇分にも及ぶものだった。フィッシュアンドチップス店での会話については、テープを書き起こした記録の四七ページ目で初めて出てきた。検察官ラプキは「男たちのフットボールについての冗談」には興味がなかった。そこでカミンズ裁判官に関係ないと思われる部分は除いて一〇ページ分、二〇分ほどの部分の聞き取りにしてほしいと依頼した。けれどもモリセイは飛ぶように立ち上がった。否！

テープ全体を聞かなければいけない、それがファクワスンの精神状態、そしてこの二人の友人関係を示すのだから。

カミンズ裁判官はモリセイのほうに加担した。法廷の人びとがみな、また緊張と集中を強いられる時間に備えて身動きしたり伸びをしたりするあいだ、カミンズは陪審員に、証拠は手渡された筆記録ではない、と念を押した。筆記録は手引きに過ぎない。証拠はテープの音である。彼は、陪審員に間合いや、強い口調や、声色に注意を払うよう促した。

＊＊＊

テープではキングは、すでに別の友人のミック・ストックスがファクワスンと一緒に腰を下ろしているのを見てぎょっとする。最初は、その挨拶する声が、証人台の口ごもった人のものとはよく判らない。キングの声は感情に満ちていてミュージカルに出てくるようだ。さて、などとまるでソーシャルワーカーか医師のような呼びかけをしている。具合はどうかな、何か問題はないかい?「昨日」のことについて謝り、今朝弔意を表しに「あそこに」行ってきた、と告げている。

「昨日＝お葬式」とルイーズがメモに書いてよこした。「行かなかったのかしら?」私たちはよく聞こうと身を乗り出した。

けれどもこのぎごちない挨拶のあと、三人はとりとめない話を囁くように一時間ほど続ける。フットボール、車、そしてまたフットボール。クイーンズランドに行くのに車と飛行機ではどちらが安いか？　またフットボール。砂漠にそびえるラスベガスの美しさ。それが見たい。いびきの新しい治療方法、薪の値段、キングの悪くなった膝と間近に予定されている関節鏡検査、そしてまたフットボール。機転のきかない友だち二人が地域の子どものスポーツと教育振興について意見を述べるあいだ、ファクワスンはどうにか健気に対応している。物憂げな鼻にかかった声で会話は延々と続くが、仲間が家族を喪ったのでそれを悼んで来た、という友人の訪問の理由は述べられないままだ。そしてその背景ではテレビが、社会の不安を解消するという役目そのままに、躁病的なエネルギーを放出している。軋むタイヤ、弾丸、女の金切り声、警察のサイレン、アメリカ訛りの大声。

ファクワスンは、陪審員と同じくヘッドフォンを与えられていて、それを着けると奇異なことにもっと大人に見えた。筆記録は脇の椅子に広げて置かれ、その上に身を屈めていて、その表情はかすかな疑いを持っていた。ジャーナリストの何人かはもう記事を書き始めていた。家族席では、女性たちが背をまっすぐにして座っていた。ケリ・ハンティントンは着ていたカーディガンの袖口を独りもてあそんで、開いたり閉じたりしていた。けれどもファクワスンの黒いジャケット姿の義理の兄は、前屈みになり、肘を膝にあてて手を合わせ、教会で祈る人の恰好だった。長たらしい時間を堪えている。スティーヴン・ムールズとベヴ・ギャンビーノのあいだに、艶のある茶色い髪の小さな頭があることに気づいた。シンディ・ギャンビーノだった。彼女は席で身体を前後に揺すっていた。

一〇〇分にもわたるぎこちない話のあとで、愛想の良いミックが帰っていった。キングとファクワスンはようやく二人きりになった。

「なあ」キングがしわがれた囁き声で言う。「行かれなくて悪かったな」

「ああ」ファクワスンの声は生気なく、冷ややかだ。飽き飽きしたようすで、なんとか客の相手を務めようとしているようだ。一瞬テレビの音がなくなった。「来ない人は大勢いたよ。判っている。俺にとっては一〇〇万倍辛いんだ。だから何も言わなくていいんだ」

隠しマイクはキングの不安な息遣いを拾っている。彼は勇気を振り絞る。「だが、あることがずっと引っかかってるんだ。覚えてるか？　あのフィッシュアンドチップスの店の前のことだぞ？　あの話だ」

「話？　何についてだ？」

「俺はずっと気に掛っていたんだ」キングは言う。泣き出さんばかりの声だ。「シンディが車で来たとき、お前はあいつに凄い仕返しをしてやると言っただろう。あれが今回のことに関係ないといいんだが」

「いやいや、まさか」ファクワスンは言う。「いやいや、俺がまさかそんなこと……」

「だがな」キングは囁く。「奴らが俺に話を聞きにくるんだ。明日だ。俺はパニック状態だよ」

そしてこの、キングが初めて直球の嘘をついた瞬間、テープ全体を聞くというモリセイの主張が裏目に出ることになったようだった。それまでの一時間半のあいだファクワスンは、意気下がってぼんやりし、何とか会話を続けようと必死だが、その話に感情を込めることもできないような印象を与えていた。生きる理由を失った男、という印象を。ところが今やアドレナリンが湧き出て活気づいたようだ。キングの言ったことには驚きも示さない。すぐに采配を振るい始める。

「よし」彼はひそひそ声だが確かな声で言う。「いいか、悩むな。パニックになるな。俺がどんな人間だっていうこと、そんなことはするはずがない奴だってことさえ言えばいいんだ」

「仕事にも行っていないんだ」キングが惨めな声で呟く。「動揺しちまって」

ファクワスンは畳み掛けるように話す。「奴らには、俺がどんな人間かさえ言えばいいんだ。知っての通り、おれとシンディはうまくやっていた。あいつも警察にはそう言っている。あのときのは、俺が怒って言った言葉のあやさ。だけどそんなことしようはずもない。これから一生これを背負って生きるんだ。たまらないよ」

「ああ」キングは口ごもる。「だけど俺だってたまらないよ」

彼らの声は低く、張りつめている。向き合って身を乗り出しながら座っているに違いない。

「俺だって聞かれたさ」ファクワスンは抑えた声で言う。「四時間半もだ。地獄だよ。相手の目をちゃんと見て真実を述べたさ。誰にも嘘はついていない。お前は、『あいつはいい奴です。長い知り合いで、いつも子どもに良くしていました』って言えばいいんだ。それでシンディとのことについて聞かれたら、『私の知る限りうまくやっていました』だ。判らないことが出てきたら、『知りません』って言えばいい」

「俺は怖いんだよ」キングは乾いた暗い声で言う。

「お前には聞いてこないさ。怖がることはない。前向きになれよ」

ファクワスンの声は少し高くなり、よどみなく流れ始める。「奴らはシンディにも聞いている。『彼がそんなことするはずないです』って言ったと聞いている。俺はろくでなし野郎じゃない。間抜けな馬鹿者じゃない。絶対、絶対に、そんなことするはずがない。俺が仕返ししてやるって言ったのは、『いつか別の女を見つけて見せびらかしてやる』っていうことだったんだ。俺のことはよく判ってるって言ってくれ。『あいつはいつも子どもを甘やかしていた。フットボールの試合に連れていったり、自分たちでプレーしたり』って。いつも散歩してるときに俺たちが自転車に乗って出かけているのを見ただろう。俺は息子たちにかかりきりで、一緒に運動したりしていた。俺がやってきた良いことを思い出してくれ。前向きなことを言ってくれ」

「ロブ、俺は気が変になりそうだよ」

「そんなこと言うなよ、やつらにどう思われるか……」声が消えかかって、また盛り返す「俺とあいつは仲良くやってきたんだ。結局はうまくいった。シンディは俺を責めちゃいない。いいか、もしわざとやったとしたら、俺も死んでいただろうよ。俺は誰にも正直に言っている。真実を言っているんだ。インフルエンザのせいで、咳の発作が起きたんだ。気を失っちまった。嘘じゃない。これからずっとこれを背負っていかなきゃならないんだ。ずっと」

「なんてこった」キングは大声で叫ぶ。

「それに、だ」ファクワスンは言う。「子どもたちを自分の命より大事に思っていたんだ」

自殺、という言葉を使わずに、彼はそれについて話題を向ける。「それでシンディは俺にしっかりして、と言っているんだ。死にたいよ、だが誰もそうさせてくれない。シンディは、もしそんなことしたら負けだ、と言うんだ。俺はずっとカウンセリングを受けていて、今も通っている。子どもに対して過保護だったんだ。とっても。今もそうだ。この世じゃ子どもを守れないから、とシンディに言ったが、だめだというんだ」

シンディ・ギャンビーノは前屈みになって、目を陪審員の頭上あたりの壁に据えたまま聞き入っていた。陪審員たちの表情は読み取れなかった。

疲れきったキングは、自分が開けた消火栓の放水から逃れようとする。

「よし」弱々しい声で、「もう行くよ。帰って寝る。まったく……」

「帰って寝ろ」ファクワスンは言う。「なんで奴らがお前の話を聞きたがるんだろう？　俺の人柄を知りたいのかな？」

「きっとそうだろう」

「それなら奴らは俺がどんな人間だったかを聞いてくるだけだろう。お前は『長い知り合いです。子どもを可愛がっていました。こんなこと、あんなことをしてやっていました』と言えばいいんだ」

「判ったよ」キングは答える。「もう行くよ」

彼は車の鍵をがちゃがちゃと鳴らす。ドアのほうに向かっているに違いない。ところがファクワスンが割って入ってくる。

「おい、お前は何でも好きなことを言えばいい。お前の思う通りに。だが弱気なことを考えていると、マイナスの結果になるぞ」彼はキングにもう一度思い出させる。スポーツ、空手、自転車、フットボールの練習、自分がどんなにいい奴かということ。「警察は判ってるんだ。お前も心配しなくていい。落ち着いていればいいんだ。それで奴らも満足するから」

「判った」キングは言う。「連絡するよ。またな、ロブ」

車のドアがばたんと閉まる。エンジンがかかる。

「今帰るところだ」とキングが呟く。すでに、暗い船着き場で待っている刑事たちに向かって話しているのだ。

＊＊＊

「なんてこと」私はルイーズに囁いた。「まるでシェイクスピア劇のようじゃない？　双方が嘘をついていて」「シェイクスピアじゃないわ」彼女はシーッと遮った。「あのテレビドラマ、『ザ・ソプラノズ』のマフィアたちよ」

＊＊＊

キングの録音に刑事たちは満足しなかった。一か月後の二〇〇五年一〇月一三日の夕方、彼らは隠しマイクをつけて再びファクワスンのところに向かうようキングを説得して、フィッシュアンドチップス店での会話についてもっと詳しく問い詰めるよう圧力をかけた。法廷で二番目のテープがまわるあいだ、キングは緊張のあまり暗い顔つきで、クランチー警部補の隣に座っていた。

砂利道に響くブーツのざくざくいう音で、キングがマウントモリアックにあるケリ・ハンティントンの家に到着したことが判る。ファクワスンは、葬儀のあとメディアの貪欲な取材を避けて、姉のところに逃避していたのだ。けれどキングが玄関口に来たとき、小型犬が侵入者に対してキャンキャンと吠えたて、唸り声をあげたので、法廷ではファクワスンとその一族が笑いを必死にこらえていた。ケリ・ハンティントンは自分の声を聞いた。「フォックス、出ていきなさい、ほら、行くのよ！」彼女は顔をピンクに染め、前屈みになって肩をふるわせていた。法廷にいたほかの人たちも、この家族が好ましい普通の人たちであることを思い出して、笑わずにはいられなかった。

「ずいぶん元気のいいワンちゃんだな」キングが言う。

「咬まないさ」ファクワスンが答える。「ひどく吠えるだけだ。ここに座ろう」

そのほかの家族と犬は退場する。ファクワスンがキングに眠れない夜について語る。眠りがあまりにも妨げられるので、諦めて起きてテレビを見ているのだ。キングは今が口火を切るときと見なす。

「俺も同じだ。なあ、ひどく悩んでいるんだよ。あの会話だ。どうしたらいいのか判らない」

このときファクワスンは劣勢に立つ。「違う、あれは違うんだ。ずっとそう言っているだろう」

「『あいつに思い知らせてやる』というのだけじゃなくて」キングは続ける。「お前は彼女から一番大事なものを奪ってやるって言ったじゃないか。そしてフィッシュアンドチップスの店にいた子どもたちのほうに頭を向けて頷いたんだぞ。はっきりさせたいよ。何がなんだか。俺は『そんなこと夢で見ることも許されないぞ』って言ったんだ。するとロブ、お前は『お前が夢なんて言うとは奇遇だな。事故に遭って俺は生き残り、子どもたちが死ぬ夢を見るんだ』と言ったんだぞ。こんなこと頭から消し去りたいよ。まるで腫瘍が身体を喰っているみたいだ」

「俺は絶対にそんなこと言わなかったぞ」ファクワスンが言う。「お前が間違っている。考え違いだ。いつか彼女が目を覚まして、俺が思っているほどやわな奴じゃないってことが判る、って言いたかったんだ。俺は何かを成し遂げるんだ」

そして、またもやファクワスンは熱弁を取り戻す。その声は感情を抑えているが、親密で言い含めるようであり、言葉や文の終わりがすべて上がり調子で、それはまるで頭のなかでしっかり整理された議論の一連のポイントを並べ立てているかのようだ。ときおりキングが口を挟もうとするが、ファクワスンは畳み掛けるように話を続ける。そして飽きることなくその説明を繰り返し、新しい話も付け加えて述べ立てる。一方キングは呻き声にも似た痛々しい溜め息をつき続ける。そして背景には、低くずっと続くテレビの馬鹿ばかしいお喋りが流れていて、叫び声や粉々に砕ける音、そして一度はホイッスルが鋭く響く。

キングがやって来た目的は、ファクワスンを敵に売ることだった。けれどもファクワスンの流れるように口早な独りごちには、奇妙に雄弁な勢いがあって、何か戦略的で自信に満ちた力があった。命がけの口調だった。

そう、ファクワスンはシンディが自分を馬鹿にしたときは腹を立てた、「ほら、私はこの良い車を運転しているのよ、あんたはどうなの」そして別の野郎がそれを運転することになる。彼女が家を売ろうとしないので、自分は良い車が買えず、ひどく腹を立てていた。姉たちは、シンディが彼を手ひどく扱っていたことを知っている。けれどもフィッシュアンドチップスの店の外で話したときキングは知らなかっただろうが、自分はシンディと話をつけていて、友好的な関係になっていた。彼女に辛い思いをさせたり、まして子どもに何かしたりするなんてあり得ない。絶対に。子どもに手を上げたことともない人間が、どうして殺せる？　あまりにも隔たりがあるじゃないか。ファクワスンがそんなことをする奴だなんて誰も思っちゃいない。そんなことは決して言っていない——キングがそんなふうに思い込んだんだ。

キングが飛び上がる。「俺の思い込みじゃない！　おい、俺のせいにしないでくれ！」

判っている、ファクワスンは彼を責めちゃいない。キングに、あの晩本当は何を夢想していたか、伝えておくべきだった。シンディへの復讐なんかじゃなくて、新しい金になる計画なんだ。ヨーグルト輸入でうまくいけば年三〇万ドルも稼げる商売の話がもう何か月も前からあって、ローンに住むマークという友人が分け前をくれると言っていた、だが、まだ内々のことで、口にできなかったのだ。子どもの母親の目を見て、嘘をつき、立ち去るような真似をファクワスンができると思っているとしたら、キングは人でなしだ。シンディも、精神科医も、彼のことを一五〇パーセント信用している。だから彼はなんとか生きているのだ。信用と自分自身の正直さ、そしてありのままを言うことができる誠実さに支えられている。奴らには真実を言えばいい。最後まで本当のことを言えばいいんだ。真実なんだから。警察は彼のことを疑っていない。警察は、精神科医には彼が犯人像に当てはまらないと言っている。ああいうことを企んだ場合は、念入りな計画があるはずだ。だから嘘をついていると、ばれてしまう。あの、子ども二人を毒殺した女。警察は二時間半で口を割らせたらしい。口を割ったんだ。もう嘘がつき通せなかった。だが彼は、最初から真実を述べていた。警察での訊問にもずっと変わらなかった。言っていたことを取り消すなんてしない。三度の聞き取り——救急車内の救急隊員、ジロング病院救急病棟での警察、殺人課の刑事——に言ったことはみな同じだ。彼は何度もキングにすべて誤解だと言う。そんなことはひと言も漏らしてくれるなと懇願する。そんなことは頭から消し去れ、と言う。今すぐに、ここで。

「俺はカウンセリングに行こうと思う」キングは惨めなようすで言う。「眠れないんだ。夢を見るんだ。起こったことについて。子どもたちがどんな目に遭ったか。俺は、話さなきゃならないよ」

「なんてこった」ファクワスンが言う。「頼むからそんな馬鹿げたことを言ってくれるな。俺に罪を負わせるようなことを言い出しそうで怖いよ。警察は『グレッグ・キングから話を聞いた。お前に関して問題ないとは言っているが、カウンセラーのところに行っているぞ。そしてそのカウンセラーがああだこうだと言っている』と言うだろう。お前もそれに巻き込まれてしまうんだ。そんなのは嫌だろう。俺はマークに連絡して、『俺が事業を買う話をしたのを覚えているか』と聞かなきゃいけなくなる。まったく関係ない方向に話が飛んでしまうんだ」

キングは帰ろうというような素振りを見せるが、ファクワスンが引き戻すような仕草をしたようだ。彼が起こしたのは突然の事故だった。悲劇的な事故だ。これを一生背負っていくんだ。嘘なんかじゃない。よくあることだ。たくさんの人が運転中に失神している。病院の心的外傷担当チームがみんな、どうしようもないことだったと言ってくれた。スーパーマンじゃないんだから。カウンセラーの先生だって、自分を責めないようにと言っている。毎日彼は自問している。どうしてこんなことが自分に起こったんだ、何をしたっていうんだ？

ファクワスンは戸口に向かうキングにまだ懸命に話しかける。キングやほかの奴らがパブで喧嘩になっても彼は決してそれに加わらなかったのを覚えているだろう。驚いているし、がっかりもしている。キングに、そんなことをするかのように思われているなんて身にこたえる。そういう性質《たち》の人間じゃない。もう調べられたり騒がれたりするのは嫌なんだ。

「判ったよ」キングはいう。「お前はあの晩腹を立てていて、俺が誤解したんだ」

ファクワスンはキングに、精神科医が車を運転するときのために教えてくれたというリラックスする方法で気を静めるようにと説く。囁き声でやってみせる。「数えるんだ。こう言って。静まれ、静まれ、静まれ。流れるように」

もう彼らは戸外に出ているのだろうか。夜鳴き鳥が、かすかな哀愁をおびた声をあげて飛んでいく。鍵がかちゃかちゃいう音。車のエンジンがかかる。だがファクワスンの話はまだ続いている。キングの車の開いた窓にもたれているに違いない。フィッシュアンドチップスの店のときのように。

「ここから帰るときにはもう、『胸のつかえが取れた。奴は真実を言っている。奴は誰に対しても、自分に対しても正直だった』と言えるだろうよ。だって俺は正直な人間なんだから。もう考えず、水に流してしまうんだな。もう終わりだ。気分が良くなるだろう。もう俺としては、このことは終わりだ。そしてお前にとっても、だ。よく眠れるだろうよ。だが何か問題になったら、カウンセリングを受けたりする前に俺に連絡してくれ」

＊＊＊

人びとは沈んだようすで、列をなして法廷をあとにした。ルイーズと私は地面に目を落としたままタタソール通りまで歩き続けた。

「私はたった今、疑いを晴らしたわ」レストラン「上海小龍包」のすすけたドアのところでルイーズは言った。「でもまだ可哀そうに思っている」

「あの人、あんまり驚いていなかったわね」私は言った。「まるで予想していたみたい」

ルイーズはファクワスンの大げさな言葉づかいを真似した。「それに俺は自分の命より子どもたちを愛していたんだ」

私たちの周りの席の学生たちは大声を出したり笑ったりしていた。私たちは黙って座っていた。ルイーズの目を正視できなかった。今まで持っていたファクワスンが無実だという一抹の幻想が、逐一、そしてその口から出た言葉によって、崩されていき、奇妙にも恥ずかしさに似た何とも言えない感情が沸き起こった。給仕が、私たちの皿をラミネートのテーブルクロスにどん、と置いた。

「あのジャーナリストの考えに近づいてきたわ」箸を取り上げながらルイーズが言った。「あの人の、ファクワスンが自己中心的で冷たい野郎だ、一番ひどいやり方で子どもの愛情と信頼を裏切った奴だっていう意見」

私は何とかそうならないようにしていた。陪審員のように、すべての証拠が出そろうまで待って、議論によって納得する状態に自分を保っておきたかった。

「ジャーナリストは素早くなくてはならないのよ」私は言った。「だからはっきりしたものの見方を早い段階で立てるのね。私たちは素人の好奇心で見てるのだから、あれこれ考える時間がある」

ルイーズは顔をゆがめて見せた。私たちは黙って野菜小龍包を食べ終えた。

＊＊＊

法廷疲労などとでも呼ぶべき狂気の症状だろうか？　ルイーズに、白昼に夢想したり夜の夢に出てきたりする私の馬鹿げた考えはとても言えない。ファクワスンが無罪となれば、男の子たちも生きて戻る、という考えを。シンディが法廷から家に帰ると、子どもたちが庭でボールを蹴り、長椅子に寝そべってテレビのアニメ番組に見入っているのだ。ベイリーは手を広げて母親のところに走り寄ってくる。子どもたちが、お腹が空いたと叫ぶ。シンディは冷蔵庫を開け、賑やかに鍋やフライパンをがちゃがちゃといわせ始めるのだ。私は家に戻って、レゴやライトセーバー剣で遊ぶ孫息子たちを引き寄せ、身をよじるまでぎゅっと抱きしめたかった。幼い男の子たち！　あんなに元気で活力に溢れる生き物が、死んでしまうなんて！　陽気なあどけない命が永遠に消えてしまうなんて！

刑事裁判の弁護人たちは、自分たちが、知識と機智で武装し自由な精神を持った冒険者で、国家の圧力に抵抗して闘っている個人を護るために全力で疾走する存在であると見なしている。彼らは喜んでそれを演じるのだ。その語りの水面下には、皮肉な笑いの泡が潜んでいる。その卓越した人びとには何か獰猛なところがあり、その才気は反対尋問においてもっとも破壊的な効果をもって発揮される。

ピーター・モリセイ上級法廷弁護士には、自分をそのような闇の騎士になぞらえるほどの自惚れはないようだった。それでもなお、心温かく慎みある男でもほかの男性からどのように見られているかにどんなに敏感なのか、把握できる女性はいない。たとえ、裁判の休憩時間に傍聴席を見上げて、自分の仕事ぶりを妻が見ているので、明らかに喜んで微笑んでいるこの男でさえも。

＊＊＊

グレッグ・キングは検察側にとって花形の証人だった。モリセイは道路の勾配やハンドルの切り方や警察のペンキ印について、重箱の隅をつつくような質問を延々と続けたが、ファクワスンの弁護を持ちこたえられるか否かは、確実に陪審員たちのキングへの反応にかかっていた。モリセイはキングの記憶、誠実さ、個人的信用、さらには正気かどうかについても攻めなければならなかった。

緑と黄色の縞の綿シャツを着たキングは、口をぎゅっと結んで証人台に立ち攻撃を待った。

モリセイは、まずは親しげな声色で、あの金曜の晩にフィッシュアンドチップスの店の外でファクワスンが言ったという言葉をキングに確認した。キングはすべてその通りだとした。するとモリセイは追い込んできた。キングは本当にロビーがそのとき「じっと目を見て『子どもたちを殺す』と言った」のだと主張するのか？

「そうです」

モリセイは顎を上げた。「それは違いませんかね？　あなたは二つの録音のどちらでも彼にそう言っていないじゃありませんか？」

キングはもぐもぐと言い始めた。「あまりにも緊張していて……」

「それは関係ないでしょう」モリセイはぴしゃりと言った。「言わなかったんですよね？」

「言いませんでした」

モリセイは身を乗り出して、そのフットボール選手のような身体を両方の拳で支え、激しく言い始めた。それではキングはファクワスンに「馬鹿な、ロビー、お前の肉親じゃないか」と問うたのか、そしてファクワスンは「それがどうした、俺は奴らが憎いんだ」と答えたのか？　それも誤りではないか？　そしてキングが、そんなことをすれば刑務所行きだと戒めたとき、本当のところファクワスンは、そうなる前に自殺するなどと実際には言わなかったのでは？　ずいぶん極端な言葉だが？　それまでファクワスンは子どもたちを傷つけようなどとキングに言ったことはなかった、そうでしょう？　彼が言ったのは、子どもたちを愛している、ということだけだったのでは？　とても可愛い子たちだ。子どもたちも明らかに父親を愛していたではないか？　ファクワスンは子どもに愛情を注いでいたではないか？　だがキングはファクワスンがこの冷血な三人の子殺しについて、場所と時間まで述べたと主張しているではないか？　三人の可愛い子どもを？　そう、それがキングの主張なのか？

「そうです」キングは身じろぎし、顔色を変えて呟いた。

モリセイは身をそらして立ち、法廷ガウンの袖に手を突っ込んだ。「あなたは」モリセイは疑いを込めた詰問調で尋ねた。「シンディ・ギャンビーノに連絡して、知らせたのですか？」

ギャンビーノは鋭い叫び声をあげ、ひどくむせび泣き出した

「いいえ」キングは低い声で言った。

知らせなかったと？　では警察には？　知らせていない？　学校の先生には？　やはり知らせなかった？　キングは翌日ロビーに電話をして「ロビー、君は何だか妙なことを言っていたが、調子はどうなんだ」と聞いてみたのか？

「いいえ」

キングは、子どもたちが貯水池で悲惨な死に方をして以来、この件について何度も悪夢を見たのではなかったか？　そう？　そのとき眠れなくなるほど影響を受けた？　それで幻想は見た？　つまり、白昼でもその光景が浮かんでくる？　それを自分ではどうすることもできないのでは？　どんなに頭

のなかから締め出そうとしても、繰り返し見える？　子どもたちが溺れている光景が？　そうでしょう？　死にかかっているようすが？　動揺するような光景が？

キングは汗を流しながら証人台の手すりを握って立っていた。強張った顔は青ざめ、さらに黒くなった。この数分間で彼は一〇歳は年をとったように見えた。「そうです」彼は呟いた。「そう、子どもたちの光景が」

そしてキングが見たのは、とモリセイは続けた。ロビーがひどい悪人だという幻想だ、そうでしょう？　シンディを苦しめるために子どもたちを殺すとキングに言っているような？　それでこの幻想が、二〇〇五年一二月もしくは二〇〇六年一月にカウンセリングを受けにいくまで治療されないままだったのでは？

治療されないという言葉に私は座りなおした。モリセイは哀れなキングとその恐ろしい幻想という病理上の問題にしようとしているのだろうか？

「あなたご自身にもお子さんがいますね？」モリセイは言った。「三人の子どもたちが死亡したことを聞いて衝撃を受けて動揺しましたね？　そして二か月前にロバート・ファクワスンと交わした会話を必死で思い出そうとしたのですね？　その会話の細かいところまで思い出すにはたいへん苦労しましたね、違いますか？」

キングは言葉を詰まらせながら、勇敢にも自分の見立てを主張した。「私は八割がたはっきり思い出しました」

「あなたは、ファクワスン氏が父の日にやると言ったと主張するのですね？　誰もが思い出すように？　そして彼女でなく自分が子どもたちと最後にいた者になると？」

「そう言いました」

「『そうすればあいつは生涯毎年父の日に苦しむことになるさ』と？」

「そうです」

「あなたは『そんなこと夢で見ることも許されないぞ、ロビー』と言ったのですね？」

「はい」

けれども、とモリセイは続けた。キングはそのフィッシュアンドチップスの店での会話を、妻のメアリー以外には誰にも言わなかったのか？

言わなかった。

そして九月四日に子どもたちが死亡した？　キングは警察で供述したのか？　最初の隠し録音をして、それをモドゥーワーの船着き場で警察に渡した？

「その通りです」

「そしてそのあとで」モリセイは勝ち誇って叫んだ、「あなたはスキー旅行に行っていますね！」

これは散々叩かれたキングには、あまりの仕打ちだった。彼は背筋を伸ばし、抵抗した。「そう！きょうだいのところへね！」

モリセイはさらにまくし立てた。この隠し録音と四回にわたる警察への供述のあと、キングは、つきまとう幻想や悪夢の問題に対処するために、ベサニー支援センターのカウンセリングを受けたのではないか？

受けた。

キングはファクワスンの子どもたちを知っていたのだろう？　キング自身はその子たちを危険にさらすようなことはするまい？

しない。

そして、まさにこの動揺した精神状態ゆえに、キングはフィッシュアンドチップスの店での会話をひどく誤解しているのではないか？　ファクワスンが店にいた子どもたちのほうに向かって頷いてみせたところまではよしとしても、それ以外のすべては、のちの供述でキングが付け足したのではないか？　ロビーは子どもたちを殺すつもりだとは言わなかったのでは？　父の日に貯水池で溺れさせるなどとは言わなかったのではないか？

いや、言ったのだ。

ファクワスンがキングに言ったのは、金曜の晩に食べ物屋の前で離婚した男がこぼした愚痴に過ぎなかったのでは？

そうじゃない！

そしてキングはフライドポテトを買って家に帰ってから、この恐ろしい内容を妻に本当に言ったのか、それならどうしてメアリー・キングは予備審問での証言で、そんなことを言われた記憶はまったくない、と言ったのか？　もちろん彼らのキッチンはそれほど騒がしかったのではあるまい？

家はいつでも騒がしかった。

運命の父の日から三か月後、殺人課の刑事に向けて供述書を書くときまでには、キングはもう事実と幻想との区別がつかなくなっていたのでは？　子どもたちが溺れてからひじょうに心乱れるなかで、見た幻想と？

「全部思い出したんです」とキングは惨めなようすで言った。「電話を受けた夜に」

　モリセイは好調だった。ロビーの言う「子どもたちが池にはまり、俺は助かり、子どもたちは死ぬ」という夢だが、この夢とは警察の供述書のどこにあるのか？　書いてないではないか？　キングの記憶から消え去った！　ファクワスンが一方では「貯水池に入って、子どもたちは助からなかった夢を見た」と言い、また他方では「俺は貯水池で子どもたちを殺す。事故ということで俺は助かり子どもたちは助からない」と言う。一方は夢であろう？　そしてもう一方は脅しであり、現実なのでは？　キングにはこれらが違うということが判るだろうか？

　ああ、キングは火に焼かれているような苦しげな表情で答える。その違いは判る。

　事故によって受けたトラウマのせいで、その記憶が破壊されているのではないか？　心的外傷の治療を受けていたのでは？　自分自身が犯罪の犠牲者のように感じられていたのではないか？　実際、被害者支援裁判所に、犯罪の一次被害者として補償金を要求したではないか？

「そう、その用紙は手に入れました」キングは呟いた。

　モリセイは弁護団の机の端に手のひらを置いて、その声色を雄弁な調子から、もっと会話調に低めた。

「幾つかの事柄では、あなたとは論争していますが」彼は言った。「現実として、あなたはずっとひどくトラウマに悩んでいますね。そしてそれを隠そうともしていない。まだそのことで苦しんでいるんでしょう?」

「とにかくこれが終わってほしい、というだけですよ」キングは涙で声をかすれさせながら叫んだ。

「あなたは、苦しんでいる状態を終わらせてくれることを何か探しているのでしょう? 子どもたちが死んでしまったという恐ろしい知らせを聞いたあと、警察にひどく参っていると言いましたね? 胸のうちからこれを取り去りたいと? 頭のなかでずっと繰り返し思い出していたのでは? 話のつじつまをすべてうまくまとめられなかった? しょっちゅう泣いていた? これに取りつかれてしまっていた? パニック状態だった? 動揺した? 苛まれた? 堪えられないような感情的抑圧を受けていた? 神経衰弱に陥るのではと怖かった? 眠れなかった?」

「本当にひどいストレスでした」キングは同意すべきかどうかも判らず、どこかに誘導されるような気配を感じつつ、意固地になって言った。「トラウマだったんです」

「あなたは心のなかからこれを取り去りたかった。そうすれば身に降りかかった恐ろしい緊張感から少しでも逃れることができるかもしれなかったから?」

「そうです」

「あなたに提示しているのは」モリセイは続けた。「ひどい状況にいることによって、あなたの記憶があなたを騙そうとしているということなのです。ファクワスン氏が、あなたの証言にあったような、あんな極端なことを言ったとしたら、何らかの手を打ったでしょう、キングさん、もし本当に言ったのだったら?」

「彼は、言ったんです」キングは歯を食いしばりながら呟いた。そして、ひどく苦しんだようすで、また大声をあげた。「あんなこと、嘘をつくわけがないでしょう！」

「あなたは何らかの記憶に至ることが、治癒に関係すると思ったんでしょう？」

キングはモリセイをじっと見た。

「良くなるために、何か思い出す必要があったのでは？」

「断片的に思い出されたんですよ」キングは主張した。

「問題なのは」モリセイはまた飛びかかった。「あなたが、ファクワスン氏が言ってもいない極端で恐ろしい言葉を聞いたと言い張っていることです。シンディ、警察、そのほか誰にもあなたが連絡しなかったというのは、ファクワスンが言ったというこういう極端な発言が、実際はまったく事実でなかったということなのでしょう！」

「どうして」キングは声をあげた。「どうしてこ、い、い、んなことをわざわざ誰かに言わなきゃならないんだ！」

＊＊＊

四時になっていた。やつれきった証人は放免され、陪審員は退廷した。モリセイの戦闘姿勢は緩み、吠えるようなひどい咳にとらわれた。その肌は青ざめてロウ人形のようだった。彼は羽織っている大きな黒い法廷ガウンの袖で額の汗を拭った。「心配だわ」ルイーズが囁いた。法廷一同が終わりの起立をしたときに、カミンズ裁判官も、心配そうな眼差しを向けていた。おそらくこの獰猛ともいえるやり方は、モリセイ自身も侵しているのだろう。モリセイがよく眠れているのか、その夢に出てくるのは何か、そしてそれに気づいているのか、私には危ぶまれた。

＊＊＊

翌朝、シェフをしている私の弟が、ビクトリアマーケットに行く途中にたまたまコーヒースタンドの横を通った。立ち止まって挨拶し、私は弟をボブとベヴ・ギャンビーノ夫妻に紹介した。男たち二人が、イカの美味しい食べ方、そのさばき方と料理法について意見を交わしているあいだ、ルイーズと私はベヴのほうを向いた。私は彼女に、調子はどうかと尋ねた。詳しい答えは期待していなかったけれど、彼女や穏やかで親しげな声で、誇張したり関心を引いたりしようとはせず、こう言った。

「全身に覆いをかぶらなければならないのよ」そして手のひらを額から膝まで大きく下げる身振りをしてみせた。「起きて、車で仕事に行く。覆いを外して仕事にかかる。そして車で家に帰る途中、また覆いを戻す。そうすれば家で起きていることに対応できる」

私は混乱して彼女を見た。口に出して訂正できなかったけれど、覆いのイメージは逆なのではないか？　覆いが要るのは家の外では？

「それはね」と彼女は続けた。「私たちは、孫たちの死を嘆くことができていない、ということなの。もう二年も、この事件が暗雲のように私たちの上に垂れ込めている。私たちはカウンセリングを受けているの。そして対応の仕方を教えてもらっている。でも心の底まで深く入り込んでいて、骨まで染みてしまっているのよ」

＊＊＊

ジャーナリストたちが法廷にどやどやと入ってきた。民間ラジオ放送局の男性記者が私の隣の席に滑り込んだ。夕べのテレビ番組、例の「怪しい伝説」を見た？　水中で車のドアを開けられるかどうか検証していたよ。明らかに、水が車に充満して内と外の圧力が同じにならないと無理だった。

低い声で私は言った。「じゃあ、どういうこと？　ジェイがドアを開けたっていうのは……」

彼は座ったまま身体全体を動かして、背中をファクワスンの家族に向け、まるで愚鈍な者に対して言うように口を動かしてみせた。「奴が嘘をついているってことさ」

私はラプキのほうを見た。彼はクッションのついた回転椅子に背をもたれかけ、片手を顎のあたりに当てていた。まるでとても強力で精密な武器が詰まった兵器庫を占拠している将軍のようで、私は畏れの念を持って彼を見つめていた。

＊＊＊

グレッグ・キングは、自分の信憑性を弁護側が攻撃してくる最終の回に臨んだ。その朝彼が着ていたシャツは、その苦難を象徴するようだった。白地に黒の細い縦ストライプが入り、胸には黒と赤の破片のような模様がプリントされていて、ほとばしる血で表された言葉のようだった。

その日彼はモリセイによって、神経がすり減り心が折れ、その言葉は信用できない、哀れで惨めな男として描かれることになった。モリセイによれば、それは彼が悪い人間だからではなく、彼にはどうしようもなかったのだ。「心の病気」を持っていたのだから。あまりにも意気消沈して傷ついているので、法廷では新たに問いに答えるというより、供述を覚え込んでそれを繰り返しているだけなのだ。さらに警察に協力して隠し録音をしたことで、友人の信用を不名誉にも裏切ったのだ。モリセイはむやみに優しい言葉を並べた。ロビーはとても愛すべき奴ではないか? 友だちとして、キングに打ち明けたのでは? キング自身も会話のあいだに感情的で涙もろくなったのでは? そのあいだ隠し録音機がその服の下でまわっていると判っていても?

キングは汗をかき身悶えしていた。痛みをこらえている者のように、腰のくびれを手で押し続けていた。その散発的に呼び覚まされる記憶を説明しようとして、幾度となく、圧迫感と混乱を訴えた。その声は震え、上ずっていた。「彼は良い友人なんですよ」彼はもはや涙をこらえきれなかった。

「良い友人というには、理由があるからでしょう?」モリセイは厳しく言った。「彼が良い人だから、良い友人なのでしょう」

「ええ、彼は私の友人です」キングはむせび泣いた。

「そしてあなたは、父の日の前の金曜日に、少年フットボールクラブの優秀選手表彰式でベイリーを抱いた彼を見たじゃないですか? シンディもそこにいたのでは? あなたの記憶にあるような恐ろしいことが真実であるならば、彼女にロビーが二日後には子どもたちを殺す計画を立てていると警告しないでしょうか？　フィッシュアンドチップスの店での会話の記憶は誤りなのでしょう？　間違いなのでは？」

だがグレッグ・キングは、追い詰められて苦しいなかにも、断固とした態度を見せた。身体の底から絞り出すように、しわがれた囁き声でもう一度言った。「本当なんです」

私は注意深く、ゆっくりと、陪審員のほうを見やった。彼らは背筋を伸ばして、まっすぐな眼差しと厳粛な顔つきで、集中して聞いていた。

＊＊＊

グレッグ・キングの妻メアリーは、若くほっそりして髪の長い女性で、おしゃれなトレンチコートを着ていた。問題になっているあのフィッシュアンドチップス店での出来事の晩、グレッグはフライドポテトを買って帰るのが遅れ、彼女の段取りを狂わせてしまった。肉が焦げかかっていた。夫にいらいらしていた。とにかくまだ肉が駄目にならないうちにコンロから外して、四人の子どもたちに食べさせたかった。グレッグとロビーが店でどんな話をしたか聞いたことは思い出せなかった。ロビーが子どもを殺す計画をしているなどと聞いた記憶はなかった。グレッグがそれを詳細に語ったかどうかも判らない、とにかく覚えていないのだから。ほかのことで忙しかった。モリセイは不信を身振りで示したが、彼女は動じなかった。彼女はモリセイとやりあおうとしなかった。粘り強く、落ち着きはらって、拒絶に徹していた。彼女は逃げ腰だったと思われたかもしれないが、そうではなく、感情を抑えた家庭の主婦らしい落ち着きを示したのだ。

「私が言えるのは」彼女が認めたのはここまでだった。「夫はこの出来事についてずっとひどく動揺している、ということです」

午前の法廷は終了した。ジャーナリストたちが立ち上がるなか、モリセイは手を腰に直角に当てて弁護団席から陪審員席を抜けて進んでいった。

「肉だと！」嘲笑いながら彼は叫んだ。「焦げた肉がどれだけ重要だというんだ？」

＊＊＊

ルイーズと私は建物から弱い春の陽射しのなかへと出ていった。報道カメラマンたちの一群をよけてロンズデール通りを東に行くと、数メートル前にグレッグとメアリー・キングが歩いていた。私たちは二人のあとを慎重に一ブロック歩いた。

「彼女が覚えていない、なんてことあるかしら？」私は囁いた。「どうして嘘をつく必要がある？　それともキングは奥さんには言わなかったのかしら？　話すべきだったと思っていて、話しておけばよかった、と考えて、ついには話したと思い込んだ、とか？」

「彼女は抑えているんだと思うわ」ルイーズは言い、手のひらで垂直な障壁を作ってみせた。「何か、彼女が自分の生活に入るべきでないと心の底で感じていて、入ってくるのを拒絶しているんだと思う」

「覚えておいてね」私は言った。「妻って、夫の話を聞かなくなるのよ」

報道陣の目が届かないところまで来るとすぐ、キング夫妻はカップルとしてのいつもの仕草で互いに手を伸ばした。そして手をつないで、きびきびとしたしっかりした足取りで、坂を下っていった。

＊＊＊

誰でも、記憶というものが、一度検査したあと次の検査まで中身に変わりない単純なファイルのようなものでないことは判っている。記憶とは、終わりのない、一生続く過程で、流動的で、能動的で、神秘的なものだ。だからキングが突発的に思い出すというのは驚くべきことではない。けれどもいずれにしても、キングの最初の供述によればファクワスンが単に復讐という言葉を出してフィッシュアンドチップス店のなかにいる息子たちを顎で指したのに、その後の供述では、息子たちを憎んでいて殺したいと言った、というのはどういうことなのか？

グレッグ・キングが嘘つきだとは思わなかった。またモリセイが苦心して作り出そうとした意気消沈して惨めな男、というイメージ通りにも受け取れなかった。けれどもファクワスンがそれほどはっきりした意志を表わすということを認める気になれなかった。憎い？　殺す？　その言葉を発するファクワスンは想像できなかった。

たまたま私は、成人してからほとんどずっと日記をつけてきた。そういう者の常で、私に記憶がどのように働くか、理解を深めてきた。ときどき、もっともはっきりと詳細に記憶しているような、何か苦痛を伴ったり重大だったりする出来事から何年か、もしくは何十年もあとで、その日に何を書いたか読みたくなることがある。日記帳を探し出し、その日のページを見つける。中身については驚くようなことは滅多にない。その内容は痛みを伴うほど見慣れたものだ。けれどもときおり、言葉で交わされた会話としてはっきり覚えているような経験という解釈が、実はその渦中で私がじっと考え、夜になって記録したものに過ぎなかったことが判って驚くことがある。ときが過ぎて、その出来事を思い出したり忘れたりするうちに、私の記憶が無意識のうちに作用して、感情と心的活動のはっきりした波を作り出すのだ。私の記憶は、その波を直接的な言説として描きだし、それを台詞として作り上げる。けれども当時は「思考や、沈黙のなかの洞察」に過ぎず、私やほかの人の言葉として発せられたものではないにもかかわらず、再読してみると、間違いなくその経験の主旨として響くのだ。さらに、あと知恵の特権で言えば、その言説は、話のなかで一番説得力のある部分なのだ。

柔らかい陽光が貯水池に降り注ぐ。空には春のふわふわとした雲が浮かんでいる。放牧地は草に覆われている。そのフェンスに沿って細い苗木が続いている。栗色のコモドアが、助手席側をこちらに向けて、クレーンから水平に吊り下げられている。そのタイヤは水面から一メートルほどのところだ。岸にいる人びとは吊り下がった車を注視している。不自然に大きな頭のぼんやりした人影が運転席に安座している。鎖につながれたコモドアはゆっくり、そっと、土手からワイヤーケーブルに導かれて、下がっていく。太陽が車の塗料をきらきらと光らせている。水面間近のところで、車は浮かんだまま止まる。閉じた窓のなかの運転席に座っている潜水マスクをつけたダイバーが、親指を突き上げ、そして降ろす合図をする。鎖が緩み、車は底を下にして水平のまま、水に落ちる。すぐに前に傾き、沈み始める。水面が、車の側面ドアを斜めに横切る角度で徐々に上がっていく。ダイバーは、その頭と肩だけが見えていて、助手席のドアのほうに身を乗り出してドアを開けようと試みる。何とか開けようとするが、うまくいかず、もっとドアに正面から向き合って、再度試みる。ドアは鋭い音を立てて開き、また閉まる。車は沈み始める。

第三法廷でビデオを凝視しているファクワスンは、苦悩のあまり茫然とした顔をしていた。その両手でハンカチを頬に当てていた。ボブ・ギャンビーノとファクワスンの義理の兄たちは高いスクリーンを見ようとして身体を伸ばしていたが、その妻たち三人は、かたくなにまっすぐ前を見て座っていた。

今や運転席のダイバーは、土手のカメラに背を向けて、自分のドアに取り掛かる。明らかに楽に開く。水が流れ込んでいるに違いない、というのも車は運転席側にかしいでいる。数秒で、車の前部半分が完全に水に沈む。トランクがお手上げ、というように突きだしている。

画面が暗転する。そして突然、車の天井の高さのカメラから車内が映し出され、前座席の助手席とそのドア枠を見下ろしている。今度は、同じことを新しい角度から再び見ているのだ。ダイバーの左手が画面に映り、その手が助手席のドアの取っ手に届く。開けようとするが、うまくいかず、今度は手を替えて右手で取っ手を掴み、左の手のひらをドアの後方に滑らせて全体重をかける。鋭い音を立てて開く。水がどっと流れ込み、足元から座席の端、乗員の膝くらいの位置まで上がってくる。ダイバーが力を緩めると、ドアはぴったりと閉まり、水の流れを止める。一瞬の安定。そしてまた荒々しい水の流れがビデオのスクリーンを掻き乱し、濁った緑っぽい褐色となり、ゆがんだ泡と細かい粒子が渦巻く。数秒でそれ以外何も見えなくなる。カメラは忠実にこれを映像に残しながら、ぼやけていく車の計器盤を凝視し続け、やがてそれ自身も水につかり、スクリーンは暗転する。

これが、警察による最初の水没実験だった。

ダイバーが、アクション映画の登場人物のように証人台に立った。捜索救助隊のシメオン・ラニック主任上級巡査は、背が高く頑強な体躯で黒い顎鬚を生やし、唸るような声をしていた。

助手席のドアを開けるまでは、水はほとんど入ってこなかったと彼は言った。私たちが目撃した通り、水は膝のあたりまで上ってきた。外からの水圧でドアが閉まったとき、水の流入はほとんど止まった。運転席のドアをしばらく開けておくのは容易だった。手をドアから放してハンドルに置くと、流れ込んだ水の力でドアが閉まった。そのときまでに、水は腰のあたりまできていた。その後何度かまたドアを開けようとしたが、開かなかった。車が沈んでいくあいだ、何度も肩を使って押し開けようとした。けれども完全に水没するまで、再び開けることはできなかった――そして車内ではドアの上まで水が充満した。

＊＊＊

二度目のテスト。車は貯水池に落とされるが、運転席のダイバーは助手席のドアには触らない。運転席のドアを開けて外に出るだけだ。

土手のカメラから見たようすでは、単純な操作だった。

そしてまた内部のカメラの映像を見る。カメラは車内の後部の、チャイルドシートに座っている子どもの目の高さに据えられている。車が貯水池の水面を打った瞬間、ダイバーは自分の側のドアに向かい、その力のある前腕で強く押し開けて、流れ込む水に逆らって這うように進む。外に出て、いなくなる。緑がかった黄色い水が、荒々しいうねりを見せながら侵入する。三度流入したうねりで車には水が充満する。もう息ができる余地はない。

ファクワスンは顔をゆがめ、何度もまばたきをし、目を拭い、唇のあいだから空気を吐きだしながら、声をたてずに泣いていた。彼の家族はこめかみに握った手を押し当て、頭を垂れて座っていた。

この二度目のテストでダイバーは、苦労して運転席のドアを開けたのだろうか？

「いいえ」深い声で証人は言った。「水が入ってきて、ドアに水圧がかかったのは感じましたが、難儀ではありませんでした。誰かが寄りかかってきた、というようなものでした」

＊＊＊

三度目のテストは、車が水に落ちたとき、もしどのドアも開けられることがなかったら、どうなっていたかを示すものだった。

最初に土手から見たコモドアは、徐々に前を下にして、角度をつけ、重くゆっくりと、終わりない沈黙のなかを沈んでいく。その車体の栗色ははっきりせず、バラ色に変わって見える。その最後の瞬間、空気の泡が二列になって、消えていくトランクから流れ出す。水が車を覆う。かすかに水が動き風に揺れた水面に、大きな輪が広がっていく。

そして二台の車内カメラが、もっとぼやけているが、肉薄したセピア色の映像を映しだす。一台目のカメラは前の助手席のヘッドレストにくりつけられ、運転席とその足元のほうを向いている。しばらくのあいだ何も起こらない。なぜこれを見ているのか？　待っていると、何かが一番下の隅から揺れ動いている。水が、運転席のドアの下の隙間あたりから流れ込んでいて、座席の高さまで上ってきている。

画面が二台目のカメラに移り、後部座席の子どもの目の位置に移る。再び、何も起こらない。一分、二分とスクリーンのデジタルタイマーが変わる。すると水がギアの左右に溜まり始める。水はゆるゆると、こっそりと、表面をきらめかせ波打たせながら上がってきて、止めようもなくその占める範囲を拡大する。どんどん水位は高まり、座席の背を越え、カメラも飲み込む。畝のようなしわ模様のゴム製床マットがレンズのほうに浮かんできて、アカエイのように通り過ぎていく。今やスクリーン全体が、緑色を帯びた灰色の濁った水を映し出す。車に水が充満して沈むまで、およそ八分かかる。

暖房器の唸るような低い音のほかは、法廷は静まりかえっていた。モリセイは重そうに腰を上げた。

ファクワスン氏の車が貯水池から引き揚げられたとき、と彼は証人台のダイバーに向かって尋ねた。写真では、車の後部ガラス窓枠のゴムが緩んで、隙間から光が通っているように見えた。その窓からガラスが落ちてしまっていたら？　車内はテスト用の車よりも、空気を失って水がもっ、、、と早く流れ込んでいた可能性があるのでは？

それは陪審員の心に一縷の望みをもたらそうという試みだった。子どもたちは、私たちが想像しているのより早く溺れたのでは。ジェイが、暗いなかで泣き叫んでいる弟たちをチャイルドシートから救い出し、渦巻く水のなか、後部ドアの取っ手を掴み、壊れていたその取ってをぎゅっとねじって開けようと苦闘している、という想像よりも早く……

確かに、車を調べた警察の整備士が、後ろの窓が部分的にその枠からずれていたことを発見していた。けれどもこれはダイバーの知るところではなく、私たちの慰めにもならなかった。

＊＊＊

ルイーズはその日には来ていなかった。歯科矯正の予約があったのだ。私はほっとした。彼女がまだ一六歳にしかならないことを、しばしば忘れてしまっていた。私と共にいて、この子がどんなに恐ろしいことを見知ってきたか、両親は判っているだろうか？　午後四時に閉廷したあと私はやるせない気持ちでマティーニを飲みにソフィテルまでとぼとぼと歩いた。ソフィテルで、一九六〇年代に大学で同級だった、今は上級公務員をしている女性が高い窓のそばに座っているのを見つけた。彼女はパソコンを閉じて、私たちはお互いの仕事について報告し合った。ピーター・モリセイの名を聞いて、彼女の疲れた顔には優しい笑みが浮かんだ。何年も彼とは仕事でつながりがあった。彼は一番親切で寛大な男性で、敗者に対して献身的に働いていたという。「彼は、そういう人たちの弁護をしているのよ」彼女は愛おしそうに笑った。「そして、明らかにみな無実だと信じてね」

＊＊＊

家に帰った私は、裏庭のベランダで、心底嫌になりぶつぶつ呟きながらしばらく腰かけていた。私の三番目の孫が家の横からふらっと入ってきた。孫息子は、黙ったまま近づいてきて、背中を向けると、抱き上げてもらうのを立って待っていた。私は膝に抱き上げてやった。この子は、ベイリー・ファクワスンが溺れたときの年齢より数か月幼いだけだった。しばらく孫は私の膝に座っていた。その背は、リラックスして私の胸にもたれていた。私たちは一緒に、高いシュロの葉の触れ合う音や、遠くのサイレンのもの悲しい響きを聞いていた。野生インコの一群が囀りながら庭の上でさっと向きを変えて飛んだとき、この子ははっとそれを見上げた。そして右手を扇子のように広げて、その細い親指を口に入れ、頭を私の顎の下に押し込んだ。

けれどそのほんの二時間後、この子と四歳の兄が寝る時間に、言うことを聞かず狂気の沙汰のようにすさまじい音を立てたり叫んだりして廊下から台所を駆け抜けたとき、私は怒りに目が眩んだ。子どもたちを追いかけ、一番近くにあった腕を掴み、その子をぐいと引っ張って引き寄せた。ばしっと一撃を加える前に、ようやく私は自分を抑えた。孫たちは、逃げようとする姿勢のまま、凍ったように立っていた。誰もひと言も言わなかった。冷や汗をかきながら、私は食器棚のドアにもたれて震える息をついたのだった。

翌朝、コーヒースタンドのところに早くやって来たルイーズは、後ろめたそうなようすだった。「実は、言わなかったんだけど」列に並びながら彼女は切り出した。「本当は矯正歯科には行かなかったの。映画に行ったの。友だちと一緒に」

私は笑った。彼女は顔を赤らめた。

「ちょっと小休止したかったの。何かあった?」

「いろんなことがあったわよ、自惚れさん。もうついていけないかも」

彼女は私を生意気な目で見た。「それに、私お金を持っていないの」

私は彼女の分もコーヒーを買い、二人でコンクリートのベンチに座った。

「昨日、判ったの」彼女は言った。「私、はまってしまっているって。友だちにどこに通っているか夢中になって話したけれど、みんな全然興味ないの。返事は『それで? 奴はやったの?』一番つまんないことしか聞いてこない」

＊＊＊

気絶するほどファクワスンが咳き込むのは不可能だ、とは誰も言わなかった。言えるとすればせいぜい、滅多にありそうもない、という程度だ。けれどもモリセイが指摘したように、どんなに不都合なことでもそれが統計的に稀少だということは、決断を下す者にとっては何の決め手にもならないのだ。

人は気絶すると、よく神経科専門医にまわされる。というのも失神――一時的な意識喪失――は、脳の血液循環が妨げられるからだ。それで、検察側の一人目の医学専門家としての証人はジョン・キング博士だった。キング博士は痩せて、素っ気なく、とても控えめな紳士で、金縁の眼鏡をかけており、一九七五年からロイヤルメルボルン病院で神経科専門医として医長を務めていた。

キング博士は、慢性的気管支閉塞疾患のある人が、咳の激発によって、顔が紫色になり、苦しんで、腰を下ろさなければならないようすを見てきた。だが実際に目前で卒倒するのを目撃したことは一度もない。教材のビデオでは見たが、実際には一度もなかった。

実際のところ、専門医となって三〇年のあいだ、キング博士は気絶を伴う咳の症例には六件ほどしか出会わなかった。どの症例でも、患者は家庭医にその意識喪失を訴え、医師はてんかんのような深刻な状態の可能性を排除するために、神経系の検査をキング博士に依頼してくる。キング博士が思いつく限りでは、この六件に肺疾患のなかった患者は一人もいなかった。咳による失神を診断したのは、患者から納得のいく症歴を聞いて、特に目撃者の裏づけを得てからだった。

咳による失神はどのくらいの短い時間なのだろうか？

ああ、ほんの束の間のことだ、とキング博士は言った。てんかんの発作では三、四分は意識がなく、そのあと半時間ほども混乱して記憶をなくしているが、それとは違い、咳失神の症状発現は五秒から一〇秒、一二秒ほどしか続かない。そのあと患者は通常すぐに自分を取り戻し、失神直前に何が起きたかを思い出すことができる。また失神前発症と呼ばれるものがあって、咳の激発のあとにひどく具合が悪くなり、頭がふらふらし、めまいがする。患者はおそらく座って咳を抑えようとするだろう。視界が狭まるかもしれない。目が眩むかもしれない。けれども突然、予告なしに気絶することもあり得る。

モリセイ氏は、咳による失神には脅迫観念に取りつかれたような行動が伴うことはあるかどうか尋ねた。人がハンドルを握り続けるとか、ある方向にハンドルを切って車の進路を変えるとか？

故意にすることはないでしょう、とキング博士は言った。ハンドルを握ったまま気を失って痙攣のような動作をすることはあるかもしれない、けれども咳の失神で一般的に見られるのは、「連続的な四肢のひきつり」に過ぎない。

モリセイは資料を探ってアメリカの医学雑誌の事例を取り出してきた。その一九五三年の一つの記事によると、咳失神の症例の七五パーセントに慢性的な肺疾患もしくは呼吸器疾患が関わっているということだった。言いかえれば四分の三に過ぎない、と言うのだ。一九九八年には『航空・宇宙・環境医療』誌の記事で、四一歳のアメリカ陸軍所属のヘリコプター操縦者が、部隊での訓練から車で帰宅したときのことについて述べていた。この男性は軽い風邪を引いていて、咳が出ていた。途中でひどく咳き込み、視野狭窄と眩暈を覚え、失神した。車は木に衝突した。意識を失ったのは数秒で、すぐにその事故について思い出した。頭痛、息切れ、失禁、胸痛、震え、吐き気、嘔吐、記憶喪失はなかった。既往歴はなく、喫煙者で太りすぎ、というだけだった。慢性的な気管支疾患もなかった。三つ目の症例は、健康な四五歳の人がインフルエンザに罹り、咳失神が起きたというものだった。神経科専門医の先生は、これらの報告をすべて読んでいるだろうか? ええ、とキング博士は無表情で答えた。

モリセイは、キング博士を窮地に追い込もうとしていたが、その資料の引用にはどこか無理があり、説得力に乏しかった。話がかけ離れていて、内容が薄く、無理に引っ張ってきた感じだった。私は陪審員のほうを見た。みな一生懸命集中していた。その表情からは思いは読み取れなかった。けれども、頭を後ろに傾げて聞いていたある年配の女性は、口の両端を頬に吸い込み、目を細め、普段ならこれから舌打ちして「馬鹿げたことを!」とでも言いそうな表情だった。

再尋問に立ったフォレスター女史は、この同じ事例に関して、ほとんどの当事者が自分はヘビースモーカーだと認めているという事実を引き出した。アメリカ人ヘリコプターパイロットは、その飛行訓練で慣性抵抗の影響を受けていた。キング博士は平静に肩をすくめた。彼には慣性抵抗が咳失神に及ぼす影響については知り得なかった。だが彼は、咳失神の症例者のほとんどが四〇代から五〇代なので、事故当時のファクワスンの三六歳という年齢は、おそらくその範囲の下限にあたるだろうと言った。そして咳失神のあいだのひきつりは、「無意識的で意図のない」ものだと繰り返した。そういう状況にある者は、意図して車を操作することはできないだろう。

これを聞いて、記者たちはそろって前屈みでメモを取り始め、ＡＢＣのテレビレポーターはすさまじい勢いで法廷をあとにした。

＊＊＊

マシュー・ノートン教授は、検察側の主たる医療専門家証人として登場したが、私はツィードのジャケットにピンクのネクタイをした人を見たのは初めてだった。縁なし眼鏡が黒い紐で首からぶら下がっていた。上を向いた鼻のせいで若く見えたが、その肩書は長たらしいものだった。メルボルンアルフレッド病院のアレルギー・呼吸器医療部門一般呼吸器睡眠医療サービス科長。ラプキ氏が教授の経歴について、いかに広範囲で豊富であるか誉めそやしたので、ジャーナリストたちは真面目な顔をしているのに苦労していた。隣の記者は笑いをこらえながら、私のメモにこう書いた。「で、あなたはお利口なんでしょうか？」けれどもラプキの尋問が始まるや否や、ノートンはたいへん落ち着いていて謙虚であることを示した。

咳失神は、教授は言った。医学的症候として認識されている。きわめて激しい咳のあとの、ほんの束の間の意識の喪失。この五〇年ほどの医学文献では、これが日常的に大量に喫煙し、心臓もしくは肺に疾患のある体重過多な中年男性に見られる、とされてきた。その原因のメカニズムは、大方、咳が繰り返されて胸に圧力がかかることによると理解されている。この圧力が、肺から心臓に戻る血流を妨げ、心臓が収縮したときに送り出すべき血液が少なくなるのである。

「私にはこの状態を理解するのが難しいのです」とノートンはいった。「というのもとても漠然としているからです。咳失神の文献を見ると、この状態の妥当性の裏づけとなるきちんとした科学的整合性が見当たらないのです。医療従事者として二五年仕事をしてきましたが、個人的にはこのような症例を見たことはありません」

彼は、アルフレッド病院の呼吸器系医師である同僚たちに「何気ないようすで」咳失神の症例を見た経験があるか尋ねた。彼らはみなそのような状態については知っていたが、個人的に遭遇したのは一例だけだった。深刻な慢性的嚢胞性線維症肺疾患及び神経性症状で脳への血液供給に支障がある若い男性だった。呼吸器病棟の看護師は、この患者が咳失神になりやすいのでそれに対応する必要があった。

ノートンはまた、アルフレッド病院の理学療法士にも聞いてみた。彼らの仕事の一つにHIVに感染した人びとによく見られるニューモシスティスと呼ばれる細菌の検査があった。HIV陽性で少し息切れがする以外は健康であるという人に行なうのだ。患者は低張食塩水を吸い込む。すると三〇分ものあいだ、ひどく咳き込む。この不快な検査を一週間に一度、一〇年のあいだ行なってきた理学療法士は、咳失神は一度もなかったとノートンに言っていた。

ラプキは聞いた。「肺、心臓、脳が健康な状態の人は、咳失神を起こすでしょうか?」

「私はそのような症例には出遭ったことはなく」ノートンが答えた。「現代の医療文献で、心臓、肺、神経が普通に機能している人が咳失神を起こすのを実際に目撃したり観察したりしたという客観的記述を見たこともありません」

今やラプキはその焦点を絞ってきた。彼はノートン教授に、三七歳くらいの太り気味で、三日に一箱の煙草を吸うと言っている男性の診察を想像してみるように頼んだ。通常は健康体だが、三週間ほど上気道に起こった感染に患い、それが広がって抗生物質の投与を受けている。「ある出来事のあと」心電図が取られ、心臓の異常はなし、上の血圧は一四〇で、脈が速かった。その後、救急隊員と病院の医師によって診察されたときは、咳をしていなかった。二時間以内に水分を摂取していた。運転中に起きたことだとその男性は話しているが、そのとき彼は座った状態だった。彼の話は大方筋が通っていて、意識もはっきりしていたようだった。冷たい水中にいたが、そこから自力で出て、通りがかりの車に手を振り、運転者と話をしている。

モリセイが飛び上がった。その男性の話が一貫していて意識も明確だったと言うだけで、その人が朦朧としていて幼児のようにわけの判らぬことを喋ってもいたことを言わないのは、本当の状況を表していない！

「意義を認めません」裁判官が言った。「続けて」

背景になるような疾患は何も知られておらず見つかってもいない、とラプキは滑らかに続けた。血液検査では体内にはアルコールも薬物も検出されなかった。患者は涼しい、むしろ寒いくらいの夜に運転していて、ハンドルを握っているときに咳の発作に見舞われ、気絶したと主張した。これらの事実を踏まえて、その運転者が咳失神の症例を起した可能性について、ノートン教授の専門的見解はいかなるものだろうか？

教授はほとんど間髪を入れずに言った。「ほとんどあり得ません」ラプキの説明では、その男性の心臓と肺の健康状態は良好だった。呼吸困難で手足がきかなくなったわけではなかったようだ。明らかに脱水状態でもなかった。脱水状態の人が咳き込むと、胸部の圧力の変化を受けやすくなる——その場合は気絶ではなく、医師が失神性めまいと呼ぶ、目のくらみが起こるであろう。

ノートンは平静で明瞭だった。ラプキはじっと立ち、教授に話を続けさせた。

その仮定の男性が咳の発作に見舞われた車内は、とノートンは言った。外気よりもずっと暖かかっただろう。冷気はよく咳を誘発する。けれどもこの男性は事故のあと、服が濡れたまま外の冷気にさらされても咳をしていなかった。また咳をし始めたと主張したときには、座った姿勢だった。私たちの血量の多くは腹部と脚部にある。直立しているときのほうが咳失神は起こりやすい。

確かに男性は、よくある類の呼吸器系の感染をしていた。このような疾患は日常よく見られることだけれども、風邪を引いた人が毎日のように咳失神を起しているわけではない。かなり暖かな環境で咳失神が一度起こり、その症例が繰り返されない、というのは滅多にないことだと教授は断言した。

ラプキが尋ねた。もしこの仮定の男性が、事故の二日前に立った姿勢でひどい咳の発作を起こしているのが観察されたとしたら？　もし顔面が真っ赤になったが、腰を下ろしたら回復したとしたら？

その男性が気絶しなかったという事実は、教授の意見をますます強固なものにするだけであった。この法廷の誰もが、顔色が変わるくらいの咳をする可能性がある。

教授は、咳失神した人でも数秒で意識を回復すると考えている。少し混乱するかもしれないが。

ノートンは意識をなくした人が弛緩した状態になるという報告を読んだことがある。彼は証人台で、頭や肩を前に落とし、手すりに手のひらを上にしてだらりと広げてみせた。

「そういう状態のとき」ラプキが尋ねた。「その人は何か目的をもった動きができますか？」

「意識がなければできませんね！」

咳失神の診断が、たとえ仮のものとしても、症歴からなされるというのはどういうことか？

「私たちが取り扱っているのは」ノートンが言った。「ひじょうに稀な症例なのです。理想的には、付帯的な症歴、つまりその患者が咳き込んで気絶するのを観察した人が少なくとも一人はいることが求められます。けれども咳失神を確認したり反駁したりする確実な検査はないのです。古典的な説明以外には」

「それでは、その診断が正確かどうかというのは、症歴に頼るしかないのですか？」

「一〇〇パーセントその通りです」ノートンは答えた。

「でも」ラプキが続けた。「もしその症状が起こったことを当の患者しか言えない場合には、その診断をどのように検証するのでしょうか？」

「それは検証不可能です。何が起こったか、その当事者が正確な症歴を言っているということに頼るしかないのです」

＊＊＊

モリセイ氏自身が、ひどく乾いた咳の発作にまだ苦しんでいて、今にも参ってしまいそうだったが、すぐにノートン教授を、その手腕と活力を総動員して責め立てた。

「あなたは咳失神の専門家ではないですね？　検察官が意見を求めに来たとき、その症例について見たこともなく、書いたこともなく、診断したこともなく、発症したときの展開についても判らない、と言いましたか？　それなのに検察側は、あなたを証人としたのですか？」

ノートンは抗議した。「私は、こういった症状を扱う呼吸器疾患治療の訓練を修了しています」

けれどもモリセイは、咳失神については、教授がほんの最近になって大雑把に知識として詰め込んだのでは、と決めつけた。これについて教科書一冊、論文一本しか読んでいないのでは？　咳失神発症の経緯をどのように扱うかも知らないのでは？

ノートンは怒りで髪の毛が逆立っていた。「私は咳失神についての医学知識を持っています」彼はぴしゃりと言った。「私は咳失神の症例が目の前に出てくれば、それが判ります。滅多に起こらないので、自分がその専門とは言わないのです」

それでは、教授は検察が提供した一連の咳失神の症例報告をすべて読んだのか？

「最善を尽くしました」ノートンは答えた。「けれども電子化されていないものもあって、手に入れるのに時間がかかるのです。データの多くは何年も前のものですし」

それでも、とモリセイは言った。それぞれのデータには、それまで慢性的な気管支疾患のない人が運転中に咳失神を起こしたと診断されたという症歴はなかったのか？　ノートンは重量物運搬車の運転手四人の死亡衝突事故については読んでいないのか？　彼らには慢性的気管支疾患がなかったのに、医師たちはその症歴から咳失神と診断しているではないか。これは、疾患のない人が運転中に咳をして気絶することが可能だと示していないのだろうか？

ノートンは悩むようすで口を閉じたが、モリセイをしっかりと見据えていた。「私はこう言い換えるでしょう」彼は言った。「慢性肺疾患がない人が、咳失神を起したという症歴を示すことは可能だ、と」

では事故の夜、ジロング病院で救急担当医が咳失神の仮診断をしたことについては？　バートレイ医師は、ノートン教授と違ってその場にいて、ファクワスンと向き合い、症状を受け入れたのだから、完全に診断を下す資格があるのでは？

「それはその医師の考え次第です」

ノートンのところにある男がやって来て、「私は二八歳で、煙草は吸いません。フットボールをします。名物選手です。でも咳の発作で気絶したことがあります」と言ったらどうだろうか？

ノートンは肩をすくめた。その可能性は排除できない。けれどもそのような事例を聞いたら大そう驚くだろう。

だがモリセイは、そのあり得そうもない話について一歩いっぽノートンを追いつめていった。「到底あり得ないけれども不可能ではないのだったら、二八歳の健康な男性がもし喫煙者だったら、少しはあり得る話になってくるのでは？　そして二八歳ではなくて三七歳だったらもっとあり得る？　さらにもしその男性が三週間も急性呼吸器疾患を患っていたのだとしたら？　その三週間に咳の発作を起こしていたら？　そして誰かそのひきつるような咳を見た人が、発作を起こすから座るようにと言うほどだったら？」

ノートンは警戒し、気のないようすでその一つひとつに同意した。

だがモリセイは、さらにそこで危険を冒して「実際の症例」と呼ぶ話に踏み込んでいった。事故前の木曜日、ファクワスンは、ウィンチェルシーではDBの愛称でみなに知られている羊毛刈り職人のダレン・ブッシェルという友人に、数日前に車で咳の発作を起こしたと言っていた。ウィンチェルシーのガソリンスタンド兼雑貨屋の外で運転中に気絶して、気がつくと、大きな岩が置いてあったほうに二〇メートルも進んでしまっていたとDBに話していたのだ。

ラプキ氏が飛び上がった。「それは単なる主張で、証言に基づく証拠とは認められません!」

モリセイは引き下がった。それではノートンは、このブッシェル氏による報告を、提供された文書のなかで確認していただろうか? 否? それでは、もしこのことが証明された事実だとしたら、ノートンの意見に多大な影響を及ぼさないだろうか?

「及ぼすでしょうね」とノートンは答えた。

そして検察側は教授に、ファクワスンの車が貯水池に落ちてから三週間後、ゼイン・ルイスという男が現れて、「私にもそういうことがあった」と言ったことを知らせただろうか?

「うちの地域のある男が」『ジロングアドバタイザー』紙の記者が囁いた。「塀に車をぶつけて、咳の発作だったと言ったのよ」

「異議あり!」ラプキが言った。「それは事実でも何でもありません。それに関しての何の証拠も出ていません」

「そういう、ことが、あった?」カミンズ裁判官が、ピンセットでつまむように言葉を拾い上げた。

「これはスーパーのカウンターから商品を取り上げるのとはわけが違います。その人は神経学の専門家ですか？　またはこちらの教授のような専門家ですか？　それとも素人なのですか？　医療診断を示しているのですか？　言いたいことは何なのです？」

モリセイは言い直した。「教授、咳失神の性質と範囲と存在についてのお考えのなかで、咳の発作を起こし、気を失って、運転中の車を道路から逸らしたと言う人に会うのは、興味深いことなのではないでしょうか？」

「ええ」ノートンは礼儀正しく答えた。「興味深いですね」

＊＊＊

法廷は休憩に入った。座席に残ってメモを取り直している者もいた。モリセイの部下のコン・マイロナスが席を立って記者席のほうにふらりとやって来た。背が低く色黒で膨れた唇をしており、その鬘は額に低くかぶさっていた。記者たちのあいだでは、彼は法律家になってモリセイの陣営に加わる前は脳外科医だったと言われていた。彼が私の前で立ち止まった。私はどぎまぎして見上げた。

「この男をどう思う？」彼は自信に満ちた調子で聞いた。

ファクワスンのことを言っているのだろうか？　いったいなぜ私に聞くのだろう？　私は驚いて彼を見つめた。けれども彼はたった今までノートン教授がいた証人台のほうに頭を振った。

「判らないわ」私は頭に浮かんだことをそのまま言ってしまった。「ずいぶん悔しそうだったけれど。あなたはどう思うのかしら？」

彼は穏やかに笑い、行ってしまった。私は当惑してルイーズのほうを向いた。けれどもルイーズとジロングの記者は、ヒステリー発作を起こした女子学生たちのように、声をあげずに身体を折って笑っているのだった。

＊＊＊

その日の午後ずっと、モリセイはノートンをしつこく攻撃した。結論に飛びつくのが早すぎたのでは？　自らが適切に認識する前に、意見を提供してしまっていたのでは？　自身の誤りを認めるのは自尊心や自惚れが許さないのでは？

ノートンは、モリセイの攻撃をどうにかかわそうとし、口をもぐもぐさせていた。やがて何とか気を静めて言った。二〇年のあいだ、定期的に学会に出ていた。そのうちの幾つかは、咳についての専門の学会だった。咳失神は、呼吸器専門医が日常的に注意を払うべき症例とされていなかった。自分は医学文献にはしっかり目を通していた。過去一五年から二〇年のあいだ、咳失神についてのものは見ていない。見つけたのは一九八〇年代のものだった。慢性の肺、心臓、脳障害疾患のない健康な人が、咳失神を起すことの説明になる生理学的理由があるとは納得できない。

そして教授は、医学的な証拠の四段階について、簡潔で判りやすく講義した。「ここにあるデータを読むと、咳失神の診断を支えているのは、もっとも低い段階の、個別事例的な証拠ばかりです。存在しないと言っているのではありません。稀で、定義が不十分で、大部分においてその発症が目撃されていないということを言っているのです」

「では手短に言うと」モリセイが軽んじるように問いかけた。「教授は自分で見たことだけを信じる、というのですか？　理論と同じくらい自分の見立てが正しいと？」

「まさにそうです」

「でも稀な疾患も起こりますよね？　稀な癌にかかった人が、『大丈夫ですよ、稀なものですから』と言われても役に立ちませんよね？　稀な疾患だという事実は、起こり得ない、ということではないのでは？　ただ起こりにくい、ということでは？」

陪審団を顔が蒼くなるほど集中して見つめていたルイーズは、身を乗り出して囁いた。「モリセイがいくらポイントを稼いでも、あのやり方では陪審員には伝わっていないかも」

とても解答は出てきそうになかった。弁護人も証人もこの討論において永遠にどうどう巡りをしているだろう。どちらも決定打を出せないのだ。そしてまた、反対尋問の奈落のなかで、紛れもない事実が覗く。ファクワスン以外、誰もあの夜に車で何が起こったか知る者はいないのだ。そしてもはや、もうファクワスン自身にも判らないのかもしれない。

＊＊＊

ラプキは巧みにすべてを元通りにした。痛めつけられたノートンが、その職業的能力を重ねて主張するあいだ、モリセイは席で身をよじらせて陪審員のほうを向き、芝居がかったようすで疑いの笑いを抑えていた。

モリセイは、ファクワスンが道路脇から二人の若者の車を呼び止め、元妻のところに連れていってくれと懇願したときの状態について、「幼児のようにわけの判らぬ」状態だったという強烈な表現を強調したが、ラプキはその言葉が持つ威力を失わせてしまった。調書を手繰ってみると、それはシェイン・アトキンソンやトニー・マクレランドの口から出た言葉ではなく、ジロングの予備審問で、ファクワスンの弁護士が彼らに向けた言葉だったということが判ったのだ。

最後にラプキは、弁護団が持ち出した、重量物運搬車の運転手四人が死亡衝突事故の直前に咳失神を起こしたという記録についての症例報告を打ち負かしてしまった。ノートンは、トラックドライバーたちがそれぞれ咳失神の「古典的な説明」をしていると指摘した。つまりその誰もが、それ以前には発症したことはなかった。そして四症例とも目撃者がいない。

そしてこの四件の死亡事故は警察の捜査の対象となっていたか？

なっていた。

「ありがとうございました」と検察官は言って腰を下ろした。

ラプキのこの簡潔な攻めに、私は目を見張り、立って歓呼したかった。同時に冷たいものが背を走った。モリセイが、その人柄の暖かさを際立たせながら反撃する一方、ラプキは背を丸めて席に座り、冷静で、何か自分の目には強すぎるような見えない光のほうを見上げているようだったのだ。

＊＊＊

地元の商店街に野菜を買いに出かけた。青果商の人好きのするおかみさんが、私が今何を書いているのか尋ねてきた。それに答えると、彼女はうろたえた。口を覆い、目には涙が浮かんだ。彼女がその涙を拭っているあいだ、私はカウンターのところで立っていた。それから彼女は私を驚かせるようなことを口にした。

「私の夫も、一度咳の発作で道路から逸れたことがあるのよ」

彼女が夫の名を呼ぶと、本人が倉庫から現れた。彼は、モリセイだったら「樽のような胴まわりの人物」とでも形容しそうな、四〇代くらいのがっしりした少し太り気味の体躯の男で、長年の肉体労働に慣れている感じだった。私の知りたがっていることを妻が夫に告げると、彼は私をじっと見た。

「裏にまわるといい。そこなら腰かけられる」

私たちは木枠箱や袋のあいだを通り抜けて、古くなったフォーマイカ製のテーブルについた。私はファクワスンの事故のあらましを、できるだけ中立的に話し、夫はじっと聞いていた。

「私に起こったことは話せるよ」彼は言った。「四年前くらいのことだ。ハイエースのバンを——マニュアル車だ——午後明るい時間、南東方面の自動車道路上で運転していた。娘が一緒だった。一三歳になっていたかな。日中の静かな時間だ。車も少なかった。片側が四車線の道だ。

咳をし始めたのを覚えている。そこで時速六、七〇キロに落とした。二車線を左に横切り、緊急レーンで停車しようとした。そして衝突する前に気絶したんだ。その後、娘が『お父さん!』と呼ぶのが聞こえるまで、何も覚えていないんだ。左側の、娘のほうに向かって倒れ込んだ。衝突があった、ということが判ったのは、娘が『レールに当たったわよ！』と言っていたからだ。娘がハンドルを掴んで車が急に右側に戻り、四車線を越えて、中央分離帯に乗り上げていた。

　だんだん意識が戻ってきたとき、音は聞こえたけれど目は見えなかった。丘のてっぺんにいると、遠くから車が通る音が聞こえるだろう？　そんな感じだった。一分くらい気絶していただろう。車もコントロールできなかった。ブレーキやアクセルを踏むことができなかったんだ。そして私はゆっくりと意識を取り戻した。娘が私を揺さぶった。ずいぶん遠くのほうから声が聞こえてくるようだった。だんだんそれがはっきりしてきた。『レールにぶつかったのよ！』そして私は『いや、いや、そんなはずはない』と言った。中央分離帯で車を降りて見てみると、車がへこんでいた。それで娘が言っていることが初めて本当だと判ったんだ。車の左前のウィンカー部分が緊急レーンのガードレールに斜め側面から強くぶつかっていた」

　彼は私から目を移した。

「私は」彼は続けた。「この男が、子どもの側のドアを閉めたことを考えているんだ。『おい、大丈夫だよ』と言いながらね。そして自分は飛び降りる。いやいや。この男だって溺れたはずだ。意識を失ってすぐに自分だけ出るなんてことはできやしない。私は意識が戻ってからはっきりするまで数分かかった。この男のように、ドアを閉めるなんていう決断をする精神状態なんて、どうだろうか。それに私の場合は娘が私を揺さぶっていたんだから」

　私は彼に、どんな健康状態だったか聞いた。彼はその前の週に風邪を引いていたということだった。肺の疾患はなく、もう一八年も煙草を吸っていない。

「はっきり覚えているのは」彼が言った。「咳が出始めて止まらなくなったとき、最初に頭に浮かんだのは、道路から逸れることだった。娘のためにね。一番の心配は隣に座っていた娘だった。だから左車線に寄ったんだ。道路から外れるために」

この男は、ファクワスンが子どもを残したまま自分が車を離れたことに、疑心を持っていた。「ふつうはとどまるだろう？　子どもが逃げられるように頑張るんじゃないか？　子どもを助けるために踏ん張って、そして自分も沈むんじゃないか？」

私は男に、ハンドルが三〇度という角度で切られていたという警察の証拠について話した。すると彼は唐辛子、キュウリなどがリストになって書かれた皺になった紙を引き寄せ、せっかちに裏を返した。大雑把な円を書き、時計の針が三時になるように九〇度の印をつけた。

「一〇〇キロも出していたはずがない」彼は言った。「そんな鋭い角度では、車のお尻が振れてしまう。溝に当たったときに横滑りするか、もしかすると回転してしまう。車が方向を変えたとき、一〇〇キロよりもずっと遅い速度だったに違いない」

彼は自分の車の進行方向を図解して、車がガードレールにぶつかった緊急レーンの箇所を丸で囲み、はっきりと言った。「ここでの記憶がまったくないんだ。医者は、咳で胸の血管に圧迫がかかり、脳に酸素が行かなくなった、というんだ」

私たちは黙って、傷だらけのテーブルに置かれた彼の図を見ていた。

「保険で支払えたがね」彼は言った。

そして鼻から息をふぅっと吐くと、鉛筆を投げ出した。

「確かに判っているのは」彼は立ち上がりながら言った。「私のバンは速度を落とした。バンは、速度を、落としたんだ」

＊＊＊

通っているピラティスの早朝クラスで、誰かが裁判のようすを聞いてきた。私はこうなったりああなったり揺れている、と答えた。そして、出会った父親たちは例外なく、もしファクワスンの立場にいたら子どもと共に沈んで溺れただろう、と言明したことを話した。私たち四人はとても低い声で、これは幻想に違いないと言いあった。ピンクや黄色の錘を使ってエクササイズをしながら、四〇年も前の不快な思い出が蘇ってきた。ウェロビーの通りを、当時教えていた高校三年生の生徒と歩いていたとき、猛々しい犬が門を飛び越えて私たち目がけて突進してきた。次の瞬間、私は生徒の後ろにまわってその背にしがみついて、立ちすくんだ自分に気づいた。そのあいだ飼い主がその犬を引き離そうとしていたのだ。最初の恐怖の瞬間の記憶はなく、私はその女生徒を自分と危険とのあいだに押し出したに違いなかった。

「今だったら、その教員はただでは済まないわね」誰かが言った。みな笑った。

それから、そこにいたなかで一番若い女性が、話し出した。あるイースター休暇のときに、家族でキャンプ旅行に出たときのこと。その女性は三歳の息子を背負い、六歳の兄を浮板に乗せて、静かな湖を歩いて渡っていた。兄のほうが、叫んだ。「ママ！　蛇だよ！」兄は浮板の向きを変えると岸目がけてばた足を始めた。腰まで水につかり、重い三歳児に足を取られた母親には、蛇の小さな頭が自分のほうに向かって水をかき分けて進んでくるのが見えた。彼女は一瞬思った。子どもを落として、ここから逃げなきゃ。彼女は浮板を蛇目がけて叩きつけ、蛇は退散していった。けれども一五年後の今、自分が助かりたいという無意識の衝動を告白しながらこの女性は、ピラティスの矯正具の上で足を結びつけられた格好で恥の意識に震えていたのだった。

＊＊＊

アメリカ人小説家のE・L・ドクトロウによれば「車を見れば、その人が判る。これは役に立つ知識だ」ということだ。そして妻とその愛人が、自分が買った新車に乗って走りまわっているのを横目で見ながら、一九八九年型で三八万七〇〇〇キロも走行し、タイヤは中古品、後ろのドアラッチは壊れ、後部座席の窓枠は錆びつき、上り坂ではエンジンが止まるという、頭にくるような癖のあるVNコモドア・ベルリナ車を、町のみんなの前でがたがたと運転するのは、確かに多くの男にとって屈辱的なことだろう。その車を走行可能にしようと頑張ってきたウィンチェルシーの自動車整備工のジェイムズ・ジェイコブズは、「その車は、その型の車の立派な見本、というわけではなかった」と言った。

この二年のあいだ、ジェイコブズが真夜中にどんなに疑心暗鬼になっただろうか？　彼は痩せて色黒の男で、眉が額で大きく弧を描いており、そのせいで朗らかな、鳥のような顔つきになっていた。口調は柔らかで、とても早く、単調で表現が乏しかった。だが、彼は極端に心配症に見えるほど明確で、学者ぶっていると思えるほどに正確を期していた。彼は事故の約一年前にファクワスンと最初に知り合った。「共通の友人を介した知人というのが、一番関係をよく表しています」と彼は言った。

コモドア車については良い印象はなかった。「かなり使い古された状態で、走行距離も長く、年月を経た車の典型でした。おそらくメンテナンスは不定期だったと思います。私の仕事の目的は、エンストと走行性の問題を修正することでした」ファクワスンは、妻が新しいほうを取り、自分が新しい車を買えるまで古いほうに乗っていなければならないことで「いらいらして」いた。この「ポンコツ車」に金を使いたくなかったのだ。一度か二度、彼はジェイコブズの家の芝を刈ることで支払いの代わりにした。ジェイコブズは自分のレベルでできるだけのことをコモドアにした。数か月かけて、ブレーキを直し、ファクワスンが持ち込んだ走行可だが車に合っていなかった前のタイヤを修正し、新しいクランク軸の角度センサー（モーターがエンストするのを止める部分で、この型の車ではよく問題になった）に替えた。運転席側の後ろのドアの機械部分もうまく動いておらず、古くて錆びついていると思われた。ジェイコブズが油をさすと動くようになり、それで修理は終わった。

二〇〇五年の七月終わり、父の日の六週間ほど前の頃、ジェイコブズはファクワスンを隣に乗せて、その車を試運転した。ウィンチェルシーを出てジロングの方角に向かい東へ五、六キロ走り、貯水池を過ぎて、立体交差を上がって反対側に下り、そこでUターンして町まで戻った。これはジェイコブズが、運転するときにいつも通るルートだった。それは「とても平均的な道路」で、彼もよく知っていた。西に向かう帰り道で立体交差を上るとき、九〇キロくらい出ていたところで、ジェイコブズはエンジンがまだ不完全燃焼するのに気づいた。スピードを落としてエンストを防いだ。

彼はまた、立体交差のてっぺんまで行ってウィンチェルシー側に下りるとき、ファクワスンの車が右に逸れる傾向があることに気づいた。すぐに修正できるが、道の真ん中で明らかに右に向いていっている。「私はハンドルから手を放してみました。左手で少し抑えていなければならない感じがしたのです。すると車がゆっくりと逸れるのが判りました。私が手を添える前に中央の分離線を超えることはありませんでしたが、確かに中央の線に近づいていったのです」ジェイコブズが手をハンドルに戻す前に、車自体が動きを修正する兆候はなかった。

ジェイコブズはこれを「最小限の道路傾斜」のせいだとした。道路のその地点で左車線が、本来なら反対のほうに傾くべきところ、貯水池のほうにやや傾いていたのでは、と彼は推測した。けれどもジェイコブズはまた、ファクワスンはコモドアの車輪整列を修正しておくべきだったと述べた。彼自身にはその装備がなかった。ファクワスンは、よくある誤解で車輪整列が車輪バランスと同じだと考えていたが、車輪バランスはジェイコブズがタイヤを替えたときにすでに調整していた。この人当たりの良い整備士は、ファクワスンにその間違いを指摘できないでいた。「私はこの件について詳しく説明したかどうか覚えていません」

さてモリセイは、マクレオドの機械捜査班ロバート・レグアイア上級巡査部長と科学捜査部門所属のウェイン・コールマン上級巡査という二人の警官を相手に、入水前後の細部にわたる車の状態について、エネルギーを消耗するような反対尋問をゆっくりと入念に開始した。私たちは再度、キーがさったままだったこと、エンジンはかかっていなかったことを聞かされた。ヘッドライトのスイッチは切れていた。ヒーターも切れていた。車が水没したので、ヘッドライトとテールライトが、水に飛び込んだときには点灯していたのか、水中でスイッチが切られたのかどうかは警官らには定かでなかった。多くのことが明確だった。けれども自動車用語に不案内な者にとっては、この機械上の証拠は、例の黄色のペンキ印と同じくらい面倒なものだった。たくさんの技術的詳細事項によって、救いがたい麻痺状態に陥ってしまった。私は注意力がそがれないように、自分をたたいたりつねったりしていた。居眠りをしている陪審員もいるようだった。裁判官でさえもぼうっとして黙り込んでいた。そして眼鏡を取ると、激しく磨き始めた。私の近くにいた記者の一人は、『エイジ』紙のテレビガイドをめくっていた。机の下で「数独」をしている者もいた。壁の高くにかかった時計の針は、ゆっくりと止まってしまったかのようだった。

＊＊＊

そして第四週目の金曜の朝、ちょうど私たちの集中力が萎えてあと戻りできそうにないところで、背が低く、物静かで、テリア犬のような目をした背広姿の男が証人台に上った。捜査を担当している殺人課の警部補ジェラルド・クランチーだった。彼を通して検察が提出しようとしているのは、まさに話を、車の尾灯の電線とかサイドミラーの囲みといったことから、人間の行為という領域に押し戻すだろう証拠だった。この領域では、理性が手掛かりを得るために闘い、誰もが自分の意見を表明できるという権利をもっていると感じるのだ。

重大事故捜査班は、事故の翌火曜日の朝には殺人課にファクワスンについての捜査報告を公式に渡していた。昼食どき前には、クランチーは相棒のアンドリュー・スタンパー刑事と共に、ウィンチェルシーのファクワスンの父親の家のドアをたたいていた。マスコミ関係者の一群が、その門の前にひしめいていた。ファクワスンは、逮捕はされなかった。彼は子どもの死について公式に事情聴取するため、セントキルダ通りの殺人課本部への任意同行を求められた。警察のものとは判らない車の後部座席に乗せられた。姉たちが、自分たちも同行する、もしくは自分たちが運転してメルボルンに送り届けると強く繰り返し主張したが、クランチーは断固として断った。これについては、ファクワスンと後部座席に乗っていたスタンパーが録音装置を身に着けていたことによって判ったのだった。

ルイーズがひそひそ声で、「よくも、こんなことできるわね？」と非難するのが聞こえた。私も身震いした。もう隠れるところはなかったのだ。

被告人席ではファクワスンがテープを起こした筆記録に覆いかぶさるようにしていた。姉のケリは、かすかな嘲笑いを浮かべて頭を振っていたが、テープがまわるにつれてそれが消えていった。

刑事たちは、いったんファクワスンに出発を告げると、運転していたクランチーはほとんど話さず、スタンパーが男っぽい調子でとりとめなく喋っている。彼はファクワスンに、破綻した結婚について同情するように、気軽に尋ねる。自分自身も同じ目に遭っているけど、慣れるのに時間がかかるものだ。辛いよな。夜電気を消すときに、子どもたちがいないっていうのは？　特に、とファクワスンが言う。一度も事故を起こしたことがなく、面倒に巻き込まれたこともないときにはね。夫婦間の喧嘩は？　スタンパーが何となく尋ねる。その……ひどいことになったか？　それとも口論だけ？　大きなあくびを恥ずかしげもなくしながら彼はファクワスンに、食べているか、眠れているか、尋ねる。

ファクワスンが、今日が何日か判らなくて、人に聞いている、と自分から進んで話す。スタンパーが、マスコミの車がすぐ後ろにいるのが判るか、と言う。事件全体の状況が、マスコミの格好のネタになっているんだ、とクランチーが運転席から話に割り込む。奴らは真実を知りたがっている。ファクワスンが散発的に口を開く。声はくぐもっていて、かすかだ。自分は問題を起こしたことはなく、参ってしまっている。こんなふうに詰問されるのはどうかと思う。何が、どう思うって？　詰問されるのはどうかと思う、と言ったんだ。何も隠していない。子どもにも愛情を持っていた。その子どもたちを傷つけるようなことは絶対にない。子どもを救えなくて、ひどく悲しんでいる。救おうとはしたんだ。手足は二本ずつしかないんだから。これが故意だ、と考える奴がいてもそんなことは絶対にない。なんだって？　スタンパーが言う。故意だ、と考える奴がいても、それは絶対違う。それから九〇分という長いドライブのあいだは、車のエンジンが、川が崖の端から滴り落ちるような滑らかな振動音を絶え間なく立てている以外、音はしなかった。ファクワスンは、平原の景色、そして草も枯れたユーヤングズの丘陵が窓の外を過ぎていくのを眺めていたのだろうか？　子どもたちが死んでからまだ四八時間ほどだった。まだ埋葬もされていないのだ。

マスコミの車に追われながらセントキルダ通りの殺人課に近づくと、交通渋滞に巻き込まれた。ゆっくり進む車のなかで、二人の刑事は彼に迫り始める。「もし大変なことが起こったのだったら、もし君が大変なことをしたのなら、我々に言ったほうがいいぞ」二人の声は静かだが緊迫していて、ファクワスンの低くてびくびくした早口と重なり、高まるコーラスのようになる。「我々が欲しいのは真実だ。どんなに大変な、悪いことでも。真実が欲しいんだ。もし何か秘密があるなら、ロバート、言ってくれ。なあ、言ってほしいんだ」なぜ彼は叫び声をあげないのだろう？　法廷の傍聴席にいた女性たちは低い呻き声をあげ、席で身じろぎした。

ハンドブレーキをきゅっと引く音。息づかい。車のドアがバタンと閉じられる音だけが響く。男たちの靴音がコンクリートの階段をドン、ドンと上る。キューという音に続き重いドアががちゃんと閉まる。水を飲むか、お茶か、コーヒーは？　座ってくれ。二時一五分だ。

＊＊＊

私はルイーズを見た。彼女は壁の色と同じくらい蒼白な顔をしていた。

「これって、すごすぎる」彼女は囁いた。「お姉さんたちへのショックを考えるとたまらないわ」

けれど、公式な取り調べのビデオが流されるちょうどそのとき、二人の姉が立ち上がって、ゆっくり確かな歩みで法廷をあとにしたのを見た。それは抗議の印と取れるものだった。

＊＊＊

蛍光灯に照らされた、がらんとした部屋には、ライムグリーンのアディダスのTシャツを着た小柄でずんぐりした男のほかは誰もいない。彼は背を壁にぐったりともたれかかけて椅子に横向きに座り、片方の腕をテーブルに乗せている。その短い茶色の髪は縮れて、薄く、灰色になりかかっている。目は窪んでいる。髭をそっていないように見える。頭を垂れている。背中のたるんだ曲線が、その腹や胴がかなり丸々としていることを示している。彼の意気消沈した姿勢はどこか哀れっぽい。けれどもドアが開くと、彼はまっすぐ座り直して、二人の刑事のほうを向く。刑事はノート、ペン、紙コップに入ったコーヒーを手にきびきびと入ってくると、カメラに背を向けて腰かける。

　クランチーは整った体形の男で、ピンクのシャツを着、早くも灰色がかった髪を、なめし革のように短く丸刈りにしている。スタンパーのほうが背が高く、不器用そうで、丸みを帯びた肩と黒い髪だ。ファクワスンは、紅茶やコーヒーは飲まない、と言う。水だけもらう。テーブルにはティッシュが一箱置いてある。その一枚が穴からのぞいている。

　子どもたちが日曜の夜に死んだ、という事実に言及すると、ファクワスンはしばしば目を閉じて自分自身の痛みにひたる。そして溜め息をつき、再び自分の話を始める。

　話しているあいだ、彼は視線をメラミン樹脂のテーブルに落としている。心配そうな、おどおどした生徒のようだ。ときおり上目づかいに質問者たちのほうに目をやる。事件について語るとき、彼はその小さい形の良い、とても清潔な手を熱心に動かして話に説明を加える。ときおりむき出しの片方の前腕をこすったり、腿や脇を音がするくらい掻いたりする。質問が矢継ぎ早になるようなとき、激しく瞬きをしたり、唇を舐めたりする。指先で顔をはたいて、それを見つめる。手のひらを押し合わせて、その手をズボンで拭いたりもした。息子たちへの愛情を語り、自らの過保護さに触れるとき、頭を振って両手を握る。結婚が終わったのは、妻が、まだ自分を愛しているがもう恋愛感情はないせいだった、と説明するとき、彼はこの二つの違いを、指を握り手首を折って左右に曲げてみせて示す。

元妻の新しい男について話が出ると、その血色がない顎に緊張が走る。一二か月服用している抗鬱剤のお蔭で、すべてきちんと考えられるようになった、と言う。そして両手の指先でそっと橋渡しするような仕草をする。咳については、片方の手のひらで胸を叩いてみせる。自分を危めるようなことを考えたかと再び問われて、苦笑と共に、始めはそんなこともちらっと頭をよぎったが、もうなくなった、と言う。何度かぎゅっと握った拳をテーブルの上に置く。その関節は白い。

取り調べの録音から起こした筆記録の質問は、一番から六一三番まであった。質問三二三で、刑事たちは彼に正面からぶつかった。故意に道路から逸れて貯水池に飛び込んだのか？ 違う、ととても静かに、はっきりと彼は言う。そうじゃない。咳の発作を起こして、気絶して、気づいたら水のなかだった。彼は子どもたちのシートベルトを外してやろうとしたのか？ 判らない。すべてがぼんやりしている。隠していることは何もない。

クランチーとスタンパーは、彼の家のローン、生活費、投薬について話を逸らしていく。そのときも声を高めることなく、ずっと礼儀正しく、思慮深く、忍耐強く、そして、まわりまわってまた、水のなかで何が起きたかという質問に返る。その絶え間ないプレッシャーの下で、ファクワスンの口から、大げさな言葉が飛び出す。もう最悪だった。子どもたちは自分の命だった。全世界だったんだ。手を投げ上げ、頭を下げる。その下顎は強張り白くなる。口がへの字になり、声が震える。クイーンズランドへの休暇にも行かなかった、子どもが寂しがるし、自分も寂しいから。子どもたちは自分の人生のすべてであり、世界だった。カウンセラーに聞いてみたっていい。ほかの女性と会おうとも思わなかった、子どもを独り占めしたかったから。子どもたちのためなら何でもした。子どもたちが人生のすべてだった。二本の腕と二本の脚があるのに子どもたちを救えなかった。いつも守ってやりたいと思っていたのに。シンディはいつも彼が過保護だと言っていた。道路では車が来るかもしれないから、子どもを鷹の目のようにして見張っていた。滑り台で立ち上がったりでもしたら、飛び上がって駆け寄った。座れ、座るんだ！ ちゃんと降りてこい、落ちるなよと、子どもたちが怪我をしないように手を広げて下で受け止めていた。なのに助けられなかった。失神したんだ。それが真実だ、嘘をつく理由なんてない。子どもたちを取り戻すためなら何でもする――一生これを背負って生きていかなければならない。彼の声は太くなる。今にも泣き出しそうだ。腹を立て、傷つき、不当に責められている、という表情で上目使いに見上げている。再び、その無力さについての呪文を唱え始める――二本の腕、二本の脚があるのに三人を助けられなかった。どうすればよかったのか？ 何度も頑張ったんだ。

ひとときの沈黙。

クランチーが顎から手を放す。だが、どういうふうに頑張ったのか？

ファクワスンは肩の高さで腕を振りまわす。それは、そこで――そこで道路まで泳いでいって助けを呼んだんだ。だって――全部は思い出せないが――あっという間だったんだ。彼は指を三度、ぱちんと鳴らす。

ふむ、とクランチーが言う。

嘘はつかない、だって嘘をついたら、どうするんだ、罪の意識を負って人生を生きるのか？

罪の意識を感じているのか？

ああ、誰だって感じるだろう。気が滅入る。カウンセラーは、後ろめたい気持ちを持ってはいけない、と言っている。突発的な事故だったのだから、と。これからどうなるのか、とても心配だ。問題を起こしたことなどない。何も、何もしていない。彼は、心をさらけ出すように、両腕を広げると、まるで事実をテーブルの上に叩きつけるかのように、両方の手のひらをリズミカルに幾度も同時に振り下ろす仕草をした。まっとうな市民として生きてきた。家族思いの男で子どもの面倒も見たし、ずっとそうだった。だから今はとても辛く、もう頭に何があるのか、何がないのか判らなくなっている。でも真実は伝えている。嘘はついていない。嘘をつく理由がない。

車内では、何か点いていたか？

ライトだけ。ラジオ、音楽かも。判らない。子どもたちはTシャツだったので、赤の、暖房のところまでヒーターをまわした。

息子がドアを開けたとき、とスタンパーが尋ねる。ロバートは水が入ってくるのを見たか？

ああ、見たと思う。

どこに？

ああ、床だった。あまりはっきりは言えない、だって特に覚えては……

なぜジェイのドアを閉めた？

ファクワスンは黙り、刑事のほうをなぜそう思う？　ともこれは罠か？　とも取れるような表情で見る。それは、彼は言う。水が入ってきたから。

ドアを閉めるのはどのくらい大変だった？

とても大変だったかもしれないが、判らない、あまりにもあっという間だったから。彼はまた指を鳴らす。

車から出たとき、水面に泳いでいかなければならなかったか、どうだった？

そうだと思うが、思い出せない。なぜか馬鹿げた理由で、水が浅いところにいるか、岸辺でゆらゆらしているだけだと思っていた。それで何とか出たけれどその前に沈んでいた――どうやって泳いだかも覚えていない。判らない。

車が沈むのは見たか？

ああ、泳いで反対側にまわろうとした。車が沈んだとき、水中にいたと思う。水中にいたことを覚えている。車が急に沈んでいくのを覚えていると思う。水から出て、何ができるか考えようとしたが、何もできないことが判った。

車が沈んだあと、まったく飛び込んで見つけようとしなかったのか？

しようとしたと思うが、本当に暗かったし……

スタンパーが静かに、粘り強く迫る。潜って車を見つけようとはしなかった？

ファクワスンは、そうしたと思うが、はっきりとは言えない。どこかに潜ったと思うが、どこだったか思い出せない。あんまり急だったので。

だが、前に別の警官に、潜ったと言わなかったか？

そう、潜って探そうとした。でも何もできなかったので、戻ったんだ。

なぜ何もできなかったのか？

圧力のせいで。

圧力、とは？

それは、水中だったので。どうにかしようと潜ったことは判っている。でも何かできたか、車を見たかどうかは自分は判らない。

圧力について何か言っていたようだが。何度かこの圧力という言葉を使っているね。

それは、ファクワスンが言う。ジロング病院の救急病棟でカウンセラーが言ったんだ。水圧だの何だののせいで、何もできるはずがなかったって。

スタンパーは、誰か別の人が起こったかもしれないと言ったことは聞きたくないと言う。ファクワスン自身が、飛び込んだと覚えているかどうかを聞いているのだ。

ああ、潜った。だってちょっと水を飲んでしまったことを覚えているから。セーターを着ていて――。

車が水中にあったのを覚えているか？

ファクワスンはどもり、早口になる。覚えていないと思う。いや、覚えている。やっぱり覚えていない。すまないが、答えられない。

クランチーは気軽な感じで、シンディと別れた日から一年になるのかと聞く。

そろそろだ、けれどそれは関係ない。ファクワスンはシンディが一緒にいたくはないという事実に不満はない。すべて受け入れている。自分に判っているのは、子どもたちが自分のもので――

ではまだ一二か月は経っていない、ということか？

もうそろそろだ。彼女も前向きになっているし、自分も前向きだ。

離婚確定はいつなのか？

あと一週間くらいだ。

では離婚はまだ係争中ということか？　そしてもうすぐ別れた日から一年目か？

日にちまで覚えていない。

子どもたちに薬物を飲ませたりしたか？

いや、しない。

家のローンはどこで？

ウェストパック銀行。

よし。何か飲むか？　トイレは？

彼は頭を振る。

そして刑事らは取り調べを休止する。ぎらぎらと白い照明で照らされたその小部屋が静かになる。

＊＊＊

彼は、ジロング病院、かかりつけの医師、そしてカウンセラーからの記録の提出を認める書類にサインを求められる。テーブルについたこの三人の男は、みな左利きであることが判る。ファクワスンは子どものようにぎごちなく人差し指と中指のあいだにペンを握っている。署名欄を指し示され、彼はサインする。

その日の審理が終わる前に、ファクワスンの姉のカーメンが戻ってきた。彼女は席に滑り込むと、被告人席の弟に威圧するような視線を送った。何か、おそらく着衣のことを、口で指示しているようだった。人差し指を下に向けて突き刺すような仕草をした。ああ、私は思った。彼は有罪と認めるはずはない、こんなにとどまるところを知らない忠誠心を寄せられていては。私の弟には四人の姉と妹が一人いた。彼が人生でずっとこの状況に対応してきたのを私は見てきた。もし抗わなければ、可愛がられて育った男の子は結局女のような男になり得る。

ルイーズと私は建物の脇のドアから飛び出ると、ロンズデール通りを行った。まっとうな市民として生きてきた。私たちはお互いの顔を見られなかった。信号で彼女は駅のほうに逸れていった。私はバーク通りの端にあるバーに向かった。ウォッカを一杯頼んだ。近くの客が、裁判についてとりとめない噂話をしていた。

「あの男にはガールフレンドがいるってよ」スーツを着た若い女性が言っていた。

私は雷に打たれたようだった。何か、明らかなことを聞き逃していたのだろうか？

「ブロンドだって」その女性は独断的な調子で言った。「毎日法廷に付き添ってるって」

ブロンド。それは姉のケリ以外にいない。そんな馬鹿げた話を誰が創り上げたのか？　私は図々しく会話に割り込んだ。

「『法廷に付き添ってる』って？　彼は勾留中なんだから。独房から手錠を掛けられて毎朝出てくるのよ」私は両手を縛った格好で肘を強張らせた両腕を振り上げた。むっとして、その女性たちは離れていった。

一体全体、なぜ私は腹を立てたのだろう？　自分の話だとでも思っているのだろうか？

新鮮な空気の春の宵だったけれど、ウォッカを飲んだにもかかわらず、駅から家への道のりで私は寒さと恐しさで茫然としていた。どうして水が入ってくるのが見えたのか？　真っ暗だったのでは？　台所で、何とか料理をしようとした。間違えたり、物を落としたりしてばかりだった。作ったのは、料理とは言えなかった。諦めて、毛布にくるまり、長椅子に寝そべった。夜が更けた。これはあとどのくらい続くのだろう？

ほんの数秒。この短いあいだに、ファクワスンの車が自動車道の反対側に逸れて、材木と針金でできた古いフェンスをなぎ倒し、草むらを超えて木をかすり、貯水池に沈んだのだった。そんな一瞬について、それ以上何が言えるだろうか?

若き状況再現担当のグレン・アーカート巡査部長代理が、分度器と、靴ほどの大きさもある計算機を携えて証人台に立った。彼は重大事故捜査班の土木技師の一人で、背が高く、色白で広い肩をしており、ほとんど滑稽なほど高貴な頭の形で、悪くない顔つきだった。

「クリス・グラントに似てるわね」私はルイーズに囁いた。

「誰?」

「フットボール選手よ。ウェスタンブルドッグの」

彼女は肩をすくめた。ジェイ、タイラー、ベイリーと同じく、この娘はエッセンドンボンバーズのファンだった。

アーカートはちょうど真夜中過ぎに貯水池に到着し、車がまだ沈んでいるあいだ、明かりを手に現場を歩いてみた。舗装道路には、車が制御不能になったことを示すようなスリップ跡や偏走跡は認められなかった。道路脇から貯水池までの草むらに、私たちにはもうお馴染みになった二組のタイヤ跡が見つかった。それには、急ブレーキやハンドルの制御不能によって起こるような激しい振れや土に残す影響を示す形跡はなかった。彼がこのタイヤ跡を貯水池の岸まで辿ったところ、ヘッドライトのかけらと折れた枝があって、ここで車が木をかすって水に飛び込んだのだと判った。

道路脇まで戻ると、エクストン巡査部長の例の黄色いペンキ印が目に入った。それは車が道路を逸れたと思われる場所を指していた。アーカートには、この印の角度は大きすぎると思われたが、位置は正しいようだった。それで、車は鋭角で道路を逸れたのだと結論づけた。

彼は、車が水中から引き揚げられるのを見た。その位置と、それぞれの機器の状態を記録した。エンジンはオフ、ハンドブレーキもオフ、ヒーターもオフ、ヘッドライトもオフ。沈黙した法廷のなかで、これらの詳細を挙げる彼の声は、まるで静かに振り下ろされる打撃のようだった。

彼はいったん話をやめ、丸めた唇から息を長く吐き出した。

彼は死んだ三人の子どもたちを見た。横たわっていた姿勢について説明した。その声のほか、唯一聞こえるのは、シンディ・ギャンビーノが漏らす、いたたまれないすすり泣きで、それはほとんど叫び声を押し殺しているようだった。陪審員の一人の女性がそちらを見たが、その表情には苦痛が刻み込まれたかのようだった。ケリ・ハンティントンは手のひらで目をこすった。ギャンビーノは口をゆがめ、ムールズに寄りかかり、その肩、その胸に頭をもたせた。ほとんど抱きかかえられているようだった。

次に、現場の三次元空間モデルを作るために、アーカートはコーティス上級巡査に指示して総合調査測量器もしくはジオディメーターと呼ばれる機器を使って測量させた。

三週間後アーカートは、ファクワスンの車と同じ型、タイヤの車輪整列がホールデン社仕様の一九九〇年型VNコモドアを運転していた。それは、ファクワスンの車が道路から逸れたと考えられている場所で、ハンドルから手を離したら車はどうなるかを撮影するためだった。彼が言うには、このテストでは、自動車道のいかなる隆起も意識のない運転手が貯水池のほうに向きを変えていく原因にはならないことを示していた。ファクワスンの車は、彼がハンドルをまわさない限り、右に急に逸れることはない、と。

待って、とラプキが言った。ウィンチェルシーの整備士が、ファクワスンの車で立体交差を下って試運転したときに、その地点で「ゆっくり右に逸れる」傾向があったと言わなかったか? ええ、アーカートは答えた。けれども右に逸れる傾向と、測って三〇度ほどあった鋭角で道路から外れるということには大きな違いがある。そのような角度で車が道から逸れるには、ハンドルを二二〇度まわさなければならないだろう。

ラプキが魔法使いのような仰々しさで、検察側の席の下からハンドルの模型を取り出したので、法廷の人びとは笑いを浮かべずにはいられなかった。そのハンドルは立体の金属枠に取りつけられ、幾つかの箇所に黒い粘着テープで印がついていた。アーカートはそれを証人台の手すりの上に置き、二二〇度回転させ、「腕が交差するか、一方もしくは両方の手を離さないとまわらない」ことを示してみせた。

アーカートは、「国際的に使われている」ＰＣクラッシュというコンピュータのソフトウェアを用いて、アニメのようなシミュレーションを作っていた。それは車が時速六〇キロ、八〇キロ、一〇〇キロという三種の異なるスピードで、また異なったハンドル角の変更で、どのような状態になるか示すものだった。法廷の明かりが暗くなり、昼興業《マチネー》に来た子どものように私たちは小さな車が立体交差を唸り声をあげるように突っ走り、立ち現れる車線を横切って、貯水池目がけて草地を暴走し、それぞれのスピードによって単純な轍、もしくは横揺れの跡、さらに、ひじょうに強い横滑りの跡を残すのを見守った。

アーカートが言うには、車が道路と貯水池のあいだを轍が示すように通ったとすれば、三つの明かなハンドル操作が必要になる。まずはじめに右に鋭く切って舗装道から逸れ、次に束の間まっすぐに戻し、また右に切る。

もし最初の鋭角操作が続くと、車は警察が見つけたような痕跡は残せないはず、と言うのだ。

明らかに、とアーカートは続けた。車が水に落ちているせいで、そのスピードを正確に計算できるような印を地面に残していない。けれども岸から車輪が離れる前に、スピードが出ていたような証拠は示していなかった。横揺れの跡や、横滑りを起こした形跡もない。車が跳ね上がってもいない。底を打ってもいない。草むらをえぐってもいない。轍にはブレーキの跡はなかった。貯水池までまっしぐらに続いていた。これゆえにアーカートは、車が時速六〇から八〇キロ、おそらく六〇に近い値で運行していたと考えている。

＊＊＊

「やれやれの奴さん」みなが急いで昼食に出ていくなかで、私は一人のタブロイド紙記者が呟くのを聞いた。「あれよりすごい計算機があるわけがない」

「自分の仕事のことは自分でよく判っている、と思い込んでいるような奴はいやだね」通りの向こうのコーヒースタンドで、ボブ・ギャンビーノがいった。

　これは地方の労働者の冗談なのか？　ルイーズと私は、遠慮がちに笑った。

　ボブと最後に会ってから、時間が経っていた。ボブは、前の週末にウィンチェルシーで、シンディがＪＴＢ賞——ジェイ、タイラー、ベイリー——というフットボールのトロフィーの創設宣言に招かれた、と言った。コーヒーを手にゆっくりした口調で、ボブは思い返すように言い始めた。「シンディとロブは、いつもチャイルドロックをオンにしていたんだ。特に理由はないよ。……それはそうと、モリセイがグレッグ・キングの奴の証言にもっと突っかかっていかなかったので驚いた。ロブの予備審問のときの弁護士は、グレッグを尋問で散々な目に遭わせた。奴は泣いてしまったんだ。だがモリセイは、それ以上ひどくは責めたてたくない、グレッグが繊細だから、と言うんだ」ボブは親指と人差し指でゼロをつくって見せた。「気持ちが折れてしまうんじゃないかと思ったんだ。もし自分のせいで、グレッグが……」

「崩壊してしまったら？」

「ああ、もしロブが本当に『あいつらが憎い、殺してやる』と言ったとしたら、それは確かにひどい言葉だ。でも、どうして盗聴しなければならないんだ？　あんな言葉の意味を改めて確かめるまでもないだろうに」

ボブは通りをゆっくりと眺めた。私たちは黙って待った。

「彼らは控訴するだろう」とボブはようやく口を開いた。「もし有罪判決が出たら、控訴するだろうよ。それには真っ当な理由が必要だ。もっと証拠が出てくる。または、その、量刑不当だっけ、それを主張するかも」

私たちは、混乱したまま彼を見つめていた。彼は農夫のように、ポケットに手を入れて、足を広げて立っていた。

「あの陪審員のなかには、知り合いに似た人たちがいるよ！」と、曖昧で人のよさそうな笑みを浮かべて言った。

「あの人たちが何を考えているか、なかなか判らないですね」私は言った。けれどそれは、会話が成立するように喋っているだけだった。

＊＊＊

まる二日間、アーカート巡査部長代理は証人台で、散々な目に遭った。モリセイはアーカートに向かって、まくし立て、怒鳴り、囁き、圧倒し、またときには普通の声の調子で論を張り、彼が並べた大量の技術的な情報から何か合理的な疑いの糸を引き出そうとしていた。

いったいぜんたい、犯行現場——いや失礼、潜在的犯行現場——を調べることに意味があるのか、重大事故捜査班が用いたスキャナが地面の傾斜を算出することができないのなら？　まるで地面が平らであると見なして計算するしかできないなら、測量が何の役に立つ？　どうしてアーカートはかまぼこ型に反った道路の測量をしなかった？　なぜ引き倒されたフェンスの鉄条網や杭を収集しておかなかった？　計測の出発点として用いた例のエクストンによる印について、態度を変えたのはなぜか？　最初は左側を使ったといっていたのに、あとになって右側を使ったといっている。彼は不適格なのでは？　不注意か？　優等学位を持っていたのでは？　それに、プリンシズハイウェイの交通を両方向とも止めたというのは、馬鹿げているし許されないことでは？　どのくらいだった？　一五分も？　その的外れで意味のないハンドルテストのビデオを撮影するあいだ、ビクトリア州全土が停滞させられたということか？　ハンドルから手を離してみた、ということだが、膝を使ってハンドル操作していなかったという証明は？　それになぜファクワスンの車を実際に使ってテストしなかったのか？　ファクワスン氏の車を運転していないではないか？

「していません」アーカートは答えた。「運転できる状態ではなかったので。泥と水に浸かっていて、使える状態ではなかったのです」

「泥と水に浸かった状態なんて」モリセイはぴしゃりといった。「メルボルンの多くの車と違わないでしょうが」

法廷はどっと笑いに包まれた。陪審員席の男性たちはにやにや笑いをした顔を下に向けた。その男性同士の共感が、モリセイ、アーカート、またはファクワスン本人の誰に向けられたのかは判らなかった。

アーカートは警察の幾つかのミスを認めざるを得なかった。エクストンのペンキの印は角度が違っていたばかりか、平行にもなっていなかった。砂利の上に両方のタイヤの跡を残すには、ファクワスンの車のホイールベースは大きすぎる。どちらか一つが正しいのだろう。だがモリセイが、ファクワスンの車はアーカートの計算よりも「もっと緩やかな角度」で道路を逸れたことを認めるよう急き立てると、彼は踏ん張った。この点については、譲ろうとしなかったのだ。

「小刻みにハンドルを操作したのでは？」モリセイが尋ねた。

アーカートはかすかに笑い、頭を振った。

紙ふぶきのように数が舞い踊った。角度、円弧、半径。無限大という言葉が使われた。ときおりカミンズ裁判官は異議を申し立てた。「そのことは午前中ずっとやってきたはずですよ、モリセイさん。また始めないでください。このことはもう見てきたでしょう、モリセイさん、一日半もね」

するとモリセイは、五秒ほどのチャンネル九のニュース映像を映し、それには事故後の火曜日の日中に撮影された道路際の砂利の上に、黄色いペンキ印がはっきりと見えていた。彼はこの映像をピーターズとコーティスが火曜日に撮った写真と比較して見せたが、写真では印は不明瞭のように見えた。それで力を込めて、いずれかの警官が、エクストンのミスを隠そうとして、靴でペンキをこすって消そうとしたのだと主張した。

陪審団は外に出された。

「日曜の夜から火曜日にかけて」カミンズ裁判官はいった。「現場は立ち入り禁止ではなかった。ペンキが消えてしまう理由は一〇〇もあるでしょう。けれども火曜日、晴れた穏やかな日のテレビにペンキの線が映っており、写真では写っていないというのは、明らかに疑念の余地がある。この事実の申し立てについては、対応しなければなりませんね」

「ピーターズの一枚目の写真で示されているのは」ラプキが言った。「チャンネル九の映像で見えているものが、写真ではひずんで見えていることです。事故の夜から二日経っていて劣化している。けれども妨害行為などはなかった」

「これは、そんな行為を喜んでする警察の腐敗という問題だけではない！」モリセイが叫んだ。「これは……」

「そうではなくて」裁判官が皮肉っぽくいった。「これは、子ども三人を殺害したとしてある男を陥れようとする警察の腐敗だってことですね」

モリセイは声を張り上げた。「誰かが妨害をしている、という警察に対する主張を撤回するつもりはありませんよ！　断固主張します！」

「もう主張しているではありませんか」カミンズ裁判官はいった。「もう長い大変な一日でしたね。昔の言いまわしに『上訴裁判官の仕事は、暑い日中により有能な人たちが下した判断を、涼しい夕暮れに取り消すことだ』というのがありますね。少し頭を冷やしましょう。明日にしましょう」

＊＊＊

検察の主張が効果的に突き進む一方、ファクワスンの支援者たちのなかには、狂躁的にもなりかねない陽気な自信に囚われている者もいるようだった。ある日、昼食のあとで、モリセイがまた激論に戻るために、幅の狭いガラス張りのドアを通ってケリ・ハンティントンの脇を抜けていったとき、彼女はその背に向かって「タイガー、行け！」と叫んだ。そして私たちのほうを振り向くと、いたずらっぽく笑ってこう言った。「あの人って、おかしくって」

二人の大男の、巨人同士の取っ組み合いのような闘いが延々と続いた。モリセイは、アーカートやその同僚たちのやり方が策略的で不正だと非難した。先の証拠について述べた込み入った情報のあれこれについて説明を要求した。取るに足りないような些細なことについてあちこちに引きまわした。何時間ものあいだ、飾りピンの頭の上についた中世の天使のように警官と弁護士が躍る一方で、私はどんどん自分が愚か者に思えてきた。車がどのように貯水池に飛び込んだのか理解するのに、科学の学位は要らないはずでは？　私は陪審員席にいる年長の男たちをずっと見ていた。ゆったりとして着心地よさそうなTシャツやファスナー付きの地味な上着姿で、引退した職人や数学の教師といったように見える人たち。彼らも頭がこんがらかり、心の受容力も鈍くぼんやりするような状態になっているのだろうか？　私のなかで、何か根源的な力が自分の知的能力を阻もうとしているのか？　ファクワスンの無実を示すような推測をやめようとして？　いったい何を真剣に受け止められるだろう？　証人の控えめな態度、忍耐強く真剣な雰囲気、穏やかな冗談を言える能力が、その信憑性を意味するのだろうか？　私があの疲れて怯えている陪審員の一人だったら？　あの人たちは、宣誓させられて仕事や家庭という日常から切り離され、弁術に威圧され、笑いや涙によって気持ちが解放されるのをひたすら願っている。この耳鳴りのような騒ぎが、もつれをほどかれ、縫い目が解かれ、うまく意味をなすようになり、私たちが実際には何があったのか理解し、それを評価し、一人の人間についての評決に辿り着くという瞬間、私はその瞬間を恐れているのだろうか？　もしファクワスンの有罪、無罪が判断のつかないミステリーだったら？　誰か、「合理的な疑いの余地なく」という言葉の意味を説明してくれるのだろうか？　そうだとして、私にそれを理解する知性はまだあるだろうか？　それともこのへとへとになった五週間で私の生まれ持った知力の残りがすべて奪われてしまったのだろうか。落ち着かなくては。私は陪審員ではない。誓いを立てているわけではない。ただの観察者。人生を変えてしまうようなことは何も要求されていない。ここに座っているのがもう我慢できなくなったら、ペンとノートをしまって、ドアから退出し、外の世界に引き返せばいい。そこは春で、柔らかな陽射しが注ぎ、ロンズデール通りのプラタナスが淡い緑の芽を吹き出しているのだから。

＊＊＊

実に、ラプキがアーカートを再尋問しようと立ち上がるや否や、まるで法廷の窓が開け放たれて、新鮮な空気が流れ込んだかのようだった。それが彼の言っていることが簡潔で明瞭だったからか、その声が軽やかで乾いた音色を持っていたからなのかは判らない。けれども、モリセイの激しい「電撃戦」で散り散りになってしまった事柄が、全体像のなかで静かにその元の位置に戻り始めたかのようだった。静かで、落ち着いた、調和のような。そう、あの晩に道路と貯水池のあいだで起こったことを描いてみるのに、科学者である必要はなかったのだ。

＊＊＊

検察側の弁論の最後近くになって、クランチー警部補がまだ証人台に立っているあいだ、モリセイは殺人課による公式の取り調べの一部を映しだした。それはファクワスンが涙でくぐもった声で、刑事の真っ向からの告発を否定し、どのように「子どもたちを救おうと頑張った」か、またいかにそれがあっという間だったかという話をしている場面だった。「私はまっとうな市民として生きてきた。家族思いの男で子どもの面倒も見たし、ずっとそうだった。嘘はついていない。嘘をつく理由がない」私たちは再度、彼が憤慨して流す涙、抗議、テーブルの上に置いた手の奇妙に強調された動きを見ることになった。モリセイはいったいこれが功を奏すると思っているのだろうか？　けれども家族席の女性陣は泣いていた。彼らは鼻をかみ、息が震えていた。

何年も経ってから、マリリン・ロビンソンの小説『ピーター・ラビットの自然はもう戻らない』を読んでいたとき、私はその瞬間を説明するような一文に出会った。「それは、あらゆることにかかわらず、彼を愛しているという、血縁の哀しい特権だった」

＊＊＊

陪審員が退廷し、モリセイ氏は二度目の答弁不要の申し立てをした。検察側の弁論は不十分で間接的なので、弁護側の答弁の前に、必要な水準に達するためにもっと証拠を示す必要があるという主張だった。モリセイが低い声で、呟くように、ときにはほとんど囁くように述べているあいだ、カミンズ裁判官は片方の手に頭をもたせかけて、夢見るように聞き入っていた。モリセイに対して説いているとき、その声はとても抑えられていた。ファクワスンはよく聞き取ろうとして前のめりに身体を伸ばし、その顔はきちんと締めたネクタイの上で暗く強張っていた。ケリ・ハンティントンは椅子の上で姿勢をあちこち変えながら、気短に苛だったようすだった。法廷の反対側の座席では、ラプキ氏が片手で顎のあたりを掴みながら、傾いた回転椅子にもたれて座り、じっと前を見つめ、待っていた。

カミンズ裁判官は自分の前に何枚かの紙を広げ、これまでの証拠の概要を読み上げた。そしてその内容から、彼は血が凍るような言説を引き出した。裁判官が採決したのは、法の名のもとに、判決を下すのに充分な証拠がある、ということだった。

モリセイ氏は気を引き締めて弁護に当たらなければならないだろう。

検察側は、法廷ですべての関連事実を提出する義務として、四〇名の証人を召喚していた。モリセイの網羅的でへとへとになるような反対尋問によって、その弁論はまる五週間にわたっていた。モリセイがこのマラソンのような開廷期間中にこなした仕事量は膨大だったに違いない。彼は、弁護側の証人は五人だけだと言った。そして二日半でその弁論を展開する、と。

翌朝、裁判官や陪審員が入廷する前に、モリセイは弁護団席から立ち上がり、席に腰かけようとして列をなしていたジャーナリストたちに、その大きな身体を向けた。

「君らが何を求めているのか、判っているよ！」黒い法衣の肩をずり上げながら、彼は挑むような笑いを浮かべて大声をあげた。「だが私の依頼人には、証言させられないよ。いや。ファクワスン氏は、証言しないんだ！」

彼は満足げに並んだ顔を一瞥した。うっかり驚きや失望を見せるなど、私たちの名誉に関わることだった。私たちは行儀よく腰かけ、彼のほうは回転椅子にどしんと腰を下ろした。

もう誰もがひどく疲れていた。陪審員たちの集団力学は安定しているようだった。彼らが入廷するようすにはややいかめしさが取れ、ときにはさっきまで笑っていたかのような微笑の名残が浮かんでいる人もいた。けれどもみないつも同じ配置で席に着くようにしていた。これは何かの序列を表しているのか、それとも習慣という心地よさを求めているのか？

廷吏が毎日のこととして、専門家たちのために台に幾つかの高い透明なプラスチックの水差しを置いてまわった。人びとの目は安堵の気持ちと共に、均等に置かれたその清廉な円筒形に注がれた。

＊＊＊

弁護側の最初の証人は、クリストファー・スタインフォートという、大きな坊主頭の、しかつめらしい五〇代の医師だった。ジロングで胸部及び一般医療を専門とする開業医をしていた。彼はまたジロング病院の肺機能研究室及びジロング私立病院の睡眠研究室の室長だった。スタインフォート医師は検察側の医療専門家とは違い、咳失神に実際に遭遇していた。彼は咳失神がほとんど神話のように稀な症状だという通念を覆しにきたのだ。

一九九五年以降、医師は個人的に診察した患者の資料データを作っていた。現在ある六五〇〇人分の患者のデータを検索すると、三〇ほどの失神の症例があり、そのうちの一五ほどが咳失神だと言うのだ。

今年はすでにいくつかの症例に気づいていた。

ある医師がジロングの男性について電話をしてきて、フットボールの試合に子どもを連れていく途中、運転していて咳に見舞われた。その車は道路から逸れて向きを変え、横転しかかってまたもとに戻ると、フェンスの支柱にぶつかって止まった。

ある女性は、テレビの前で座ってお茶を飲んでいたところ、咳き込み始めた。次に気づいたときには、床に倒れ、顔がひどく痣になっていた。スタインフォートは女性を入院させた。この女性には肺線維症があった、と彼は付け加えた。

そしてファクワスンの事件が知られるようになってから、かなりの数の人びとが、過去一〇年から一五年のあいだに、ことに車の事故のあとで咳失神と診断されたと報告している。政府の法律扶助機関リーガルエイドがそういった人たちをスタインフォートにまわしてきたので、彼は時間をかけて問診した。彼らはみなインフルエンザのような疾病にかかっていた。仕事を休み、身体の痛みや咳、喉の痛み、鼻水をかかえながら床に伏せっていた。みな男性で、三五歳から六五歳のあいだだった。そのうち二人には未治療の軽い喘息があった。一人は喫煙に関係する血管疾患があったのでおそらく肺の疾患もあったであろう。

でも、と私は考えた。問題になっているのは、肺に病気がない人に咳失神が起こるかどうか、ということではないのかしら?

咳失神の稀有さについて、スタインフォート医師の意見が、検察側の証人であるキング医師とノートン教授の二人とこれほど根本的に異なるのはいかなるわけか? スタインフォートは、それは「紹介バイアス」という選択的システムによるものだ、と言った。二人は上の地位にあり、ことにキング医師の場合は神経科医として、まわされてくるのはひじょうに複雑な症例である傾向があり、ただ咳をしてひっくり返ったような患者ではない。けれどもスタインフォートはジロングという町の現場で働いてきた。二〇〇〇年には、患者の一人が肺機能の検査の途中で実際に目の前で気絶した。膝から崩れ落ちたのだった。スタインフォートは、その患者が床を打つ寸前に抱きかかえた。その日から、医師はいつもその検査のときに患者の肩を掴んでいることにした。

二〇〇六年五月から、スタインフォート医師はファクワスンを五回診察していた。症歴を詳細に調べ、一連のさまざまな検査を行なった。ファクワスンは、一日に二〇本くらい煙草を吸うと言った。これはラプキがノートン教授に「仮の」運転手が吸うといった数の三倍だった。ファクワスンはスタインフォートに、職場や家で「何度も目が眩む発作」を起こし、ときには咳のせいで目の前が暗くなるほどだったと言った。スタインフォートはこれを「疑似失神」と呼んだ。またファクワスンは、スタインフォートに、職場で咳の発作に取りつかれたのをほかの人が目撃していると言った。スタインフォートが言う「すさまじいいびき」を何年もかいていた。そのせいで喉が赤くなっていた。肥満でもあった。スタインフォートは一〇キロ痩せるようにと助言し、また仰向けでなく横向きで寝るようにと言った。痩せるのは難しかった。診断用の睡眠検査では、彼の睡眠は平均して一時間に二六回も妨げられ（それでは元妻にも睡眠妨害になるでしょうに、と私は心に痛みを感じながら思った）、半重度の睡眠時無呼吸症と診断された。けれども患者が日中の眠気を訴えなかったので、スタインフォートは事故の原因として居眠りの可能性は低く見積もっていた。

＊＊＊

ラプキ氏の反対尋問は、礼儀正しく悠々としていた。彼は、スタインフォート医師が弁護側からの唯一の専門家としての証人であるばかりか、ファクワスンの主治医でもあることを指摘した。すなわち医師は「何よりもファクワスンのためを思って」いるのだ。文芸批評家のような繊細な切り口で、ラプキはスタインフォートがファクワスンについて記した診断記録を少しずつ検証していった。可能なあらゆる方向から攻め、咳失神は症歴によって診断されるのであり、もしその患者の誠実さが疑わしい場合は、診断も信用できないことを強調した。次に、職場で上司のスーザン・ベイトスンの目前で咳の発作に見舞われたというファクワスンの話に焦点を据えた。それは、スタインフォートが理解しやすいようにファクワスンが誇張した説明で、そのために医師は、ファクワスンがベイトスンの事務所で失神したと思っていた。しかしベイトスン自身が、法廷ですでに、ファクワスンは腰かけてからすぐに回復し、残りのシフトを勤務したと言ったではないか？ ラプキはこの粉飾された数々の事実や、ファクワスンがそれ以前に咳で失神したことはないと明言していたという証言のなかから、矛盾点を積み上げていった。そしてスタインフォートに、小さな声で、ファクワスンを診察していて「本当のことを述べていないかもしれない患者」を相手にしているように感じると認めさせたのだ。ラプキは計算して、スタインフォートが主張しているその幅広い経験にもかかわらず、その患者のうちほんの少し、〇・〇八パーセント以下しか、肺疾患なしで咳失神を起こしていないということを明らかにした。そして、きっと愛情深い父親ならば、診療も受けず予告なしに失神しそうな状態のまま、夜間に、子どもを乗せて自動車道を走るようなことはしないだろう、と仄めかした。

　ラプキが物腰柔らかく、筋を通して相手を解体するのを聞いていて、私は痛みを感じた。モリセイは、「抑圧的反対尋問」だと言って抗議したが、スタインフォートは冷静だった。彼は平静で思慮深い、優れた証人だった。彼が、ファクワスンは咳失神の発作に見舞われたと固く信じている、と再び述べたときのその態度は、無防備で、謙虚でさえあった。私は青果商の店主が自動車道で運転していて意識を失った話を思い出した。もし、万一、スタインフォート医師が正しかったら？

ルイーズのほうをちらっと見ると、彼女はラプキを讃えるように黙って見つめていた。

＊＊＊

昼食どきにコーヒースタンドのところで、私は一九七〇年代から知っていた変わり者の弁護士に出くわした。過ぎし年月は彼には辛いものだったようだ。煙草を持つ指は黄色に変色し、頬には幾本も縦皺が寄っていた。ルイーズを紹介すると喜んで、彼女の明るいが慎重そうな顔を眺めた。

「それで、証人台に立ったファクワスンをどう思った？」と彼は言った。

「証人として呼ばれなかったわ」私は答えた。「もうその予定もないみたい」

彼は口をあんぐりと開けた。「証人としないだって？　陪審員はどう思うだろうか？『何、あんたは私たちの目を見て話さないのかい？』と言うだろうよ。もう手段がないときにできることはたった一つ、当事者を陪審員の前に立たせてじっと睨ませることとさ！」

私たちは、みすぼらしいスーツと汚れた靴の姿の彼が、嫌味っぽく独りごちながらこそこそと去っていくのを見ていた。

「ファクワスンに証言させたかった？」私はルイーズに尋ねた。

「まっぴらよ」

「私もよ」

＊＊＊

弁護側の二番目の証人デヴィッド・アクサップは、現場である貯水池に行ってみた交通分析家だった。今ではモリセイさえも、「犯行現場」という用語を使ってしまって、それを訂正しようともしなくなっていた。アクサップは独自の測定法を考えついていた。彼は「三一年と一か月」ビクトリア州警察に所属していて、交通支援課を統率する警視正まで務めたあと一九九二年に退職していた。その膨大な履歴書の欄には大学のコース名やアジアの国々の名が散りばめられていた。重大事故捜査班で現在働いている警官のなかには、アクサップに教育を受けた者も何人かいた。現在彼は交通分析コンサルタントの仕事を立ち上げていて、衝突事故の調査と状況再現を専門にしていた。

陪審員は、居ずまいを正して、真面目で注意深い視線をアクサップに向けた。彼は屈強な体躯で身なりがよく、素敵な青灰色のツィードの上着を着て、手は繊細そうで、キップリング風の口髭を生やしていた。微笑むと、その顔には笑い皺が広がった。西部劇なら「古風な」カウボーイと呼ばれただろう。専門家としての証人の経験があったに違いない。証人台には弁護士が運んでくるようなキャリーケースを持参していて、そこから要点を説明するために、子どもの手のサイズの玩具の車を取り出した。優しそうな権威者のように見えたが、その柔らかに垂れ下がった口髭の下の口は戦闘的な構えをしていて、声は引きずられた鎖が擦れるような音を響かせ、その声の大きさにもかかわらずなぜか聞き取りにくかった。

モリセイがきびきびと話を切り出すと、数分でアクサップは明確に断言した。アーカートが言う二二〇度でハンドルを切ったという例の話？ あり得ない。時速六〇キロで走行する車で、そんな角度でハンドルを切れば、スピンしてしまう。「そんなことは起こらなかったのです。痕跡もない」

痕跡。陪審員の顔が暗くなった。ある記者が私のノートにこう書いてきた。「黄色のペンキ印で失神！ 速攻で完全に気絶」私たちは手で顔を隠しながらこっそり笑った。けれどもすぐに、アクサップがときには大きな黒い計算機を叩いてしわがれ声で数字を矢継ぎ早に挙げながら、自信満々で「ステアリング比」「摩擦値」「臨界半径」「コード」「中央縦距」などの言葉の海に乗り出すと、またもや私はあの知覚麻痺にやられてしまった。陪審員にも抗うような雰囲気が漂った。彼らの目はどんよりしていた。背は丸くなった。あくびをかみ殺していた。若いほうの二人はようやく肩と肩で支え合っていた。カミンズ裁判官は眼鏡を外すと目と額をぬぐった。顎をかみしめ、両手で頬をこすった。裁判官はもうこれにはうんざりなんだ、と私は思った。そして陪審員も。ルイーズが何か書いてよこした。

「この証人はまったく不愉快だわ。堅苦しくて形式主義的で。アーカートのほうが、もっと人を引きつけるし、だから説得力もある」

ファクワスンの家族はもっと断固たる決意を示していた。この男こそが重要人物なのだ。彼らは背筋もまっすぐに座っていた。あるとき、アクサップがもったいぶった調子でモリセイの横断勾配の見積もりを認めたとき――「それは……近いものです」――ケリ・ハンティントンは私に寛大な笑みを投げてよこした。けれどもモリセイが、現場における重大事故捜査班の調査方法について厳しさ溢れる批判をしたときも、アクサップはその要点について長たらしい返答で鈍らせてしまった。彼は、講義のような説明によって返答できるときが、もっとも気楽なようすだった。

重大事故捜査班が、壊れたフェンスの破片を集めて分析にまわさなかったというのは、怠慢ではないのか？　フェンスが持ち得た関連性は何だったのか？「それは」アクサップは言った。「調査において可能な影響力を決定するのに関連性があるとすれば……そのフェンスの損壊に関わるとして……当該車両の速度が判っていて……また重量が判っていて……その速力と同等となれば、関連があるかもしれず……」幾度か彼は自分の話の筋が判らなくなったり、モリセイの質問の意味を外したりしたようだった。分度器を提供されて、彼は長い沈黙のあいだそれを不器用にいじり、ぎこちなく持ち上げると、かすれ声で「これはあまり良いものではない」と言った。みな笑った。モリセイは「昔のようなものは作ってないのですな！」と言って、このばつの悪い瞬間を快活に切り抜けようとした。けれども証人は突然弱々しくなったようだった。そのかすれ声は、まるで金属がはげて薄くなった盾のように苦しそうに聞こえた。

モリセイは、彼からアーカートの計算への攻撃を引き出そうと骨を折っていた。もし状況再現で彼らがジオディメーターを使って、黄色のペンキ印とは違う轍を計測して記録していたら、ほかのはっきりした痕跡を示す軌跡が示せたのでは？　ええ、アクサップは答えた。けれども実際にはその測定図には黄色のペンキ印しか示さなかった。もしジオディメーターが認められる轍をとにかく忠実に記録するように使用されていれば、車道の端から車が逸れた角度を計算することができたのでは？　ええ、そうですね、とアクサップは言った。容易にできたでしょう。

これは重大事故捜査班にとっては具合の悪い響きだった。制服姿の警官たちは、検察側の後ろの席で、怒りで煮えくり返っていた。アーカートは、怒りを抑えたしかめ面でうつ向き、メモに何か書きなぐっていた。事故当日にジロング病院の救急病棟でファクワスンと話したジェフリー・スミス上級巡査部長は、肘を膝につけて座り、黒い眉に皺が寄ったその顔は暗く不機嫌そうだった。彼らは青くぴったりした警察の制服姿で肩を並べ、男性力が濃密に結集した一枚岩のようだった。彼らは憤然とし、疲れ、怒っているようだった。また反抗的で、うんざりしきっていた。

＊＊＊

午前中の休憩時間に外に出ようとする人びとの流れのなかで、ケリ・ハンティントンが私ににやっと笑った。

「この技術的な内容が判る？」と私は聞いた。

彼女は目を見開いて、頷いた。

「数学が得意だったの？」私は言った。「私にはついていけなくて」

ことさらに口を動かしながら、ゆっくり、そしてはっきりと彼女は言った。「あの人、相手が言ってることの反対を言っているのよ」

モリセイが騒々しい陽気さで脇を通り過ぎていった。「彼らは、ただミスを犯したことを認めればいいんだ」と大声で言った。「警官が靴でもみ消してしまう代わりにね！」そして止まって片方の足を延ばしてこするような仕草をして見せた。「事故の状況再現なんか、誰もやっちゃいないんだよ！」

二〇分後、法廷に戻る途中で、物音が響く廊下から外れたところにある小さな面談室の前を通り、そのガラス張りのドアのなかをちらっと見た。検察側の一団がそこにすし詰めになっていた。ラプキとフォレスターがパソコンの前に座り、ほかのメンバーはその後ろから首を伸ばして肩越しに画面を見つめていた。法廷用鬘や丸刈りの頭がまるで映画でも撮影しているかのように並んだ姿は、決意を持つ者の熱気に満ちたオーラを放っていた。

＊＊＊

ラプキ氏がアクサップに議論を挑むために立ち上がり、彼から繰り出された質問は法廷の麻痺した空気にアドレナリンの流れを行き渡らせるようだった。この案件にある問題点は何だったか？　実際に検察側と弁護側のあいだの論争となっている範囲は？　ついに、ついに――要点にきた！　陪審員は目を見開き、座り直した。

ラプキは両手をポケットに入れて書類に目を落としながら尋問していたので、頭を上げて目を細めながらおもむろに口を開くと、その視線は、まるで平手打ちが証人の顔を打つようだった。彼はアクサップの人格を撃ち抜いて穴だらけにした。彼の履歴書を切り刻んで、その事故状況再現の訓練が二一年前にイリノイで行なわれた六週間の集中講義によるものであり、また高等教育において数学や物理を学んでいないという事実を明らかにした。アクサップは検察側による車の走行に関わる仮説を理解しただろうか、そしてそれに代わる仮説を打ち出したのだろうか？　ラプキは冴えた巧みな論法を繰り出して、この元警官を、そのかつての教え子であるアーカート巡査部長代理の主張にほぼ等しいところまで誘導していった。すなわち、三か所ではっきりハンドルを操作しない限り、車がこの轍のような弧を描いて道路から貯水池に進むことはない、と。優雅な方法による、完全な殺戮だった。

再尋問でモリセイは、損失を最小限にとどめる試みしかできなかった。あの状況で、地形は車の走行に必然的な影響を及ぼすだろうか？ いいえ。フェンスへの衝突は車の走行に必然的な影響を及ぼすだろうか？ いいえ。三回のハンドル操作は間違いなく行なわれたのだろうか？ いいえ、仮定です。

アクサップは注意深く証人台から下りると、そのキャリーケースを引きながら法廷をあとにした。証言の合間に、モリセイはカミンズに法に関わるちょっとした冗談を言った。裁判官は笑い、父親のような愛情深い眼差しで、この弁護士を見下ろしていた。

＊＊＊

キャム・エヴェレットは貯水池がある土地の所有者だった。背が高く痩せた、灰色の巻き毛頭のにこやかな男だった。自分は農夫ではなく、プロの消防士です、と彼は言った。彼は羊を「ただ草刈り代わりに飼っている」のだった。

過去八年間に、七台の車が自動車道を逸れてフェンスを越えエヴェレットの地所に飛び込んだ。少なくともそのうちの二台はジロングからウィンチェルシーに向かっていた。一人の車は木の下で逆さまになっていた。エヴェレットは、居眠り運転だと考えていた。

ファクワスンの事故の晩、エヴェレットは現場に一時間いたあと帰宅し、ベランダで救出活動を見ていた。その後、何が起きたか聞いて、自家用車のニッサン・パトロールを運転して立体交差を時速一〇〇キロで下り、三度それぞれ違う場所で手を離してみた。「好奇心から」だった。そのたびに、車は右に逸れ、ハンドル修正するまでに中央の白線まで行った。「道路全体が、右に逸れるようだ」と彼は言った。

ゆっくりと法廷をあとにするとき、彼はファクワスンに優しい笑みを見せた。相手はゆがんだ表情でそれを見返していた。

＊＊＊

裁判五週目の金曜の最後に呼ばれたのは、ロイヤルメルボルン工科大学で医学・法学写真を専門にしている、前が二重になった厚手の短コートと脇がゴムになったブーツを履いた陽気なアメリカ人だった。このゲイル・スプリング准教授は、まずチャンネル九の黄色のペンキ印が映ったビデオ映像の静止画と、ピーターズ巡査部長が撮った幾枚かの上空写真を比べ、弁護側が主張しているペンキ印の劣化の可視性を確認するよう求められた。さらに、背の高い草にあったとされる何か不可思議な「かすかな痕跡」についても見解を述べるようにと言われた。これはモリセイが、警察が調査上の「視野狭窄」のせいでわざと無視したと言い立てているタイヤ跡らしきもののことだ。

スプリングは、ビデオと静止画のデジタルカメラ画像による写真の異なる由来、及びこの二つのフォーマットへの圧縮効果について講義を始めて、私たちを困惑させた。聞いているほうは、それぞれの画像における黒い跡、薄い跡、黒い点、黄色い点、一つの斑点とより小さな斑点、そこここの草について、陽射しの強さによる比較、太陽の位置、影の角度による比較を、何とか理解しようとした。彼はパソコンからスクリーンに画像を映し出し、拡大したり、膨らませたり、縮小したりして見せて、とうとう私たちはわけが判らなくなってしまった。「やれやれ、スクリーンがひどいな」と言いながら彼は二枚の写真を比べて、「本来はそこに何があったか」そして「写真に写ったことによって何が人工的に見えているか」を大胆にも確信を持って断言したので、私は驚いて彼を見つめていた。

「それが何であろうと」モリセイは草のなかの奇妙な薄い痕跡について尋ねた。「それはあるんですか、それともカメラの悪戯なのでしょうか?」

「それはカメラの悪戯などではありません。私たちが見ているほかの部分と同じくらい本物です」

けれどもそれがどのような本物なのか? 長いあいだお辞儀したモリセイは、腰を屈めるあまりその身体が折れそうだった。どうして法廷はわっと笑い出さなかったのだろう? 裁判官を見ると、一瞬彼が無理に真面目な顔を保とうとしているように見えた。しかしそれは、もちろん光の悪戯なのだ。

そしてこの陽気な写真専門家がブーツの太い踵を鳴らしながら退場するあいだ、私の目には、この五週間無視しようとしてきた恐ろしい考えが浮かんできた。エクストン巡査部長の例の砂利に引いた黄色いペンキ印は、人を惑わすものだった。その角度はまったく問題ではなかったのだ。それがこすって消されそうになったとか消えそうになったというのは、取るに足りないことだった。技術に関わるこの長たらしい議論で問題になった唯一のことは、ハンドルを切ったかどうかであり、そのほかはすべて無意味だったのだ。

＊＊＊

五週目の終わりに、とぼとぼと家に帰るとき、法廷の外の世界はその謙虚な営みをずっと続けていたことに気づいた。法廷内にいるあいだに、雨が降ったに違いなかった。雨水を集めるタンクに水が半分以上溜まっていた。裏のフェンスのところのトベラの大木は、開花する寸前だった。麻薬中毒《ジャンキー》が角の店を襲った。アパートの若者が盗んだ車を電車に衝突させた。そして私たちの家の通りで競馬場から逃げ出した馬を、元馬丁だったという隣人が捕まえた、と孫たちが報告した。彼は片手に人参を、もう片手にリンゴを持って馬に近づいた、という。こういう日常にみる地味な輝きに、私は感謝と安堵の念を覚えた。

万策尽きかけた弁護側には、最後の一矢が残っていた。ジロングのソーシャルワーカーでグリーフケアカウンセラーをしているグレゴリー・ロバーツだ。

たまたま私の親しい友人がピーター・マカラム癌センターで何年もグリーフケアのカウンセラーをしていた。明敏で真面目な人で、彼女の仕事の内容を聞いていると、この職についている人たちが、深い人間性に関わるとても重要な支援に携わっていることが判った。だがモリセイはロバーツについて、どうやら知的で慰め上手であるだけ、というわけではなさそうですね、と言った。ロバーツが、貯水池から上がったあとのファクワスンの不自然に見える行動や、この惨事に対する奇妙な反応は「突如として子どもを失った親が見せる通常の悲嘆《グリーフ》／心的外傷《トラウマ》の反応だ」と証言する、と言うのだ。

陪審団の前で意見を述べることができるのは、その分野の専門家と見なされる人だけだ。その朝、陪審団が入廷する前、そしてグレゴリー・ロバーツが召喚される前に、カミンズ裁判官はモリセイにロバーツの公的資格について問うた。履歴を見ると、専門家の証人としては実績がかなり不足しているように見えるが？　地域の一般市民ではない権威筋の人間といえるのだろうか？

普通の人なら、貯水池から離れたファクワスンが、助けようという申し出も断り、煙草ばかり欲しがっていたことが驚きと映るでしょう、とモリセイは言った。普通の人なら……ファクワスンが元妻のところにすぐ連れていってくれ、などと言い張るのには腹を立てるだろう。けれどもロバーツには、突然の喪失に見舞われた人びとを幅広く見てきた経験がある。そして「トラウマ的悲嘆」と「過集中」という二つの概念に基づいて、こういった異常な行動を、普通に起こるものと見なすのである。「トラウマ的悲嘆」というのは最近の考え方で、まだ研究も限られてはいるが、『精神障害の診断と統計マニュアル第四版』に症状として診断し得ると掲載されている。

カミンズ裁判官は不審そうに見えた。だがモリセイにロバーツ氏を召喚することを許可し、二番目のグリーフカウンセラーであるリオナ・ダニエルは除外した。この人は事故の夜一〇時に、ジロング病院救急病棟でファクワスンのところに呼ばれていた年配の女性だった。ダニエルは彼のひどい状態を見て、できるだけのことをして慰めた。

「検察側は」と裁判官は言った。「被告人が悲しみを示していないとは言っていません。主張しているのは、子どもを殺したということなのです。泣いていないからといって告訴されているわけではありませんよ」

ファクワスンは、暗い顔をして聞いていた。自分の心理的な状態が話し合われるのは嬉しくないようだった。彼は老け込んだように見えた。髪が伸び、白髪が混じっていた。ときおり家族のほうを見て、憤ったような、ゆがんだしかめ面をして見せた。

入ってきたロバーツは、小柄で弱々しく、鳥のような頭にルネサンス時代の宮廷人のような切りそろえた顎髭を生やしていた。自分は、「ホープ遺族ケア」及びジロングの「子ども突然死協会」で働いている、協会のほうは予期せぬ子どもの突然死に見舞われた人ならだれでもケアする、と言った。モリセイが「子どもを亡くした父親」という言葉を発したとき、ケリ・ハンティントンは青ざめて泣きだし、ファクワスンもハンカチを取り出し、口をへの字に曲げて激しくまばたきした。姉たちからよく見えるところで、一人のジャーナリストが新聞を折ってクロスワードを始めた。

貯水池で子どもたちが死亡した四日後、グレゴリー・ロバーツはファクワスンをケアするために呼ばれた。モリセイがこのカウンセラーに、あの不幸な晩の出来事を、ファクワスンの貯水池からの脱出から救急病棟での警察による訊問まで、彼が知る範囲で話してくれるように言った。ロバーツは「トラウマ的悲嘆」の用語を用いて、それぞれの過程を呼称し、解釈を加えた。これは新しい分野で、現在彼自身が博士論文に取り掛かっているところだった。

貯水池から上がると、とロバーツは言った。当事者は混乱しているだろう。ショックや高レベルの恐怖感を抱いている。アドレナリンが上昇しているだろう。「闘いモード」になって子どもたちを車から救出しようとしていた。だがそれが失敗に終わると、「逃走モード」に取って替わり、逃げ出そうとするだろう。

ラプキが否定していた言葉をモリセイは再び持ち出した。証人が被告人を「幼児のようにわけの判らぬ」状態と呼んだのはどういうことだろうか?

それは、ことに意識を失っていたことを思い出したときに起こる混乱の影響であろう。アドレナリンが上昇していると、平静ではなくなる。何か伝えようとしていても、ロボットのような状態で無感情になる。この分野で経験を積んだ専門家なら、とグリーフカウンセラーは言った。ぶっきらぼうに「自分は今子どもを殺したところだ」と言う人がいても、不思議には思わないだろう。これは「服従モード」の一部であり、その言葉が現実的でないとしてもおかしくない。

ではシンディのところに連れていってほしい、という願望については?

一方の親だけがいるところで子どもが死亡すると、ロバーツは言った、両親が結婚していても離婚していても、相手に知らせたいという強い欲求が起こるものなのだ。トラウマに苦しむ人は、情報過多によって苦しむことが多い。「過集中」という状態になり得る。それしか考えられなくなる。ほかのことを聞いても頭に入らない。訓練された専門家ならば、そのような場合は誰か主導して、過度に集中してしまった当事者の言うことを聞きながらも、その人をすべきことに確実に導いていく必要があるのを判っている。路上でファクワスンに止められたあの二人の若者、シェイン・アトキンソンとトニー・マクレランドには、こんなことは判るはずもない。この過集中状態による要求をのんでしまったのだ。

ファクワスンが、車を探しに池に飛び込もうという二人の申し出を断ったり、電話を借りて救急を呼ぼうとしなかったりしたのは?

ファクワスンの思考経路はすでにいっぱいになってしまっていた。それ以上の情報を理解するとか、聞き取ることさえもできなかったのだ。シンディのところに連れていかれたとき、シンディの目には彼が朦朧として見えたが、このときには専門用語でいう「悲鳴段階」に入っていた。起こったことが現実として考えられるようになったのだ。シンディという「重要な愛情対象」が目の前にいて、感情過多の状態になったのであろう。

ファクワスンが貯水池での救出活動に参加しようとしなかったのは、もうすでに疲労困憊していたからである。アドレナリンのレベルは高い状態では保たれない。彼は「分離状態」という段階にきて、起こったことを意識から遮断し、排除し、距離を置いたのだ。

彼がずっと煙草を欲しがって、現場の男たちを怒らせていたことについては？

トラウマの専門家は、ストレスを感じている身体は刺激物を欲しがることを知っている。これは理性や意識には関係がない。生理的な事実であり、ロバーツは多くの例を目撃している。

ファクワスンが涙にくれているのを一般人二人が見ている一方で、警官、ことに救急病棟で訊問した二人の警官は、彼が心痛を見せないので驚いたことについては？

トラウマと悲嘆の典型的な範囲では、これもよくあることだ。多くの一般人は警官や救急隊員、医師といった人びと（モリセイがいう制服組）を前にすると、話し方に尊敬の念が加わる。そして情報過多に対応しようとしている人は、身体にしみ込んだ行動に訴えようとするものだ。加えて、「トラウマ的悲嘆」さらにロバーツが呼ぶところの「複合的悲嘆」の状況では、人は無感情になる。その気分は揺れ動く。理性的にものを考えることが難しくなる。「認知的圧迫」という状態だ。そういう人の行為は、見ている者には非合理的に映る。

＊＊＊

この証言を聞いて疑念が拭えなかったが、私には説得されたい、という欲求が起こっていた。そうすれば、あの嫌な恐怖心から解放される。貯水池にいるファクワスン、その奇妙な振る舞い、深い愛情と責任感という男と子どもたちとのあいだのきわめて重要なつながりを私が信じ、希望していたのにそれが壊されたことについて考えるとき、いつもその恐怖心に打ち負かされるのだ。そして、法廷で聞き続けるなかで、自殺のし損ないという幻影がまたゆらゆらと見えてきた。このまるまる五週間続いた試練のなかで、誰もまだそれを終わりにできることを言っていないのだ。

＊＊＊

おそらくモリセイは、証人に、裁判官が当人の専門性を認めるのを躊躇していることを告げていたのだろう。分析を披露しているロバーツの口調には、どこかかすかに自尊心を傷つけられて気分を害していいるような感じがしていた。ラプキが立ち上がったとき、神は毛の刈りたての子羊には風を和らげる、とはいかなかった。その反対尋問が炸裂する前に、この証人の背筋は震え、頭は細い首筋の上で前後左右にふらついていた。

そう、ファクワスンには鬱の症歴があり、一時は抗鬱剤を服用していたことをロバーツは知っていた。ファクワスンの離婚は「友好的」なものであり、その焦点は子どもたちの安定と幸せにあったと理解していた。ファクワスンからは元妻に対する憎悪はまったく感じられなかった、とロバーツは言った。確かにロバーツはギャンビーノに対する復讐として子どもを殺してやると脅したという申し立てについては知っていた。けれども自分自身は考慮に入れていなかった、というのも最初にファクワスンに会ったときから、彼が認めていたのは「トラウマ的悲嘆」症状だったからだ。有罪とか無罪ということについては、何も推定をしていない。

やがて二〇〇五年九月九日以後、ロバーツがグリーフケアのカウンセラーとしてファクワスンに毎週、または二週に一度の割合で、七〇回面談していることが判った。

「七〇回、ですって?」ラプキが聞いた。

裁判官も肘をついたまま身を乗り出した。「ナ、ナ、ナ、ジ、ジ、ジュウ?」

その通り。

「その七〇回ものカウンセリングのあいだ」とラプキが問うた。「あなたは、起きたことに対して、またその悲嘆と喪失、あなたが言う『トラウマ的』悲嘆と『複合的』悲嘆に対して向き合うために、ファクワスンにあの晩のことを語らせましたか?」

それはしなかった、とロバーツは言った。ファクワスンが細かいことに入り込んだら、そこから会話を引き戻しただろう。実際のところ、語りを止めただろう。当初から、ビクトリア州警察の犠牲者担当の職員から、面談は悲嘆と喪失に集中するように、という指示を受けていた。その晩何が起こったかについて詳しく話をすることは避けるように言われていた。

法廷が皮肉のこもった沈黙に陥ったなか、誰かの舌打ちが聞こえた。陪審員の頭に「じゃあ、いったい何を話していたのか?」という考えが浮かんでいるのが、透けて見えるようだった。

「なるほど」ラプキがさらに推し進めた。「彼はあの晩について何を話しましたか?」

「ジロングから車で帰る途中、咳の発作で気絶した、と言いました。気がつくと貯水池のなかで。何度か子どもたちを助けようとしたそうです。池を出て、車を止めて、シンディのところに行き、貯水池に戻り、それからジロング病院に行ったと言うのです」

「どのように、子どもたちを救おうとしたと言っていましたか？」

「ですから、私は細かいことに立ち入りそうになったら会話を止めていたのです。けれども彼は、子どもを助けるためにいろいろやってみたと言いました。潜ることも含めて」

「彼はあなたに、子どもたちを三人一緒に救おうとしたと言っていましたか？」

「いいえ、それは警察の訊問録音で聞きました」

「彼は」とラプキはそっけなく言った。「その救出作戦で、子どもたちを出そうと車のなかで誘導したと言うのですか？」

「そのようですね」

ジャーナリストたちは無表情のまま目を逸らした。

ラプキはさらに続けた。ファクワスンがその晩受けたトラウマへの反応について、ロバーツは、子どもを死なせたのが故意でも事故でも、同じだと思うだろうか？

故意にそのようなことをした人間にも、ロバーツは答えた。同じトラウマ反応が見られるだろう。けれどもそのような人はもっと動揺して、怒りを爆発させ、他人に責任を転嫁しようとするだろう。そしておそらく現場から逃げ出すだろう。

それではファクワスンが、事故後にまったく子どもたちがどうなったか聞かなかったという事実については？　見つかったのか、とか？　安全なのか、とか？　救われたのか、とか？　死んでしまったのか、とか？　そして聞いていたのは自分のことばかりだった、ということについては？　自分の立場がどうなる、とか？　自分に何が起こるのか、とか？　それもみな普通のことなのだろうか？

そうだ。

陪審員たちは身体を硬直させて座っていた。だれも息をしていないかのようだった。

ラプキは机上で手を広げた。「私は聞かねばなりません、ロバーツさん。そしてこの質問をすることを許してほしい――ファクワスン氏に対して特に感情移入をするような出来事が、これまでのあなたの人生にありませんでしたか？」

ロバーツの頭がその細い首の上で振られた。「いいえ」

ラプキは顎を上げ、目を細め、低いがはっきりした声で礼儀正しく聞いた。「お子さんを亡くしたことがあるのでは？」

「あります」

「ありがとうございました」と言ってラプキは腰を下ろした。

モリセイは、不快な沈黙を長引かせた。

とうとう、「これ以上質問はありません、裁判官」と言った。

弁護団側の弁論が終了した。

法廷の注目が裁判官に集まっているなか、ロバーツは証人台の下で屈んで荷物をまとめていた。そして頭を高く上げて歩み去った。用済みになり、傷ついて、けれども突然尊厳を取り戻したかのような姿で。

＊＊＊

「あの最後の質問をどう思う？」みなが昼食を取りに列をなして退廷するなか、モリセイがジャーナリストたちに向かって叫んだ。誰も答えなかったようだった。

ルイーズと私はロンズデール通りを走って渡った。

「やれやれ」ルイーズが口を開いた。「あれは容赦なかったわね」

「そうね、でもあの人はファクワスンが言ったことをすべてうのみにしていたようじゃない。ラプキはそれを明らかにしなくちゃならなかったのよね？」

「たとえば『犯行後の彼の行動のなかに、何か無実を示していると受け止められることがありましたか』と聞くことはできなかったのかしら」

「まさか！　証人にそんなことを聞けないわよ」

けれども私たちは意気消沈していた。私たちには空高く飛ぶハヤブサのように高雅に見えたラプキは、ほかの獰猛な同業者と等しく餌食となった証人を目がけて舞い降りると、手を汚してでもその血を絞り出すことを厭わなかったのだ。コーヒースタンドの列から、ケリ・ハンティントンがグレゴリー・ロバーツと最高裁判所の階段を下りてくるのが見えた。確かにカウンセラーは相談者に同情して「回復技術」を教える以上のことをしなければならないだろう、と私は考えた。カウンセラーは相談者と親しくなる必要があるのでは？　その状況を、腹を割って話すのでは？　停めてある車や四車線の道路の向こう側でも、ロバーツがその小さくて華奢な頭をなだめるように傾げながらうなずくのが見えた。

＊＊＊

思うに、裁判において理想的な最終弁論は、その概括を見事に短くまとめ、陪審員の頭をすっきりさせ、かつその心情を掴むような、活気ある主張だろう。

でもそんなものは、テレビでしか見られない。

この法廷では、疲れきった陪審員がさらに四日その席に座らされて、なかには律儀にメモを取る者もあるが、そのあいだ、まずラプキ、そしてモリセイが、証拠の要約を説明した。

ラプキは陪審員に、あたかも自分と同等の知性を擁する人びとに対するかのように、穏やかに呼びかけた。この事件についての可能な見方を二通り提示し、それらを両方とも殺人と分類した。一つ目は、おそらく心理的動揺によって引き起こされ、ファクワスンの絶望や怒り、挫折感、孤独によって高められた突発的で常軌を逸した衝動による殺人。二つ目は、自らを拒絶した妻に復讐したいという欲望と何か月も前から企てられた計画の到達点としての殺人。

ラプキは分類した証拠を、効率という水準に照らして並べた。彼は、結婚に失敗したファクワスンの怒り、屈辱感、鬱状態を最重要視し、それらを標的にした。つまりどす黒くなっていく被告人の思考そのものを。彼は、ファクワスンが人によって異なる説明をしていて終始一貫していないこと、その計算された話の粉飾には、ほころびやほつれが見られることを指摘した。

また彼は、ファクワスンが路上で二人の若者からの助けの申し出を断っているあいだに、沈みゆく車の束の間の気泡のなかで、子どもたちがシートベルトを外そうと格闘していたかもしれないという心が痛む状況を示唆した。これを聞いてファクワスンはハンカチで顔を覆い、むせび泣いた。

ラプキは殺人課の訊問記録から部分的に読み上げた。法廷弁護士の芝居がかったところのない口調ながらも、ファクワスンの供述は混乱し、うわべだけで、ひどく掴みどころがなく不明瞭に聞こえた。本人は頭を振っていた。ケリ・ハンティントンの巻き毛に囲まれたきっとした横顔は、注意深くじっとしたままだった。

だが力強い語調と鋼の論理で押してきたこのラプキでさえ、もっとも眠気を誘う題材にはアドレナリンを吹き込むことができなかった。すなわち技術系の証拠、車がアスファルトを逸れて貯水池に飛び込むまでの物理的過程である。これはもはや逆効果だった。彼が重大事故捜査班の取り調べの妥当性と適格性を、再び明確に力強く確認しているあいだ、陪審員の気力は衰え無関心となった。なかには露骨にあくびする者もあり、モリセイもその革製の椅子に寄りかかって一度や二度あくびを見せていた。

医療的な証拠がまとめられているあいだ、陪審員席の前列に座った若い黒い髪の陪審員が、疲労に堪えられないという格好で、隣の女性のほうに頭をもたせかけていた。眠ってしまったのだ、と思ったちょうどそのとき、彼女は姿勢を正して隣の女性と親密そうな微笑を交わした。ショックだった。

この人たちは、もう集中して聞くふりをする必要がないように見えた。すでに心が決まっているようだったのだ。

けれどもラプキがファクワスンの親友グレッグ・キングの証言に話を変え、この証人が、精神も安定していて信頼でき、動機も確かだと擁護したとき、陪審員全員が息を吹き返したようだった。明らかに彼らはキングに重きをおいており、少なくともその存在がこの事件の決定的な要素になっていると考えていた。ラプキはキングの隠しマイクの会話に出てきた事柄を細かく分析した。彼は緊張性が高まっていくファクワスンの言葉を示しながら陪審員を導いていった。その精密に心理を操っていく方法は、聞いていてたじろぐようだった。

そして彼がその主張の最後の局面――弁護側による事件の説明が統計的にまったくあり得ないということ――に行きつくと、陪審員は熱中して座っていた。ラプキは問うた。肺疾患がない男が、咳失神というひじょうに稀で証明もできない症状に見舞われるなどということが、いったいどのくらいの確率で起こるだろうか？ それが、三七キロという道のりのうちあの場所で起こって車が自動車道から逸れ、ガードレールの切れ目のところをうまく通り抜け、ほとんど平らな地面を突っ切って、近隣に二つしかない貯水池のうちの一つに飛び込むなどということが？ さらに運転手が意識を失った車が、奇跡のように弧を描いて方向も変えずフェンスをなぎ倒し、その前バンパーをはぎ取りながら、木をかすめて通り過ぎるなど？ そしてもっとも驚くべきなのは、皆さん、ほんの二か月前に友人に貯水池で事故を起こすことを考えていると明かした男が、この一連の出来事に巻き込まれるという確率は？

＊＊＊

翌朝、報道陣席の前列に座っていた私の横を、被告人席に向かうファクワスンが通り過ぎた。彼は視線を上げた。私たちの目が合った。私はびっくりして、微笑んだ。彼も微笑み返そうとしたが、笑みにはならず歯を見せて顔をゆがめた。一年前のジロングでの予備審問で、彼が裁判所の重いドアを開けてくれたことを思い出した。その日の彼の微笑は、ぎごちなくて恥ずかしげだった。今、彼は人からじろじろと見つめられ、法廷画家によって肖像を描かれ、手錠をかけられたまま歩かされている。あなた、なんて可哀そうなの、と思っている自分に驚いた。彼のなかに、女性が母性本能をくすぐられて、甘やかしたり子ども扱いしたりするような何かがあったのだろうか？　もしかすると彼はずっとそれを利用してきたのかもしれない。または、彼自身がその罠にかかって、可愛がられる癖がついてしまっていたのだろうか。ある厳格なアメリカ人女性の公選弁護人が、ファクワスンへの告訴について聞いたとき私にこう言った。「もし私が彼の弁護人なら、家族には、彼を愛しているからといって彼の無実を信じなければならないのではない、ということを判らせようとするわ」彼が横を通り過ぎて、両側に刑務官を従えて被告人席に座ったとき、突拍子もないことを考えた。もし彼が、みながこの法廷で見ている前で、姉たちに向かってこう叫んだらどうだろう。「そうさ、俺がやったんだ。それでもまだ俺に愛情を持ってくれる？」

＊＊＊

検察側がその最終弁論で、感情を交えない知的な方法を選んだ一方で、弁護側は感情に直に訴えてきた。二日間モリセイは報道陣席に背を向け、友人のような暖かさで陪審員に話しかけ、そのようすはまるでパブで初めて会った他人を話に引き入れているかのようだった。この緩い調子の弁論のあいだ、ファクワスンは青い大きなハンカチを手に握りしめていた。息子たちについて直接言及されると、ゆがんだ顔をハンカチで覆い、悲痛の涙を流していた。

モリセイが描き出したのは、世界を照らす温かな光だった。ウィンチェルシーという、陽光溢れる小村では、住民が家族や仕事、スポーツ、子どもの教育に心を注いでいる。良きコミュニティであり、誰もが子どもを愛し、官憲を尊重し、法に従うまともな市民が住むところだ。ときには「仲間内」で町のパブで静かに飲んだり、近所の物置小屋で飲み会を開いたりすることもある。ファクワスンは、と彼は言った。そういうウィンチェルシーの人間で、「アングロサクソンの田舎町の男」だった。

アングロサクソン？　たしかにファクワスンという名前はスコットランド以外にあり得ない。そして私の心にはこう浮かんだ。アングロサクソンというのは「動じない」ということの言い換えだ。アングロサクソンの男なら、ひどいトラウマを抱えたときも感情的に抑えているように見えるはずだが。

モリセイは、この裁判における陪審員の深い知識についてお世辞を言った。今や彼らは、無知な新聞読者が、「ちょっとおかしい」と感じるような細かいことについて、理解できるだけの知識が備わっている。たとえば車のエンジンやヘッドライトがオフになっていたとか、ファクワスンが貯水池を出て妻のところに行ったとか。彼は気の利いた言いまわしを駆使して警察のファクワスンの訊問での「懸命さ」や「厳格さ」を褒め称えた。彼らは経験を積んだ警官だ。ファクワスンに、完全に正当な心理的プレッシャーをかけた。弁護側としては、そうしてもらって喜んでいる。というのも彼はあれほど正直に、また協力的に答えているではないか！　彼の答えは、完全にその起訴内容を覆すものだ。それで検察側は行き詰まってしまっている。

　結婚の解消というのはいつでも辛いものだが、離婚が進むなかで、ファクワスンは「攻撃的だったり扱いにくかったりしたという記録がまったくない」と彼は続けた。シンディ・ギャンビーノは夫への愛情を失って去っていったが、ずっと「素晴らしい態度」だった。一度として子どもたちを夫に逆らわせるようなことはなかった。

　モリセイは鬱病については重要性を認めなかった。二〇〇二年に母親が亡くなったときのファクワスンの悲しみと、より暗いふさぎ込みとを区別するために、彼は陪審員に家族を亡くした経験を思い出すよう感傷的に要求した。「誰にも母親はいて、その母はいつの日か死んでしまう。そして母を亡くした人は誰でもそれが悲しみの日だと判っています」

　このようにモリセイは、事件の背景から暗い部分を洗い出し、その影を取り除いた。彼はファクワスンの苦悩や屈辱、嫉妬による心の傷、スティーヴン・ムールズに父の座を奪われるという怒りと恐れをエアブラシで吹きつけるようにかき消した。もちろんファクワスンの悲しみは本物だった――けれどもそれは抗鬱剤のお世話になるような類の悲しみだ。周りのみなが、彼は良くなっていると思っていた。本当に精神を病んだのは、あの苦しんでいるグレッグ・キングで、警察の指令を受けて、驚くような操作をして、友人を裏切ったのだ。

モリセイは、検察側が言う「理論」というのが、弁護側の「事実」とは異なることを説明するために、何度も異様なという言葉を使った。ファクワスンが事故を予め計画していたなどという、この異様で悪意ある理論は、馬鹿げていて「滑稽」だ。ファクワスンが子どもたちに示していた行為はみな未来につながるものだ。父の日の二日前、フットボールの授賞式で、キングはファクワスンが幼いベイリーを腕に抱きしめているのを見たのではなかったか？　この幼子が、貯水池で溺れる運命にあったと？　そしてラプキ氏がいう、車が沈むあいだ車内のエアポケットのなかで、息をしようともがく子どもたちの姿？　それは幻想だ。気泡などなかった。後ろの窓は飛び出してしまっていた。車は石のごとく沈んだのだ。

検察側が呼んだ医療専門家のノートン教授については、実際の咳失神についてはあまりに知識がないので、証人として来たこと自体が信じられない！　陰険な太い声でモリセイは、ファクワスンがあの「ポンコツ車」を当てがわれたことではらわたが煮えくり返っているという検察側の主張を嘲笑した。「一人の男が負えることには限りがある。だから三人の子どもを殺そう」だって？　グレッグ・キングが、フィッシュアンドチップスの店での「悪気ない」会話で聞いたという、ファクワスンが言ったことを、脅迫調で真似してみせた。「俺にあんな仕打ちをして、ただじゃ済まないぞ」あの晩の捜査は茶番だった。モリセイは、重大事故捜査班の隊員の言葉を引用したり、その証拠を要約したりするときに、幼児番組に出てくる警官のようなもったいぶった声で茶化した。アーカート巡査部長代理は「トイストーリー」に出てくるバズ・ライトイヤーのようで、良い人だが何も判っていない。ピーターズ巡査部長は白々しい嘘をついている。意識的なハンドル操作の証拠はまったくない。実際、一〇歳のジェイが横からハンドルを切ったことだって十分あり得る。責任感があり、注意深い子どもだったから、危機的状況のなかで力になろうとして行動し得るだろう。

検察側の主張は「おとぎ話なのです――悪いお父さんが子どもを殺したという」それは、ただの「もっともらしい」筋書に過ぎない。ファクワスンは怪物などではない。冷酷な人ではないし、くよくよ考えて、怒りが募り、憤怒が高じているのではない。心に傷を負ったアングロサクソンなのだ。ただの――ロブ、という人間なのだ。ひどい仕打ちに堪えてきた。彼を無実にするときだ。これからの人生がいかなるものであろうとも、進んでいかれるように。

私は陪審員をじっと見た。彼らはしっかりしていて、目つきも鋭く、集中して聞いていた。けれどもその顔からは何も読み取れなかった。ルイーズも彼らを見ていた。そして私のメモにこう書きつけた。「うまくいっていないと思うわ」

閉廷後のロビーに出て、婦人トイレのドアを開けると、ファクワスンの姉たちが、仲間の少し若い女性と、洗面台の鏡の前に陣取っていた。誰かが「彼は王子様のようだったわ」と言った。「そうね」カーメンが鋭く言った。「でも王子はカエルにも変えられるのよ」彼女らはわっと笑った。私はその後ろをさっと通ってトイレに入り、彼女らが賑やかに化粧を直して髪をとかすあいだ待っていた。私も彼女たちの近くに立っていたかった。とても自信に満ちていた。あの人たちはお互いを元気づけようとして気丈にはじけているのだろうか、それとも、私のほうが誤解しているのだろうか？

＊＊＊

その日の午後遅く、法廷弁護士をしていた古くからの友人と、議事堂の階段で待ち合わせ、ウィンザーホテルのラウンジのリージェンシー時代風のストライプの椅子に収まり、ジントニックを飲んで小一時間過ごした。

「最終弁論を聞いたのだね？」彼はブローグ型の靴を履いた足をきちんと揃えながら聞いてきた。「どちらにつく？」

「判らないの」私は答えた。「疑いが残っているけれど、それが薄紙一枚の違いだったとしたら？それは妥当かしら？」

彼は目を閉じた。「それって答えになっているかね？　君。これは現実なのだよ。難しい結論も出さなければならない」

私はふさぎ込んで飲んでいた。法律家というのは、どうしていつも私を間抜けな気持ちにさせるのだろう？　私は直観というものについて聞いてみたかった。彼が、そんなものは法廷にはあり得ないと答えるのは判っていた。でも直観とは何なのだろう？　実際、何週間も証拠を見せられたなかで形成されていった、半ば無意識の推理なのでは？　生きているあいだにほかの人びとと関わるなかで経験してきた似たような出来事とこの問題とを、素早く本能的に結びつけているのではないだろうか？

＊＊＊

陪審員たちがカミンズ裁判官を好ましく思っていることは誰の目にも明らかだった。彼には陪審員の恐れを理解し、それを落ち着かせる独特の雰囲気があった。裁判官が彼らに向かって直接呼びかけると、彼らの疲れた顔も和むのだった。普段は無表情の男性陪審員も、信頼を置く教師に対するように、微笑を浮かべて裁判官のほうを向いていた。今や彼らの責務は、この裁判で事実を熟慮し、評決を下すことだった。だがまず裁判官が彼らに事実に法を当てはめる上での入念な説明を行なうことになっていた。これは説示と呼ばれ、裁判のなかで、控訴裁判所における評価でもっとも批判を受けやすいところだった。

カミンズはその説示を最終月曜日の朝に行なった。その身体を王座のような椅子の上で前後に揺すって、エネルギッシュな身振りで話した。何週間にもわたった長い裁判のあいだ陪審員が聞かされてきた矛盾する証言、競合する意見の一つひとつについて、誇張しながら時間を割いた。彼は何度か途中で休止しなければならず、それはまるで感情を抑えようとしているかのようだった。

すぐにルイーズがそっと私をつついた。「ラプキを見て」検察官の眼鏡は目の前の机上に折りたたまれて置かれ、頬づえをついたその手はだらりとして、もたげた頭が書類に落ちてしまいそうだった。見ていると、彼は糊がきいて曲線を描きながら突き出している襟首の飾りに顎を埋めたまま、革製の回転椅子に座り直し、あからさまにまどろみ始めた。その部下のアマンダ・フォレスターが、何か囁こうと彼のほうを向いた。彼を見て固まってしまい、静かに顔を背けた。すぐに彼女も目を閉じ、頭を手にもたれさせてしまった。その落ち着いた顔は実際より若く、可愛らしく見えた。

シンディ・ギャンビーノは両親のあいだに座っていた。ボブとベヴ・ギャンビーノは、最後にコーヒースタンドで話したときよりも、田舎者らしく静かに自分のなかに閉じこもっていて、すれ違うときも頷いたり微笑んだりするだけだった。彼らの慎み、そして落ち着きに私は感心していた。その内なる望みは何だったのだろうか？　娘が元の夫を支持していることを、彼らはどれほど深く信じているのだろうか？　彼ら家族全員が味わっている喪失感のなかで。ファクワスンは裁判官の長い弁舌を熱心に聞いていた。息子たちの名前が上がるとたじろぎ、涙を抑えようと歯を食いしばっていた。ときおり苛だった顔を見せたり、椅子で身体を揺すって不満を表したりした。一方ギャンビーノは両親に守られて座っていた。手すりに肘を乗せて、あたかも涙が止まらないというかのように白いハンカチを鼻と口に当てていた。話が辛い部分になると、顔が痙攣したようになり、手で目を覆っていた。とうとう親子三人は立ち上がり、そっと法廷をあとにした。

休憩のたびに、ファクワスンの家族は砂利が敷き詰められた中庭にどっと出て、スタンドで買ったコーヒーを片手に喋ったり煙草を吸ったりしていた。彼らが立っている陽光の当たる場所は、時間が経つにつれて狭くなり、柱廊の角は影が色濃くなっていった。ジャーナリストたちは礼儀正しく彼らの場所を空けてやり、遠くで囁き合いながら固まっていた。黒のバレーシューズを履いた『ヘラルドサン』紙の女性記者は、判決は早く出て、無罪になるだろう、と意見を述べた。背筋が冷たくなった。待って、まだすべてを掴みきれていないし、どうしたらいいかも判らないのだから！　私は彼女の確信から距離を置き、雑誌を読んでいる振りをして隅に引っ込んだ。見上げると、もうほかの人たちはなかに戻っていた。底が柔らかい靴で敷石を踏んで走り、まだ午後の陽射しが十分に当たっている唯一のベンチの辺りに立っている女性の脇を通った。それはファクワスンの姉のカーメン・ロスだった。疲れた夫が、暖かさが残るベンチで胸の前に手を組んで眠りこけているのだった。彼女は夫に目をやり、その休息を見守っていた。片方の手を上げて、夫の、帽子のない白髪が混じり始めた頭に陽射しを避ける影を作った。彼はぴくりともしなかった。私がこっそりと横を通ったとき、彼女は人差し指を伸ばしてそっと夫の眉毛に触れた。

＊＊＊

二日目の終わり、カミンズ裁判官が説示を終えて骨を折りながらそれを微調整したあとで、一四名の陪審員は任意抽出によって一二名に削減された。裁判所補助官が木の箱から数を引いた。女性陪審員のうち二名が免除された。裁判官はこの人たちに遺憾の意を表したが、彼女らは喜びを隠そうともしなかった。その最終構成として、陪審団はこぢんまりと、実務的に見えた。余分なものをそぎ落とし、一発やってやろうとしている一二人ひと揃い。

彼らが退廷していく背中を見ている弁護団の気持ちはいかに辛いものだろうか。モリセイの唇は真っ白だった。七週間に及んだ闘いのあと、何に共感し、どんな論理的判断力を持っているかも判らない一二名の他人が、その結果を支配するのだ。

「判決を待っているのが」とカミンズ裁判官がファクワスンに優しく話しかけ、彼は跳ねるように立ち上がった。「裁判のなかで一番辛い時間です。頑張ってください」

ファクワスンは礼儀正しく注意深く頷いた。このとき初めて私は普通の生活のなか、職場や学校での彼を見たような気がした。それは心に響いた。そしてまたショックを受けた。自分のこの反応が何かいけないことのような気がして。

＊＊＊

木曜日、私たちは待ち続けた。

家族やジャーナリストたちは、裁判所の廊下を靴音が響かせて、呼び声の届く範囲で歩きまわっていた。カーメン・ロスはロビーの長テーブルに座り、トランプカードで「忍耐」ゲームをしながら辛抱強く待っていた。別の女性は静かに鉤針編みをしていた。ジャーナリストたちのあいだでは、評決は無罪だろうと噂されていたが、誰もその理由を明示できなかった。誰も私の意見を求めてこなかったのでほっとしていた。決定を下すなどという責任は私には到底負えなかった。

午前中の半ば頃、太陽が建物の屋根の上に差しかかり、私たちは新鮮な空気を求めて外に出た。だが中庭の反対側のドアがばたんと開いて、春の装いをした明るい色の平服をまとった一群の人たちがどっと出てきた。陪審員たちだった。しかめ面をした廷吏が私たちに向かって叫んだ。「あなた方はここに出てはいけませんよ！」私たちは建物のなかに戻り、ガラスドア越しに陪審員を見ていた。彼らは陽射しのなかをうろうろと歩き、バーベキューに招かれた客のように笑ったり足踏みをしたりしていた。多くの者が煙草を吸っていた。彼らは陽気で自由に見えた。一人の男を生涯牢獄に送ろうとしているかもしれないような人たちには見えなかった。

その日の午後の半ばに、通りがかりの男が肩越しに叫んだ。「陪審員がドライクリーニングを頼んだ。泊まり込みになるみたいだぞ」

その日は何も出ずに終わった。

家に帰る電車のなかで、私は何ごとにも冷ややかな法廷弁護士の友人にメールを送った。「陪審員は笑っていた。どういうこと？」

彼はすぐに返事を寄こした。「笑っているのは落ち着かないから。でも最後は同情や感情抜きの純粋に理性的な結論になる。数学の問題を解くようなもの。少なくとも裁判官にはそうするよう言われる。そうあるべきだ。すなわち決定には、ファクワスンがその後どうなるかはまったく考慮に入らない」

「無理そうだけど」

「君から聞いた明るい振る舞いをほかのどんな方法でも説明できないね」

＊＊＊

金曜日、私は長く編みかけだった緑の毛糸のスカーフを持って法廷の中庭に行き、それに取り組もうとした。手が汗ばみ、緊張が抜けなかったけれど、何かすることがあるのは助かった。ジャーナリストたちは群れになり、いつもより開放的にお互いと向き合っていた。仲間意識があった。食べ物を分け合ったり、頼まれなくてもコーヒーを買ってきたりしていた。ラプキがいないと誰かが報告した。ユダヤ教の律法感謝祭だったのだ。ユダヤ教会に行かねばならなかったのだろう。私たちはファクワスンの件をあれやこれや話し合った。ラプキは弁護側の医学的証拠を論破するだけ大きな穴を開けただろうか？　陪審員は黄色のペンキ印のミスを気にしているだろうか？　ファクワスンの母親についても考えを巡らした。どんな女性だったのか、母親の不在だけでシンディ・ギャンビーノがファクワスンの実家を「死体置き場」と呼ぶことになったのだろうか。終わりの見えない異様な時間、陽だまりのなかであれこれ分析したり推測したり、いつもより心臓の鼓動が速いように感じていた。

ちょうど二時をまわったところで、『ヘラルドサン』紙の記者の一人が中庭の反対側から大きな身振りで手招きしてきた。私たちは一団となってロビーを走り、ぶつかり合いながら法廷の席に腰を下ろした。モリセイがゆっくりと入ってきた。被告人席に座ったファクワスンのところにまっすぐ歩み寄ると、ハイタッチをした。警察官が法廷席の後部座席に滑り込んで座った。知っている人も初めて見る人も、みな上下階の座席にぎゅうぎゅう詰めになって座っていた。裁判官が大股に歩んで席に着いた。私たちはみな頭を下げた。裁判官は低い声で言った。「皆さんには、判決がどのように下ろうとも、感情を抑えていただくようお願いします」気分が悪くなるような静けさだった。陪審員が入ってきた。その顔は暗かった。一人の女性は湿ったティッシュを手いっぱいに握っていた。もう一人は目を手で覆っていた。陪審長は口を動かし、頬をすぼめていた。

亡くなった子どもの名が一人ずつ読み上げられ、それぞれに殺人の告発がなされた。最初の告発は「有罪」シンディ・ギャンビーノが鋭い動物のような呻き声をあげた。有罪。有罪。廷吏が彼女を支えようと走り寄った。その脇で真っ青な顔が揺れ、倒れた。母親が気絶したのだった。息子たちがベヴを戸のところまで連れていった。叫び声とすすり泣きが高い白色の天井にこだました。ファクワスンは監房に連れ去られたに違いない。被告人席は空だった。喚き声をあげて、モリセイが報道陣席に向き、黙って私たちを見た。打ちのめされた戦士のように、足を揃え、肩を落とし、手を性器の前で握りしめていた。その顔色は真っ白で、かすかな強張った笑みが浮かんでいた。

裁判官が閉廷を告げた。廷吏がジャーナリストたちを外に押し出した。中庭では、救急隊員がベヴ・ギャンビーノを仰向けにストレッチャーに乗せて運び、私たちの横を通り過ぎていった。その顔は青白かった。ギャンビーノ自身はもう救急車に乗っていた。ケリ・ハンティントンはベンチで屈み込み、肘を腿に置いて、激しく煙草を吸いながら人びとを憎しみのこもった目で見つめていた。彼女が私に向けた眼差しは焼けつくようだった。中庭の一角では、重大事故捜査班の隊員のそばでアマンダ・フォレスターが煙草を探しまわっていた。緩い空挺部隊用のズボンに黒色の重いブーツをはいた警官らは、自己抑制の見本だった。勝ち誇っていたとしても、それを見せようとはしなかった。けれども白い歯から煙を勢いよく吐き出している生き生きしたフォレスターの顔は、満足を無理やり抑え、輝いていた。私の後ろにいた男性が言った。「なんて勇気がある陪審団なんだ！」知り合いの検察官がわきをすり抜けた。彼も歓喜を抑えていたが、私にこう言った。「我々が、検察側としてどれだけの目に遭ったか判るかい。あの嘘八百を切り崩さなければならなかったんだから」

ジャーナリストたちは去りがたそうにしていた。「ああ」と呻いた。「今までのなかで最悪の結果だ。これ以上ひどいことはないよ」彼らはお互い抱き合うと、さっと散っていった。若い女性記者の一人は六か月の身重だった。彼女の顔は黄色くなり、お腹に手を当ててじっと立っていた。初めて殺人事件を担当した男の子が私の腕に触り、目を見開いて何も言えず私を見つめた。

ギャップイヤー中の女子学生ルイーズは、私のそばにいてこの大騒ぎをいつもの冷静沈着さをもって観察していたが、その頬はかすかに赤らんでいた。「私は外に行くわ」

「何ですって？　帰るの？」

「あとでメールする」彼女は私をぎゅっと抱きしめると、人の流れに溶け込んでいって見えなくなった。もうたくさん、と言うときだったのだ。

例のベテラン記者を見つけたので、さよならを言おうと手を上げた。私の顔は真っ赤でおそらく見ものだったに違いない。彼女は皮肉っぽい笑みを浮かべながら私をじっと見た。

「こうなるとは思っていなかったんでしょう。ショックを受けたのね」

「ええ、ショックだったわ」

彼女は私をほかの人びとのなかから連れ出した。「私が今日最初に法廷に入ったとき」彼女は言った。「私には怒りの波が押し寄せていたわ。こういう奴らがやってのけることなのよ。男が女に対して行なう一番恐ろしく野蛮で残酷な復讐なのよ。全部女のほうのせいにするために」

家に帰る電車で、私は感情過多のメールをルイーズに送った。「今日見聞きしたことのあとでは、一人にならないで」

返事はなかった。私はきまり悪く感じたけれども、驚かなかった。モリセイや私と違って、彼女はしっかりと線引きができる人なのだ。返事をくれたとしたら、どんな内容だっただろうと想像してみた。おそらく何か哲学的なこと。何か鼻っ柱の強いこと、ラテン語で。「Dura lex sed lex ——過酷な法だが、それが法」

その晩寝るときになって、私は編みかけの緑の毛糸スカーフが、鞄を置いたところに落ちているのを見た。取り上げて、判決の知らせがきたときに、列の途中で編むのをやめていたのに気づいた。あの決定の瞬間を何らかの形で取っておきたい気がして、その部分に赤糸でひと刺の印をつけた。そしてその列を終わりまで編むと、放り出した。

三週間後の二〇〇七年一〇月二六日に行なわれた量刑審理は、声高な評決劇のあとでは、静かでゆっくりした感じがした。法廷内の空気はどんよりしていて、粘りけがあるかのようだった。ラプキ氏は、悔悟のようすも見せない被告人によるこの犯罪がいかに残酷で、三件とも仮釈放なしの終身刑がふさわしいと主張した。モリセイ氏はそれに対して、無罪を主張して今でも無実だと言っている男から悔悟の言葉が出るはずがない、と答えた。カミンズ裁判官は辛抱強く意見陳述を聞いていたが、もはや熱意は失せていた。話される言葉はみな弱々しく、通り一遍の響きしかしなかった。

それから、カーメン・ロスが――今になって彼女が正看護師で、高齢者施設で働いているのだと私たちは知ったのだが――その哀れな弟の人生を証人台で語り始めた。刺繍が施された白いブラウスに黒いパンツ姿で、大ぶりの実用的な腕時計をした、この優しい顔つきの姉は、明らかに家族のなかで女家長であり、小さな白いハンカチを両手でねじりながら、威厳をもって話した。ロブは四人きょうだいの末っ子で、と始めた。三か月未熟で生まれた。

四〇年前、一二週の早産。溺愛され、甘やかされた。これが裁判の証言で欠けていた事柄だろうか？

弟は大事にされた赤ん坊だった、と彼女は続けた。生き延びられたのが幸運で、虚弱で、過保護にされ、身体も小さかった。視力にも問題があった。強健ではなく、頭が切れるわけでもない、でも彼には闘志があった。学校ではできる生徒ではなかったけれど、頑張り屋だった。スポーツならチームプレーが得意な、「静かで、忍耐強い人間」に成長した。ときおりほとんど涙ぐんだり笑いそうになったりしながら、彼女は愛情を込めた笑みを浮かべて、子どもたちにとても献身的で、忠実な、勤勉で立派な男性像を描いてみせた。「人間として」彼女は言った。「私は彼に好感を持っています」そのあいだ、ケリ・ハンティントンは怒りと痛みを内に込めて、身体を堅く強張らせ、険しい表情で座っていた。

＊＊＊

量刑審理と刑の宣告のあいだの二〇〇七年一〇月二七日の夜に、シンディ・ギャンビーノが報道番組「六〇ミニッツ」に出演した。それを私は録画した。複雑で、魅了されるような内容で、その後何年かのあいだ、私は何度もその番組を見た。

ギャンビーノは、きれいなローズピンクのブラウスを着て額に入った子どもたちの写真を撫でながら居間の肘掛椅子に座っている。インタビュアー役の若い男性は、これほどの喪失感にとらわれた女性を前にして、畏れを抱いているようだ。そしてギャンビーノがゆっくりと涙を溢れさせ、溜め息をつき、意固地に否定したり、答えを探すのに長く押し黙ったりするようすは、まさにある種の威厳が感じられる。

「たいていの親は子どもを失ったことがないので」彼女は言う。「そんなことを推測するなんてできないでしょう。あるところまで想像しても、『いや、そんなことは考えられない』となるのです」

「彼女が推測したり、受け入れたりできないのは」インタビュアーのナレーションの声が画面にかぶさる。「真実なのです。夫で、子どもたちの父親であるロバート・ファクワスンが、殺人者であると有罪を宣告され、拘置所にいることが」

「これは、あまりに理解不能なことなのです」とギャンビーノが言う。そして泣き始める。「この人が、自分の子どもを殺してもいいくらい私を憎むなんて信じられない。子どもたちが歩いた地面もありがたく思っていたくらいなのに。そんなこと、信じられないんです。私のことを愛していたのに。愛していたと判っているのに」

インタビュアーは踏み込んで聞く。「あなたのほうは彼を愛していたのですか？」

複雑な表情がギャンビーノの顔をよぎる。やがて、よく聞く名言を返す。「愛することと、恋することは違うのです。私は彼を愛していた。でもそれは本当の意味で恋愛感情を持つことではなかったのです」

結婚式のビデオ映像が少し流れる。田舎の教会のなか、陽射しのような黄色い壁の前で新婚の二人が祭壇から腕を組み、中央回廊をゆっくりと歩む。盛装のギャンビーノは、輝くばかりの笑顔で頭を高く上げ、ロシア風の飾り冠からベールをなびかせながらなめらかに進む。その脇でファクワスンは、襟足部分だけを長く伸ばした髪型にスーツ姿で、背を丸め、笑顔を見せず、飼いならされた小さな熊といった風情で小股に歩いている。

そして画面は、三人の子どもがお風呂で遊んでいるホームビデオの映像に変わる。子どもたちが誕生日のケーキのろうそくを吹き消すシーン、クリスマスの朝、プレゼントを開けたあとで包装紙のなかをころげるさま。産科病棟で生まれたばかりのベイリーをカメラに向かって抱き上げるギャンビーノ。彼女は、布にくるまった安定感のないその小さな包みを、完璧な威厳をもって取り扱っている。この自然な一瞬、ギャンビーノはただの若い母だ。その化粧っ気のない顔は、頬がこすられ、肌が疲労で真珠のような色になり、その神々しい新たな命と遭遇したばかりの女性の脆さを表している。

「一四年ののち」ナレーションがかぶさる。「二人は別れたのです」

ギャンビーノは、過去に自分が言った言葉を再び口にする。「あなたを愛していないの。もうやっていけない」

「ロブはそれをどう受け止めたのでしょうか?」

「ひどくこたえたようでした。何も持たずに出ていったような気がしていました。実際、枕とテレビ、衣服を持って父親がいる実家に戻ったんです。もちろんひどく意気消沈していました」

番組は、ことの推移を入念に追う。「シンディがロバートと別れる頃、彼女の人生に別の男性が登場しました。スティーヴン・ムールズです。彼は二人が建てた家にコンクリートを流す仕事で来ていました。惨めなロバートにとって打ち明け話ができる友人となった一方で、彼はシンディと恋に落ちたのです」

金髪のムールズは、番組では法廷で見たよりも若く格好がよく、問題を抱えた夫婦の相談相手になろうとしたことを説明する。けれどもシンディが一度「露骨なくらいはっきりと」もう結婚は続けたくないと言い、ファクワスンのほうも関係の修復に「正しい努力」をしようとしていないのを見て、ムールズは「これは双方共にだめ」な状況だ、と考えた。

「六〇ミニッツ」が再現した貯水池での現場の青みがかった再現映像では、ムールズは猛々しい英雄だ。ファクワスンが毛布にくるまって煙草を欲しがっている一方で、ムールズは彼をののしり、服を脱ぐと水に潜っていく。

「彼はほとんど死にかけたのです」カメラに向かってギャンビーノが言う。「あんなことをして」

「本当に勇敢ですよね、あなたのしたことは」目を丸くしたインタビュアーがムールズに言う。「とても勇敢だ」

ムールズは平然とその賞賛を振り払う。「その言葉は、子どもたちを見つけていれば、もっとふさわしいんだが。もし自分があの立場だったら、もし自分の子どもたちが今日ここにいないようなことがあれば、私もここにはいないと思いますよ。だって子どもたちを救えなければ、そのそばにいるだろうから」——彼は雄弁な身振りで子どもを集めるような仕草をしてみせる——「そして子どもたちに言ったでしょう、『さあお前たち、死ぬときは一緒だ、それだけのことさ』とね」

「判決が下ったとき」インタビュアーがギャンビーノに言う。「あなたは泣いていましたね」

彼女の涙が溢れ始める。「私が泣いたのは……」

「ロバートのため？　それとも子どものため？　何のためでしたか？」

「両方――子どもの名誉のためです。子どもたちが『父親に殺された、ファクワスンのあの三人の息子たち』などと人から思い出されるのが嫌なのです。子どもたちの名誉が損なわれてしまう。私が泣いたのは、望んでいた判決ではなかったからです」

「世間には彼をどのように見てほしいのですか？」

長く、じっと思考した沈黙。手入れされた頬に涙が流れ落ちる。人目を引く、優雅な動きで彼女は手のひらを重ねて顎の下に置く。頭を片方に傾げ、一瞬すすり泣き、無理に微笑み、そして呟く。「無罪？」

「シンディ」インタビュアーは容赦なく言う。「法廷で示された、エンジンが切られて、ライトも消され、ロブが道路から逸れた車を動かしていた、という証拠すべてが――」

彼女は頭を振る。「私には意味がありません」

「一二名の陪審員が一致して有罪としたのですよ」

「私には関係ない。あの人たちはロブを知らないんです。彼のことを判っちゃいない」

「あなた自身は」インタビュアーは、この番組で知られている重々しい厳粛さをもって聞く。「彼がやったと思いますか？」

彼女は顎をつんと上げ、その厚い瞼を伏せる。「いいえ」と、そっと呟くように言う。

「彼は無実だと？」

彼女は少し黙る。その顔に一瞬影がさす。「そう信じています」彼女の声はほとんど呟きになる。

「これが悲劇的な事故だと思っています」

＊＊＊

ギャンビーノは、二〇〇七年一一月一六日、ファクワスンの刑が宣告される日に法廷に来なかった。彼の家族と支援者たちは大挙してやって来て、みな襟に大きなバッジをとめていた。それにはこう書いてあった。「ロブが奪われた《ロブド》──ロブを信じる」けれどもカミンズ裁判官がその薄い書類から、「被告人は強い嫌悪の念を持った……邪まな企図を立てた……」と読み上げ始めると、すぐにバッジを着けた人びとは立ち上がり、一団となって法廷から出ていき、あとにはファクワスンがぽつねんと座っていた。その髪には白髪が増え、頬はこけていた。彼の顔は青ざめ、病気のようにも見えた。裁判官が厳しい口調で事件について、そしてそれに伴う道徳的非難について述べるのを聞いているその顔は、同級生の前で叱責されている一〇代の少年のようなしかめ面だった。彼は椅子に身体を投げ出し、眉を皮肉っぽく曲げて頭を振り、閉じた唇から息を吐き出していた。「自責の念なし」という言葉には、口をあんぐりと開けて驚きを示した。その反応の仕方は、状況の重大さとはあまりにもかけ離れていて、見ていて心が痛んだ。

そして最後に下った判決は、その顔から表情というものを消し去った。減刑の余地なし。終身刑三期分、亡くなった子ども一人につき一期とする。仮釈放なし。

衝撃を受けた長い沈黙のなかで、法廷の後ろにいた若い男性が立ち上がり、ゆっくりと拍手し始めた。三回鳴らすか鳴らさないうちに、大柄の廷吏が彼を捕えてガラス枠のドアから引きずり出した。

閉廷となった。人びとは立ち上がり、二列に固まって、外の世界に流れ出ていった。茫然とした私は座ったままだった。頭に浮かんだのは、もうロバート・ファクワスンは二度と車を運転することはない、ということだけだった。

その晩、法廷弁護士をしていた古い友人からメールが来た。「刑が重すぎて」と書いていた。「上訴審で覆されるだろう」

＊＊＊

コーヒースタンドで何度か親しく話ができたことで、ボブとベヴ・ギャンビーノを当てにして手紙を送った。インタビューを申し込みたいので、彼らの娘を紹介してくれないかと頼んだのだった。慎重に言葉を選びながら、ベヴはそれは到底無理な相談だと断ってきた。けれども、夫妻は私がビラガラのほうに来ることがあれば、いつでも会いたいと言ってくれた。

カーメン・ロスとケリ・ハンティントンにも手紙を書き、話を聞きたいと依頼した。カーメン・ロスからは固い拒絶ながらも丁重な返事のカードが届いた。ファクワスン一家は、その労力と努力のすべてを上訴手続きと弟への援助のために費やしている、と彼女は書いていた。ロブが悲劇的な事故に遭った無実の父親だと判決が下りたときには、もしかすると会ってもよいかもしれない。

ルイーズからメールがきた。「カミンズ裁判官がバーク通りでコーヒーを飲んでいるのを見たわ。それにデグレーブス通りでカーメン・ロスも。そのとき、私、ひどく顔が赤くなったかもしれない。

そこにいるだけで、なんだか悪いことをしているような変な気がしたの。それって、法廷で感じたのと同じような畏れというか、陶酔というか。あの人たちが、何かとても神聖で神秘的なようで」

＊＊＊

一か月ばかりあとに、アングルシーから車で帰る途中で、ビラガラへの内陸ルートを通った。ボブとベヴは私を暖かく迎えてくれて、台所のテーブルでホットサンドイッチと紅茶を振る舞ってくれた。一、二時間いて、あれやこれやを話した。夫妻の思慮深さは完璧だった。泣き出すこともなかった。ときどき笑いも起こった。私が辞するとき、二人は家庭菜園でできたシルバービートとジャガイモを持っていくようにといって聞かなかった。

「私たちはもうあまり菜園仕事をしないのよ」とベヴが言った。「ジェイとタイラーがよく土を掘ったり耕したりするのを手伝ってくれたの。あの子たちがいないと辛くって」

ボブが、ビラガラから二五キロ離れたウィンチェルシーでの孫息子たちの葬儀の日に、白いハトが三羽空に放たれたと教えてくれた。何日かあと、疲れて薄汚くなった白い鳥が一羽、彼らの家の庭に舞い降りて、突き出たベランダの下に逃げ込んだ。二人は餌をやった。鳥は二週間そこにいた。ある朝外に出てみると、その鳥はどこかに行ってしまっていた。

二〇〇八年四月一日、ファクワスンが判決に対して上訴したと知った。受話器を取り上げて、モリセイ氏に電話をかけた。彼は別の裁判にかかっている途中でひどく急いでいたが、その親しげで騒々しい声をあげて、五〇を超える根拠を思いつくといった。裁判官は明らかに陪審員の扱いを間違っている。それに、一二月、ロブの裁判の前にウィンチェルシーのパブで、グレッグ・キングが起こしたあの暴力沙汰についてはどうだ？　これは証人としてのキングの信憑性に関わったはずだ。だが警察の奴が一〇か月もキングの告発を遅らせていた。ファクワスンの裁判が終わるまでだ。パブの喧嘩に一〇か月だって？　ところで、裁判のあいだ隣に座っていた賢そうな金髪の女の子は誰なのか？　ギャップイヤー中！　あの子はあの陪審員どもを束にしたよりも賢い。もしインターンシップを考えているなら、事務所に電話してくるといい。

＊＊＊

ウィンチェルシーのパブでの喧嘩？ 法を遵守する市民が暮らすあの平穏な村で？ その後私は告発状を目にした。クリスマスイブを祝うなか、妻や子どもたちもいる前で、「白熱した議論」のあと二人の男が別の二人に襲いかかり、さらに六名ほどが加わった。どうもビリヤード台の周りから誰もが飛び込んでいった乱闘のようだった。取り調べた警察官によると、この地域では反目し合う二つのグループ同士がすでに抗争していたのだが、やられた男はそれには加担していなかったらしい。加害者たちはその男には馴染みがなかった。彼の過ちは、バーで「ジャックダニエルのコーラ割を五缶ほど」飲んだあと、まずい相手に話しかけたことだった。彼は殴られ頭突きをされて、建物の外に逃げたあとも追いかけられた。警察官は入念に「集団心理が支配してしまったようだ」と調書に書いている。「理由」という見出しのもとに、逮捕された加害者の一人は自分のゴム草履を探そうとしていたと述べた、と書かれている。別の者は「俺はただ上に飛び乗っただけです」と言った。グレッグ・キングは被害者の腹を殴ったと告発され、「間違ったことをしました」と述べている。

キングには前科はなかった。ファクワスンが終身刑を言い渡された数日後の二〇〇七年一一月二〇日に、キングが暴行容疑でジロングの治安判事の前に出頭したときは、ファクワスンの裁判に協力していたという警察の書状を提出した。治安判事は、この書状が判決にはいかなる影響も及ぼさないと言明し、キングに一二か月の観察期間と七五〇ドルの罰金を言い渡して帰した。

＊＊＊

シンディ・ギャンビーノはもはや有名人だった。二〇〇八年から二〇〇九年にかけて、私はその浮き沈みを遠くから眺めていた。『ウーマンズデー』や『ニューアイディア』といった女性誌に次々に登場していた彼女は、ぼんやりした目をして太りすぎた身体でその悲嘆を頼りなげに演じていた。大衆マスコミの言葉によって、そのインタビュー記事が、人間のもっとも純粋な苦悩を低俗なものにしてしまっていた。

女性なら誰でも、彼女がファクワスンを責めるのを頑固に拒否しているのは、母親として堪えられない根拠なき罪の意識が、雪崩のように襲ってくるのを必死に食い止めようとしているからと判るだろう。彼女を愛する人びとは、その周りを忍び足で歩き、自分たちの感情は押し殺し、自分を守るために妄想のなかにいる彼女を慎重に扱わねばならないに違いない。どのくらい彼女はもつだろうか?

その母であるベヴが、裁判所の外で私に言い、そのときには逆に思えたことが、今になって理解できた。「覆いをかぶらなければならないのよ。起きて、車で仕事に行く。覆いを外して仕事にかかる。そして車で家に帰る途中、また覆いを戻す。そうすれば家で起きていることに対応できる」

けれどもギャンビーノがかぶった甲羅のヒビが見え始めていた。

事件を事故だと信じて主張し続ける限り、「犯罪被害者」補償を受け取れなかったのだ。彼女は交通事故委員会に対してひどい心理的損害を被ったと申し立て、非公開の金額で折り合った。それから彼女はファクワスンの財産へ目を向けた。これは六万六〇〇〇ドルにしかならなかったが、二〇〇九年五月一四日に州の最高裁判所による決定で、カミンズ裁判官は刑法に基づいて、ファクワスンに彼女の苦痛と苦しみへの賠償金として二二万五〇〇〇ドル払うよう命じたのだった。

＊＊＊

二〇〇九年六月一日、私はロンズデール通りにある控訴裁判所の古い建物への急な階段を上っていた。玄関ホールでモリセイ氏が私に笑いかけた。その大きな顔は蠟のようにすべすべしていた。

「お疲れでしょうね」私は言った。

彼は声なき声をあげ、目を閉じた。

「もう絶望的？」

「絶望では、ない」と彼は急いで言った。「それは違いますよ。でも——古代神話のようなんだ。オルフェウスが再び冥界に下らなければならない。そういう感じ。そして私にはオルフェウスのような音楽的才能がない」

彼のあとについて私も大きい扉を幾つか通っていった。「緑の法廷」は最高裁第三法廷よりも上級の部屋で、最近改修されて厚い緑色の敷物が敷かれ、やはり緑色の革製の傾斜式座席が置かれ、優美な壁付きのランプの繊細な灯りで照らされていた。

ファクワスンが松葉杖をつきながらよろよろと入ってきた。拘置所で咳の発作を起こして気絶したらしいと、ある記者が教えてくれた。椅子から転げ落ちて骨を折ったのだ。

控訴審理は二日にわたる予定だった。ラプキ氏とその補佐のダグラス・トラプネル上級法廷弁護士の落ち着いて自信に満ちたようすと比べると、モリセイは口頭諮問を受けている学生のように神経過敏に見えた。上側には、白い毛皮の大きな袖口がついた緋色の法衣を着込んだ三人の裁判官が並んで座っていた。その鬘は先の法廷で見た灰色の死んだネズミのようなものでなく、生のカリフラワーのように逆立っていて地球儀のように丸く、脳組織のような質感をしていた。彼らは乾いた響きの声で、挑むように厳しく、ときにせっかちに質問を投げた。容赦なかった。彼らが聞いているようすは、まるで襲いかかるようだった。証人はいなかった。裁判全体が、議論と分析の攻撃で、その徹底ぶりには畏敬の念が湧くほどだった。

二日目、モリセイが調子を取り戻し始めた。慌てるようすも減り、もっと力強さが静かに漲り、その論述の中身も調子も自制されていた。その日の午後遅く、議論に出ていた技術的な詳細に私がついていけなくなってきていた頃、法廷のなかに何か不思議な動きを感じ始めた。液体が動いているようだな。最初は私の想像かと思った。知力では理解できるものではなく、神経で感じたのだ。それはゆっくりした、水中の波のような、潮の流れに似たものだった。

裁判官たちが判決を公にするのには何か月もかかることとなった。

＊＊＊

ファクワスンの控訴審理の二週間ほどあとに、雑誌『ウーマンズデー』が三ページにわたるギャンビーノについての「独占記事」を掲載した。記事では彼女は不吉な賭けに打って出たようだった。ギャンビーノは、その忠実なる記者に、拘置所にいる元夫に何度か手紙を書いて、面会させてくれるよう頼んだと言った。そのうちの一通で、ティーンエイジャーが書いたような幼い感じがする手紙の写真が、インタビュー記事の横に掲載されていた。この世でただ一人、その痛みを判ってくれるはずの人間にどうして彼が会いたがらないのか判らなかった。事故の日、そしてその前の何か月かのあいだ、彼は何を考えていたのか？　別れたから、すべて彼女の責任なのか？　それほど自分を憎むように仕向けたのではないことを祈っていた。世間に対して彼を擁護してきた。この疑問に答えてもらえないのか？　どうして会ってくれないのだろう？

姉のケリを通じて、ファクワスンはジェイの一四歳の誕生日に当たる日を過ぎてからギャンビーノに会うと約束していた。ところがそのときが来ると、まだ心の準備ができていないと言うのだった。

とうとう返事が来た、と彼女は言った。それはファクワスンからではなかった。「トラウマ的悲嘆」という新たな概念について述べた弁護側の証人で、グリーフカウンセラーのグレゴリー・ロバーツからだった。ファクワスンは、とロバーツは書いた。シンディの料理を懐かしがり、拘置所の生活に苦労している。ロバーツは沈んでいく車のなかでの恐怖、子どもたちを救ってやれなかったときの苦悶の叫びについて赤裸々な描写をしてみせた。けれどもこのカウンセラーは、ギャンビーノはファクワスンには会えない、と頑として主張した。今は感情的に微妙な状態である。彼女が来ると、ダメージが大きく不安定になる。

ギャンビーノには信じられなかった。ファクワスンは、彼女にとっての生活がどのようなものだと思っているのだろうか。この現実の世界で、実際毎日のように子どもたちが通った学校や、貯水池も、車で通らなければならないのに？　ムールズとの二歳になる息子と、これから生まれる子どもを母としてどのように育てればいいのか？　彼女の考えは変わっていなかった。ファクワスンは殺していない。けれども彼女は面と向かって彼に問わなければならなかった。なぜ法廷で証言しなかったのか、なぜ唯一の機会をとらえて本当に起こったことを話さなかったのか。彼女がしたかったのは、向き合ってその目を見ることだった。

雑誌で見る彼女の顔は破滅の表象だった。青白い皮膚、重い瞼、そして陰鬱ななかに懇願するような表情。法廷でファクワスンは、元妻に自分のほうを見てほしいと被告人席からそっと願っているようだった。今や、このカウンセラーが、無力ながら彼に同情して、ファクワスンを妻の挑む眼差しから庇うよう全力を尽くしているようだ。

この頃、出版社を通じて私は知らない人から手紙を受け取っていた。この女性は、その娘の幼子が、両親の醜い離婚劇のあと、家の火事で焼け死んだことを伝えたがっていた。元夫が疑わしかった、と彼女は書いていた。けれども検死陪審は証拠不十分との評決を出してしまっていた。苦悶していたその祖母は、ギャンビーノを代弁していたのかもしれない。

「どちらがより辛いでしょうか？　真実を知らないまま疑いやさまざまな可能性を抱えて生きていくのと、考えるだけで恐ろしい真実を抱えて生きていくのでは？」

＊＊＊

二〇〇九年一二月一七日、審理の六か月後に、控訴裁判所はその決定を下した。裁判官たちは、モリセイ氏がいう五〇を超える根拠をふるいにかけ、ほんの五本の指に入るほどに減らしてしまっていた。もっとも重要だったのは、カミンズ裁判官による陪審員への説示、特に複雑に積み重ねられたグレッグ・キングの証言を、彼らにどのように評価する権限があるのかについての説示が誤っていたということだった。またキングのパブでの喧嘩による暴行容疑裁判の延期を明らかにせず、彼を支持するよう警察が書類を提出しようとしていた事実を明らかにしなかったことにより、ファクワスンの弁護団が証人としてのキングの正当性を問う機会を、検察側が奪ったことも挙げられた。

控訴審の裁判官は、ファクワスンに対する状況証拠を一ページ分の文章で入念に説明した。そして陪審団が合理的疑いの余地なく彼を有罪と見なすことは可能だったと明言した。けれども瑕疵によって公正な裁きの機会が失われた。よって控訴裁判所は有罪判決を破棄し、原審差し戻しを命ずる。

二〇〇九年のクリスマス四日前に、ロバート・ファクワスンは保釈された。

＊＊＊

美しい夏の夜に監獄から出て、姉の庇護のもとに戻るというのはどんな感じなのだろう？　ファクワスンがマウントモリアックにある家を裸足で歩きまわり、冷蔵庫からビールを取り出し、裏口の段に腰かけてコオロギの鳴き声を聞いているようすを想像してみた。寝る時間になれば、洗い立ての綿シーツに身体を伸ばし、清潔な枕に頭をつけるだろう。

一方で息子たちは、ウィンチェルシー郊外の藪のなか、それぞれの永遠の床に横たわっていたのだ。

二〇一〇年二月、私は州立図書館内のウィーラーセンターで開催されたノンフィクションについての講演会に招かれた。聴衆のなかの一人が、ファクワスンの判決について私の意見を求めてきた。それについて話すときではないと私は感じていた。真実を知り得る唯一の人物が話そうとしていない、という意見だけにとどめておいて、話題を変えた。

差し戻し審は二〇一〇年五月に予定された。今回はモリセイ氏はファクワスンの弁護をしないかもしれないと、あちこちで聞いた。刑事裁判の弁護に関わる弁護士は誰もがモリセイを好いていた。みな、この長期にわたる苦労が彼に及ぼす影響について心配していた。「私だったらごめんだね」知り合いの法廷弁護士が言った。「あんなに人気がない依頼人を弁護するなんて。最低最悪だよ」「すたこらと逃げ出すべきだが」別の者は言った。「きっと彼は請け負うんだろうよ」

二〇一〇年三月一〇日に準備弁論を聞きに州最高裁判所第一一法廷に入っていったとき、最初に見たのはその部下のコン・マイロナスのそばに、のしかかるように立っているピーター・モリセイだった。その額は光り、鬘が頭の後ろに傾いていた。反対側の席には新しい検察官アンドリュー・ティニー上級法廷弁護士が座っていた。銀髪の、痩せた強靭な体躯の持ち主で、もったいぶった語り口調だった。あるジャーナリストが言うには、彼はスパンデックス生地のスポーツウェアに滑り止めがついたサイクリングシューズを履いてロンズデール通りにいるところがよく目撃されていて、朝食前にフランクストンまで往復して仕事の悩みを解消しているということだった。彼の脇には、最初の裁判でラプキの助手を務め、闘いで耐性を高めたアマンダ・フォレスターがいた。

裁判官席に座っていたのは、六〇代前半で背が高く痩せて手足が長いレックス・ラズリーで、裁判官になってまだ二年ほどだった。私は一度ある刑事裁判で、誰もが有罪だと思っていた若い女性にかけられた殺人容疑を、彼が冷静沈着に晴らしたのを見たことがある。国際人権問題の特任法廷弁護士としての彼の仕事は広く賞賛されていて、またアマチュアバンドでドラムを叩いているという事実が好まれていた。

この準備弁論審議は、陪審員が選出されるずっと前に行なわれた。新たな証人について入念な質問があり、裁判官と検察側と弁護側が審理の進め方を交渉した。警備官に挟まれたファクワスンは、顎を上げて瞬きをしながら熱心に聞き入っていた。ラズリー裁判官は、ファクワスンが自殺や自傷を仄めかしたというような証拠はすべて除外することに同意した。検察側はこの事件を、とラズリーは述べた。父の日に起きた心中未遂に帰しているのではない。これは、被告人が子どもたちを溺れさせ、自分は助かろうと意図していたかどうかに関わることだ。ラズリーはまた、最初の裁判で自由に使われた「鬱」という言葉に関わる証拠をくまなく調べることにも同意した。この鬱という医学的症状を、一般の人たちは自分たちがそう思っているほど理解していない。ラズリーが恐れているのは、素人の証人による鬱に関する証言を彼が認めてしまうと、陪審員は鬱と殺人の動機を想像して結びつけて憶測し始めてしまうだろうことだ。いかなる憶測も禁物なのである。

ラズリー裁判官は陪審員が選定されたら、こう伝えたいと述べた。「証拠のあいだのギャップを推測で埋めないようにしてください」難しいわね、と私は思った。それでも裁判官と弁護側は、ファクワスンの「鬱」という黒く長い糸を、全体像をゆがめることなしに、引っぱり出そうと共に働きかけているのだ。

＊＊＊

ある日の昼食どきに、モリセイ氏が私と話がしたいと言ってきた。建物の入り口の脇にある小さな面談室に私を招き入れると、椅子を指して座るよう身振りをした。私たちはテーブルを挟んで向かいあって腰かけた。彼は鬘をつけたままだった。

「ある人が私に送ってきたんですよ」と優しげだが不吉な感じの笑みを浮かべて彼は言った。「あなたが州立図書館で講演したときのビデオをね」

私の心臓は飛び上がった。「私、しくじったかしら?」

「その通りですよ。『あの晩車で何が起こったか知っている人は唯一人で、その人が話そうとしない』と言ったでしょう」彼は両肘をついて身を乗り出し、圧迫するような顔つきで私を見た。「私の依頼人はあの晩車で何が起こったのか判らない、というのがこの裁判なんですよ。意識を失っていたんだから。あなたが公的な場であのような意見を述べたので、依頼人の沈黙を守る権利が害されましたよ。法廷侮辱に当たるかもしれない」

法廷侮辱？　私が？　どっと冷や汗が出た。

もし私が二時間のうちにインターネットからあの映像を削除しなければ、とモリセイはじっと私を凝視しながら続けた。裁判官に言って裁判所命令を出してもらうつもりだ。その上、依頼人に不利な情報が依頼人への公平な裁判の機会を奪っているという理由づけで、私のこの冗談を、裁判延期を申し立てるのに使うかもしれない。

もちろん私は映像をインターネットに上げたことへの責任はなく、どうやって削除するかも皆目判らなかった。ラズリー裁判官に私が愚かだと思われるのが一番嫌で、私は顔を真っ赤にして電話を手に建物から飛び出した。ウィーラーセンターは三〇分で削除できるということだった。まだ震えながら、古い友人の法廷弁護士にメールを送った。彼はすぐに返事を寄こした。「やれやれ、君の言葉を最大限に杓子定規に解釈すれば、侮辱したことになっただろう。何でもないよ。些細なことだ。モリセイ氏の裁判上の主張に不利なことにちょっと触れたというだけさ」

それでは、モリセイが意地悪をして、私が引っかかったというわけだ。彼は抜き差しならない状況になっているに違いない。

そして間もなく記者たちのあいだでうわさが飛び交った。ギャンビーノが心変わりした。元の証言を撤回して、新しい証言をするのだ。裁判官と検察が、陪審員を前にしたとき彼女をどのように扱うかについて神経質そうに戦略を練っているのを見て、彼女がどれだけ戦闘的になり、また脅威に変わったか悟った私は、恐怖に身震いした。彼女が法廷の理性という繊細な体系に、どのような騒ぎをもたらすことになるのだろうか。

差し戻し審が二〇一〇年五月三日に始まったとき、私はうかつにもそれが、強調される点が少し動き、さまざまな見方がなされる程度で、前の裁判を駆け足でなぞるものだと思っていた。つまり、この現代的悲劇では登場人物と筋書と詩情がすっかりお馴染みになってしまってもう圧倒するような迫力は残っておらず、それをまた新規に再演するものだと。ところが最初の瞬間から法廷の空気が違っていた。何か気概のようなものが漲っていた。もはや、優しげな親しさや法廷内で共有されていた仲間意識のようなものは皆無だった。その日、人びとが法廷で競って席を取ろうとし、ファクワスンの支援者が階上の席に追いやられているとき、私に敵意のある眼差しが向けられ、わざとらしく背を向けられ、いつものように弁護団に頷いて挨拶すると、その一団の挑むような無表情に拒絶されたのだ。モリセイ氏とその仲間によって村八分にされているのだと私は悟り始めた。ギャップイヤーの少女も付いてきていないなかで、私は孤立無援だった。傷ついた私は、しり込みして、前線から遠い席に座った。長い裁判での法廷は無人島のようなものだ。そこにいる私たちはみな漂流者なのに、なぜ敵を作らなければならないのだろう？

けれどもすぐに新しい席が素晴らしい位置なのだと判った。被告人席とガラス窓がついた後部扉にとても近かったので、証人が証言を終えて法廷を去るときに、出口で最後に見るのが私の顔だった――ファクワスンのほうを見るなら別だが、たいていの者は彼の顔を見ようとはしなかった。解放される安堵感で、証人は私を密かな仲間意識を持つような眼差しで見た。一人の医療関係の証人は、証人台では険しいほどの厳しさをもって臨んでいたが、終わって出ていくときに私に自己非難するような皮肉っぽいかすかな微笑を見せた。緊張感が支配する法廷では他人からのそっとした眼差しでも重大な心理的影響がある。私は弁護団からは存在しない人間と宣告されたのだったが、そのとき初めて法廷に居ていいのだということ、その権利があるのだと感じられた。

私は毎日第一法廷の、天井が高い白い部屋に最初に入ろうとした。その静かな秩序によって感動し、また癒された。すべてが穏やかに輝いていた。法律家たちの椅子やマイクが長い台に列をなして並んでいた。どこからとも知れず冷たい空気が流れ込んでいた。青いテーブルマットの上には背の高い水差しと、その周りを囲む磨かれたガラスコップが用意されていた。

「ここは素敵ね」と廷吏に話しかけた。

「そう?」彼は自分の作業を見やって嬉しそうな笑みを浮かべた。

「ああ、素敵だよね。ただ」――彼は片手を法律家たちの席に向かって振り上げた――「これがみな始まるまではね」

＊＊＊

モリセイは、ギャンビーノとその両親をアクリルガラスで遮られた階上の席に追いやるよう裁判官を説き伏せようとした。そこには今やファクワスンの家族が座っていた。彼は、ギャンビーノがおそらく見せるだろう「ショー的な」苦しみの劇から陪審員を守りたかったのだ。ラズリー裁判官は被告人に不利に働くようなことがないように努めてはいたが、これには同意しなかった。それで新しい陪審員が並んだとき、モリセイはがっかりして青ざめながら、彼らの人生が少なくとも八週間はお預けになると、その最初の弁説で警告した。ギャンビーノがどんなに動揺していようと、反対尋問では彼女と立ち向かわなければならない。大事なのは彼女を打ち負かすことではない。陪審員の審議に役立つ答えを引き出すことだ。モリセイは言った。ある種の質問で彼女を問い詰めても、陪審員はその役割において揺らいではならない。彼女に同情しないような人はよほど非人間で、自分だって同情している。でもこれはオプラ・ウィンフリーの気楽なトークショーではない。モリセイの仕事は質問することであり、これからそれを果たすつもりだ。

＊＊＊

シンディ・ギャンビーノが証人台に呼ばれたのは、差し戻し審の第一週、金曜の朝だった。証人台に向かう彼女が通り過ぎるのを見て、その長い茶色の髪がひと筋紫色に染められているのに気づいた。そして法廷で紫を身に着けているのが彼女一人でないことも。スカーフ、上着、ブラウスなど、わずかだが意味ありげな色使いが、あちこちで目にとまった。殺人課刑事のネクタイさえ紫の縞模様だった。私は着古したラベンダー色のカーディガンを脱いで鞄にしまい込んだ。

ギャンビーノの落ち着きは自然なようで、鎮静剤のせいではなさそうだった。一度か二度、彼女はファクワスンを一瞥した。三人の息子の父親は彼かと聞かれて、彼女は一瞬口の端から唸るように歯を彼のほうに剥きだした。夫との関係や夫の性格について、以前の証言では語られず影を潜めていた事柄が、今やあからさまにむき出されようとしていた。

結婚するときでさえも、と彼女は言った。もう子どもが二人もできていたのに、彼女は心の底では本当に愛しているわけではないと判っていた。三人目の子どもを持つのに彼が気乗りしないのを、彼女が無理に押し通した。ファクワスンはとても過保護で所有欲が強かった。彼女も、子どもたちも、名前で呼ぼうとしなかった。子どもたちは「ボクサー、ファイター、あかんぼ」だった。シンディについては「ビッグママ」とか「ファットママ」などと呼んで、陰部を掴んだ。ジェイとタイラーが成長すると、ファクワスンは二人をけしかけて喧嘩ごっこをした。子どもが腹を立てて向かってくるまで煽り立てるのだった。平手打ちをすることはなかった。自分が本気で怒ったら、どこまでやってしまうか判らないと言っていた。彼はいつも泣き言や不満ばかりだったと彼女は言った。いつも疲れたと文句を言っていた、と。彼女は肉体的に彼に魅かれてはいなかった。夫婦のあいだの親密感は薄れ、消えていった。彼女はスティーヴン・ムールズに魅力を感じたが、ファクワスンが疑うような不倫はなかった。結婚は坂を転がるように悪い状況になっていった。二〇〇四年一一月に離婚が決まり、彼は父親のいる実家に戻った。別れてから彼女のいる家で言いあいになったとき、ファクワスンは彼女を壁に強く押しつけた。彼女は寝室に逃げて鍵をかけ、警察を呼んだ。あとから彼は謝ったけれど、彼女はそれを忘れなかった。

　フットボールがファクワスンと子どもたちをつないだ主要な線だった。原審ではこのフットボールが、父親としてとても熱心に子どもたちと関わるチャンスとして誇らしげに語られ、美徳の印とされた。今やギャンビーノはこれを「彼の趣味」と切り捨てた。ファクワスンの、実家に息子たちを連れて来てほしいという願いを断ったことはなかったが、痛いような内情を付け足した。「彼はそれほど頻繁に子どもたちに会いたいと言ったことはなかったし、子どもたちも『父さんのところに行きたい』とは一度も言わなかったのです」

　結婚を解消したとき、とギャンビーノは言った。ファクワスンは子どもたちをちゃんと名前で呼ぶようになり、喧嘩ごっこはやめた。彼女はお決まりの警句を引用した。「失ってみて初めて、持っていたものの価値が判るのです」

　父の日の前週、水曜日の夕食後にファクワスンからギャンビーノに電話があった。二〇分ほど話をした。その会話は、彼が自殺を仄めかしていると恐れさせるものだったが、ギャンビーノは当初はそれを口にはできなかった。ファクワスンはひどく消沈していて、「辛くてたまらない」「自分には何もうまくいかない」といった悲観的なようすだった。実家にいることも嫌がっていた。建てかけていた二人の家を売って、自分の家と新しい車を手に入れたがっていた。養育費を支払い続けていては前に進めない、と言った。クイーンズランドで商売を始めたい、とも言った。ギャンビーノはそんなことはできない、と言い渡した——子どもたちを見捨てるなんてことは。

＊＊＊

貯水池での夜について語ることは、ギャンビーノの特権だった。新しい検察官ティニー氏に導かれて、彼女はその手入れが行き届いた手を伸ばして表情豊かな仕草を交えながら、はっきりした声で話し始めた。原審では、苦しみに満ちた抑制のなかから絞り出すように語り、法廷の人びとは恐れと哀れみに涙した。今回は、その髪を染めた色のように、物語は自意識が作用して彩られていた。何度も語られるうちに磨きがかかる物語のように、飾られた表現や修辞的な言いまわしが混ぜられ、独演会のようになっていた。だがそうならざるを得ないのでは？　どんな物語も手つかずではいられない。ときおり彼女は単純率直な言い方をした。彼女の目から溢れる涙は、嘘偽りないものだった。ラズリー裁判官は、検察が「やや操作的になっている」と示唆したが、ティニーはギャンビーノにゴーサインを出し、彼女は裁判官なら眉をひそめるような感情的な説明でその話を盛り上げ、ジャーナリストたちはノートを取ろうと前屈みになった。暗闇のなか、岸辺を走って行ったり来たりしながら、と彼女は話した。ヒステリックに「ああ、神様、私の子どもたちを助けて、どうか、どうか助けてやって」と叫んでいた。その晩までスティーヴン・ムールズは一度も彼女に対する「愛情を示して」いなかったが、貯水池に着いて彼女のもとに走り寄ると、抱き寄せて「ベイビー、大丈夫だよ」と言ったのだった。そして彼女は、みなが救助を試みている最中に胸の前で腕を組んで見ていたファクワスンのようすについて、「自転車を失くしたみたい」だったと侮蔑を込めたひと言で表現した。

＊＊＊

モリセイは、二件の通話記録をもってその反対尋問に切り込んでいった。この記録は子どもたちが死亡した数週間後に、警察がファクワスンの電話に仕掛けた盗聴器によるものだった。ギャンビーノは部屋いっぱいの他人の前で、彼女の記憶にない、二つのひどく意味深長な会話を聞くことになった。テープがまわるあいだ、最初に彼女がしかめ面をしたのはおそらくやり取りの親密さのせいだったのだろう。妻というより母親を必要としていた、尊敬に値しない男と結婚している妻の嫌悪感。

父の日の二週間後のある朝九時に、彼女はファクワスンに電話を掛け、事故について覚えていることを尋ねている。その声は静かで事務的だが、ファクワスンは確かにそのような電話を恐れていたようで、声が上ずり、高精度の録音機器は、彼のかすかな喘ぎも逃しはしていない。心臓の鼓動が速まっている。彼はみなにしてきた話を繰り出す。咳の発作、貯水池のなかでの意識回復、ジェイが車のドアを開けたこと、水が入ってきたこと、「反対側にまわろう」と努力したこと。

「ジェイがドアを開けた」とギャンビーノは考え込む。「なんてこと」彼女は鎮静剤の影響を受けているに違いない。口調はゆっくりでもの思いに耽っているようであり、まるで誰かが初めて興味深い、けれどもぼんやりとしかその驚きが伝わらない事実を聞いているかのようだ。「子どもたちはどうやってシートベルトを外したの?」

「三人ともがみんな外していたわけではないだろう」

ないだろう？　知らないわけはないのに？　自分で尋ねていたのでは？

「みんな外していたのよ」とギャンビーノが言う。「ジェラルド・クランチー警部補に聞いたのだから」

「なんだって？」ファクワスンの声が大きくなる。「上の子たちが、ベイリーのベルトを外したか何かしたんだろう」

「ええ、だからタイラーがベイリーのを外したんだと思う」

動揺し始めて、彼は奇妙にも現在形で話し出す。「だって、どうやって――どうやってここからあの子のベルトに届くんだ？」

生気なく、彼女はなだめようとする。「判ってる、判ってるわよ、あんたじゃないって、みんな判ってる。子どもたちは自分でシートベルトを外して出ようとしたんだわ」

「なんてことだ」彼は激しくすすり泣く。

初めて私は、彼が子どもたちがあっという間にすぐ死んだという幻想を抱いていたのだ、と思いついた。飛び込み、即死――まるで漫画か夢のなかのように。

彼女は理性的な、冷静な声で話し続けようとするが、彼は泣き続けている。妻としての対応が限界まできて、彼女は苛だち始める。「ねえ、取り乱さないでよ。覚えていることを知りたいだけよ」

彼は落ち着き、鼻をすすり、溜め息をつくが、声が震え、またわっと泣き出す。「どうやってこれに堪えればいいんだ？」

「ロブ、大丈夫よ、大丈夫」

「子どもたちは俺の宝だったんだ。絶対に、絶対に子どもたちを死なせるなんてことできやしない」

「私だってどのくらい子どもが必要だったか、判っているでしょう」と彼女は対抗心をさっとほとばしらせる。

「絶対に、子どもを死なせるなんて」

「判ってるわよ！」彼女はぴしゃりという。「いつまでも言わなくてもいいわよ！」

「俺はみんなに自分が悪くなかったことを証明しなきゃならない気がする」と彼は息を荒くしながら言う。「警察に。奴らは俺を刑務所に入れたがっているようなんだ」

彼女はさらに質問を重ねるが、彼は苦慮していて答えられない。彼の速度が高まったような早口の言葉が発せられるたびに、彼女は短い相槌の声を出すか、思案するような沈黙を漂わせる。彼女がすすり泣いたり怒ったりするよりも、彼にとっては始末が悪いに違いない。彼女には権威的な響きがあり、彼のほうは借りがあるのにうまく言い訳ができないかのようだ。彼女の質問が心の打撃になっている、と彼は抗議する。

「でも私が知らなきゃならないことがあるの」と彼女や穏やかに言う。「あの子たちの母親として」

二人はファクワスンを道路際で拾った若者たちが、彼をギャンビーノの家まで送る代わりに子どもたちを助けるべきだった、ということで同意する。どうして車のところにいなかったのか？　シェイン・アトキンスンとトニー・マクレランドという部外者が悪い、という——あまりにもひどい、不当な——同意は、束の間二人を慰めているようだ。そしてギャンビーノが我に返ったように現実に戻る。

「でも、もう関係ないわ。そんなこと今さら言っても無駄だもの」

その席から耳を傾けているギャンビーノは、ファクワスンに絶望的な一瞥をくれた。ジャーナリストたちはあいだを縫って探すようにファクワスンに視線を向けた。技術者が二番目のテープを装備しているあいだ、陪審員らは頭を寄せ合って呟きながら意見を述べ合っていた。

＊＊＊

一〇日後、ファクワスンは午後遅くなって「ちょっと電話してみた」

　どこか外で雄鶏が鳴いている。犬が吠える。うまく話せない、と彼女は言う。投薬で舌が腫れているのだ。彼は長々と、自分のことだけ話す。彼女がこもったものうげな声で何か言うたび、彼が畳み掛けるように口を挟んだり話を横取りしたりする。ひどい一週間だったって？　自分もだ。警察に調書を取られる？　自分のほうがどれだけ大変だったか。落ち着いた日があれば、最低の日もある？　自分もだ。母親がパニック発作で仕事に戻れない？　それを聞くと自分が辛い。何でもが自分にかぶってきている、「それは自分のせいでみんなの生活に影響していて、自分の肩にかかっているから」だ。どれだけこれからも責め苦を味わうのだろう？　こんなひどいことをする気があったのか、と人に思われるなんて、心が裂けそうだ。本当に辛くてたまらない。そんなことをするはずがないって、誰もが判っている。

　まるで夢を見ているような口調で彼女は好奇心から尋ねる。どうして、車のヘッドライトが消されていたのか？　彼はどもって口ごもる。判らない。何も覚えていない。おそらく最初に自分は溝に落ちたと思ったんだろう。だから車を止めた。発火した場合のことを考えて。

「発火?」隣にいた『エイジ』紙の記者に私は言った。「初耳ね」

「私、ひどい衝突事故の現場に出くわしたことがあって」その女性記者は囁きかえした。「第一発見者だったの。車内に人がいて、意識がなくて、エンジンがまだかかっていた。最初に私がしたのはエンジンを切ることだった。何も考えず、自動的に」

家の外では雄鶏が金切り声をあげている。二人はそれには何の注意も払わない。それぞれが自殺という考えがあることを告白する。言葉そのものは使わない。「諦めること」と呼ぶ。けれど人は、もし子どもたちがそれを知れば怒るだろう、と言う。彼女は彼に、証拠はないし、彼が何か弱みを握られているわけではない、と断言する。彼らはそれぞれの悲嘆を打ち明ける。彼は、微笑むことができない、と言う。笑えない。彼女は、もし笑ったとしたらたちまち罪悪感にとらわれる。彼女は譲って、彼の苦しみは自分のより一〇倍も大きい、と言う。彼女は三人の子を失った、でも彼とは違って罪の意識はない——彼がやましく思うべきだというわけではないけれど……

法廷のギャンビーノは、首に下げた金色の十字架を指先で掴んで、声を立てずにひどく喘ぎながらすすり泣いていた。ティニーとフォレスターは心配そうに問いかけるような眼差しを送った。犠牲者支援組織から来ている背の高いブロンドの女性が、ギャンビーノの後ろの席に移動し、すぐ動けるよう注意深げに見守っていた。

けれどもテープの声は、かつて夫と妻であり共に親だった二人の、慣れ合った鈍い呟きになっていった。ファクワスンは彼女に、新しい電話を手に入れたと言う。貯水池で沈んだＳＩＭカードがまだ使えることに驚く。たびたび会話が途切れる。彼らの沈黙は、会話よりも落ち着ける。両者のどちらも電話を切ろうとしていないようだ。もしかすると、私は思った。両親が一緒にいるあいだは、子どもたちも存在できているのかも。

それから彼女は告げる。辛かったけれど、両親の家を出てスティーヴン・ムールズと暮らすようになった、と。彼女にはこれまで自信があったけれど、「臆病で、静かで、不安定な小さな人間」になり、一人ぼっちにされたくない。今やスティーヴンが彼女の守護者になっている。

勝利を奪われたライバルの名を聞いて、ファクワスンはまた陰気で罪悪感を抱いた状態に戻る。

「で、俺のほうは一人でこんな状況を乗り切らなくちゃならないんだ」

それでも彼女は会話を優しさのようなものを込めて終えようとする。「心の奥底から、あんたが子どもたちを危めるなんてことはないって信じてるわ」

「あぁ、どうだか」

「子どもたちのためにも頑張らなくちゃ」

「お前のことをずっと考えているよ」

「私もよ。守ってあげる、きっと守ってあげる」

＊＊＊

モリセイが立ち上がった。ギャンビーノは歯を食いしばり、目を細めて彼を見た。

「あなたはロバート・ファクワスンに対してひどく腹を立てていますか?」

「はい」

「彼に歯を剥きだした?」

「おそらく」

「今の状況では、ロバート・ファクワスンに咎があるとしますか?」

「その通りです」

「彼が憎い?」

しばらく沈黙。

「私は、彼が私の人生に対してしたことを憎んでいます」

「それで、彼が殺人罪になることがあなたの望みなんですか?」

長い、長い沈黙。

「その通りです」


その瞬間、ギャンビーノがインタビューを受けた番組「六〇ミニッツ」の再生準備をしていた映像技師が、間違ったボタンを押してしまった。さざめくような音楽と共に、三人の子どもが風呂場で裸になってお湯のなかを動きまわったり笑ったりしている映像がスクリーンに映し出された。ギャンビーノは打ちひしがれたような叫びをあげた。アマンダ・フォレスターが手のなかにがっくりと頭を垂れるのが見えた。ラズリー裁判官は暗く浮かない顔つきをしていた。

ギャンビーノが持ち直すとすぐにモリセイは法衣を肩にたくし上げて、攻撃し始めた。

彼はギャンビーノに、現在治療を受けている精神的・肉体的健康状態を挙げるよう促した。大鬱病性障害、慢性適応障害、慢性不安症、心悸亢進、石灰化肩関節炎、ストレスによる首と背中の痛み――さらに処方されている薬として抗鬱剤、筋弛緩薬、そして鎮痛剤があるが、これはスティーヴン・ムールズがいないとき誤って飲みすぎてしまったもの。モリセイはまた原審の記録から次々に引用しながら、彼女が今主張している事柄と最初に証言していることとの違いを比較するよう強要した。証言を変えたのではないか？ 二〇〇七年に『ウーマンズデー』誌にファクワスンに咎はないと言っていなかったか？ 今わざと結婚生活についての欠点を誇張して、過去にはまったく害がないと見ていたことに、ひねった解釈を与えているのでは？ たとえば貯水池での彼のようすについての説明――あれは単なる悪意なのでは？

ギャンビーノは彼に正面から立ち向かった。頑強に、攻撃的に答えた。侮辱するように重い溜め息をついた。目を見開き、皮肉っぽく頭を揺らした。眉をひそめ、睨みつけ、呪いの言葉を口にしているように、小声で呟いた。裁判官は小休止を取って彼女を法廷から出した。ギャンビーノが戻ってきたとき、彼は身を乗り出して優しく話しかけた。「課されたことに立ち向かわなければいけませんよ」彼女はおとなしく答えた。「全力を尽くします、裁判官」

次にモリセイはある恐ろしいものを聞いてもらいたいと告げた。ギャンビーノが岸辺からかけた救急番号の通話録音だった。これは悲痛な音声である、と彼は言った。証人にとってはかなり衝撃的で危険なものだ。けれどもこれは必要だ。ファクワスンが貯水池で自転車を失くしたかのような振る舞いだったと糾弾している彼女が、そのとき不安定な心理状態だったことを示すために。ラズリー裁判官は、陪審員にテープを聞かせているあいだ、法廷を出ているようギャンビーノに強く勧めた。彼女はその心配をはねつけ、とどまって自分も聞くと申し出た。モリセイは、ほらね、というような顔つきでラズリーのほうを一瞥した。

ぞっとするような叫び声、がやがやと聞こえるしゃがれた声。ギャンビーノが息を詰まらせ、金切り声をあげる。救急車！　警察を！　ウィンチェルシーから三キロ！　何も見えない！　交換士の男性の低い声がする。どこからかけているのか？　すまないが何が起こったか判らない。どこにいるのか？　背後でファクワスンが彼女に早口で言っている。失神した、水のなかで目が覚めた、車がどこに沈んでいるのか判らない。そしてそのあいだじゅう、彼女の後ろの暗闇でムールズの息子のザックが甲高い声で叫んでいる。その声はか細く、ピッコロのように鋭い。

被告人席に座ったファクワスンの顔は、恐怖に満ちていた。背中を丸めて座っていたギャンビーノは、口元にハンカチを当てて弱々しく甲高いすすり泣きのような音を立てていた。テープが終わると、彼女はまるでお腹を撃たれた人が両手で自分の身を抱きしめるような格好で、助けられながら法廷の扉までよろよろと歩き、お辞儀をした。閉廷となった。

外の中庭では、おしゃぶりを口にくわえた幼いヒゼカイアが、父親のスティーヴン・ムールズと転げまわっていた。退屈しているこの子が、笑ったり遊んだりして母親を待っているあいだ、彼女は廊下で付き添いの人たちに囲まれて縮こまり、苦痛に満ちた叫びを長く発していたのだった。

＊＊＊

四時までにはギャンビーノの転向はニュースになっていた。私は雑誌編集者と仕事の話で約束していたバーに行った。編集者は陽気におしゃべりをしていて、私が無言で座っているのに気づかなかった。私は誰でもよいから、誰かに救急電話の録音について話したかった。けれどもその日法廷では越えてはならない一線が引かれていた。私が聞いたのは、忌まわしく、口に出すのも憚られることだった。悪意でかっとなってこの上なく価値のある大切なものを破壊し、パニックに陥って母親を連れてきて、自分が仕出かした残骸を見せている子どものように、大の男がぺらぺらと喋っていたのだ。

＊＊＊

「何の目的があって」翌朝、法廷弁護士をしている古くからの紳士的な友人がメールを送ってきた。「モリセイ氏はギャンビーノ女史にあんなに辛く当たるんだろう？　優しく対応するべきではないか？　報道を読んでいるが信じられない」

優しく？　ギャンビーノは喪失と苦痛のせいで狂気と化している女性で、優しく対応しても無駄だった。翌朝モリセイは裁判官に、反対尋問は心が痛んだ、と言った。けれどもあれが自分の依頼人の唯一の武器であり、モリセイ自身、常に嘆き悲しむ母親を相手にしていることを思い出してうんざりしている、とも言った。けれどもモリセイはサディストではない。大衆紙に書かれるお涙頂戴ドラマの女王の背後に、彼は自分の依頼人にとっての復讐の女神だけでない姿を見ていた。モリセイは彼女を、戦いたくてたまらないようすの荒々しい好敵手と見なして——そして私が思うに、尊敬もして——いたのだ。彼はギャンビーノを猛攻撃した。彼女は傷ついて一時は退散したが、また毅然として立ち向かった。彼が刺激すると、彼女は喰いついてきたのだ。

彼女が立場を変えたのはプレッシャーによるものではなかったか？　警察からの？　家族からの？　または精神科医から？　それとも、彼女自身が「耐えがたい現実を拒否する態度」に気づくまで悲嘆は決して癒えないと言い続けている人びとからのプレッシャー？

「私には自分の考えがちゃんとあります」と彼女は歯がみして言った。「私には知性があります。自分のことは自分で決められます」

彼女とファクワスンは、事故のあと、子どもたちの写真を入れたお揃いのロケットを身に着けていなかったか？

彼が買ったのだ。もう彼を信じていないので、彼女は外している。

モリセイはファクワスンを、暗い貯水池の岸で孤独感に絶望し、拒絶されて慰めを得られない人物像として描き出した。彼女は彼にひと言でも優しい言葉をかけただろうか？　肩に毛布を掛けてやっただろうか？　車のなかに一緒に座らせたりとか？　彼はギャンビーノを慰めようと近づいたのではなかったか？　彼女が彼を押しやったのでは？

「当然でしょう？」彼女はかみつくように言った。「私の子どもたちを溺れさせたばかりなのに」

ではどうして彼女自身は水に飛び込まなかったのか？　誰かその晩彼女を責めたか？　誰か、彼女が飛び込まなかったからといって叱責しただろうか？　子どもを探して水に潜らなかったから弱い奴だと言われたか？　ロブは事故現場を離れて彼女のもとにまっしぐらに向かったと攻撃されたが、彼女が最初に連絡したのは誰か？　新しいパートナーのスティーヴン・ムールズだ！　そしてその両親だ！

　彼はもっと話を広げた。二人の結婚生活では彼女がボスではなかったか？

「ボスですって？　ふん。結婚生活で、私がやってきた多くのことがなかったら、ほとんど何も進まなかったでしょうよ。請求書の支払いに、食料品の調達に、子どもたちの世話」

　誰が主導したのか？

「私です」

　ファクワスンは子どものしつけを彼女に任せきりだった、と彼女が言ったとき、どうして自分のしつけの方法については言わなかったのか？　限度を超えたことはなかったのか？　木のスプーンで打ったことはなかったか？　子どもの誰かの頭を叩いたことは？

「私は子どもたちから尊敬されていました」彼女は鋭く答えた。「三つ数えて、我慢できなければ結果はそうなるかもしれません。二つで止まれば運が良いということです」真に迫ったその言い方に、私は彼女に対する新たな見方を持った。彼女は、反抗的で破壊的なジェイと衝突したときに、頬に指の筋がつくような平手打ちで傲慢な態度を叩き出したようすを生き生きと描いたのだ。

　モリセイは重い大砲のような攻撃で迫った。もし責任の一端があるのなら、彼女がファクワスンの名前を子どもたちの墓碑から削り取るよう手配したのはどうしてか？

　彼女はわっと泣き出した。「酷いわ。私の子どもたちの永遠の休息の場なのに！　私が墓碑の支払いをしたのに！　彼の分もよ！　なんてことを！」

彼はギャンビーノに、新聞に掲載された写真を示した。それは彼女とファクワスンが、近しい会葬者らが三基の白い棺を霊柩車へと運ぶのを見ながら抱き合って泣いているものだった。彼女はまるでその写真をモリセイに向かって投げつけんばかりのようすで蛇のような音をあげた。そして写真を丸めて床に投げつけた。彼は拾い上げて、トロフィーのように裁判官に掲げて見せた。ラズリー裁判官がそれを確認するよう言うと、彼女は触るのを拒んだ。あとになって、陪審団が退席したところでモリセイは、丸められたページを証拠品として提出すると主張した。ラズリーはそれを却下した。陪審員には彼女の感情的炸裂を思い出させることにしかならない。

闘いはあの手この手で進められた。法廷の空気はそのトラウマに呑まれて低い響きを立て、人びとは叫んだり、野次ったりさえもしたいのに、尻込みして口をつぐみ、一斉に頭を振りながら座っているかのようだった。

そしておしまいに、追い詰められ疲れきったギャンビーノは、モリセイに、ファクワスンに敵対することになった理由を投げつけた。それは、彼女の面会を拘置所のファクワスンが拒んだというものだった。彼女が受け取ったのは、彼女の懇願に対する彼からの「哀れな手紙」だった。二年前、ジェイの一四歳の誕生日に会うという約束をしたのに、そのときも彼は、心変わりしてそれを破ったのだ。

「そしてそのとき」彼女は嫌悪感で口を強張らせながら言った。「私はもう彼を支援しないと決めたのです」

これこそモリセイが求めていたことだった。ひどく「女々しい」変化、つまり理性によるものでなく、妻の腹立ちと、復讐してやりたいという苦い欲望による変化だったのだ、ということを。彼は立ち上がりその意味を十分周知させようとした。そして、証人の忍耐に謝辞を述べると、腰を下ろした。

＊＊＊

ロンズデール通りに出ると、若き頃学生街カールトンのパブで知り合ったある法廷弁護士の友人に出くわした。私は彼にこの日の修羅場のような法廷のようすを描いてみせた。彼は同情的に低い声で呻いた。

「それは悲惨だ。悲惨だね。僕は女性をやり込めるのは躊躇するよ。特に彼女のように傷ついた女性は。子ども三人！　理解を超えるよ。証人台にいるのが傷ついた男だったら、委縮するだろう。だが女性となると」——彼は歯をむき出し、引っ掻くような手の仕草をした——「やり返してくるだろうよ」

＊＊＊

私は法廷弁護士の古い友人にメールを送った。「シンディがファクワスンにどのような感情を抱いているかが問題になるのかしら？　結局何も証明することにはならないのでは？」

「最初は」彼は返事を寄こした。「私もまさにそう思った。だがモリセイ氏のやり方は賢明かもしれない。咳の発作という論理を無効にする最強の証拠は〈動機〉だろう。ギャンビーノが新たに示した態度は、動機、つまりこの場合は攻撃願望と矛盾しない理由の範囲を広げてしまった。モリセイ氏にはそれに正面から立ち向かうしかないのだ」

＊＊＊

三週目に、新しい証人が法廷に入ってきた。四〇代の女性で、ヒールの高い靴を履き、胸元が控えめに開いた洒落た黒のスーツ姿だった。手にはきちんとたたまれたティッシュペーパーの束が握られていた。その顔は陽気な感じで、笑みが容易にこぼれそうだった。話すと、ニュージーランド訛りが明らかだった。ドーン・ウェイトという名のこの証人は、ウォーナンブール方面のウェスタンディストリクトで経理担当者として働き、酪農業者でもあった。彼女には伝えるべき重要な話があり、またなぜ差し戻し審の今になってそれを証言することになったのか、きちんと説明しなければならなかった。

彼女は二〇〇五年の父の日に、メルボルンで一〇代の娘とその友人と買い物をして週末を過ごした。日曜の夕方、暗くなってすぐ、少女たちがそれぞれ父親に買ったプレゼントと共に三人を乗せた車は、ほとんど家まで半分くらいの距離を走っていた。プリンシズハイウェイをジロングの西方へ向かい、一〇〇キロほどのスピードだった。路上にはほかの車はほとんどなく、ウェイトは運転していたファルコンをハイビームにしていた。

車がちょうど線路を跨ぐ長い立体交差の上りに差しかかる前、ウィンチェルシーの数キロ手前で、ウェイトは少し先で奇妙な動きをしている車に気づいた。それはゆっくりと走行していて、ブレーキライトが点いたり消えたりし、左車線を蛇行していた。

その明るい色のコモドアの後ろにつくと、彼女は六〇キロほどに速度を落とさねばならなかった。そこで車速設定装置を外し、そのコモドアの後ろを車一台分ほど空けて運転しながら、いったい何をしているんだろうと考えあぐねていた。何度かパッシングをして、追い越したいことを知らせようとした。反応はない。彼女は車線からはみ出たくはなかった。もしその車がまた中央に寄ってきて、彼女の車を反対車線に押し出してしまったら？　車はずっと六〇キロくらいの速度で左右に揺れながら走行していた。

彼女はもはやいらいらしてきた。コモドアが左に揺れた次の瞬間、彼女はウィンカーを出して車線をまたぎ、数秒その車と並んだ。そのとき、車のなかを見た。

運転していたのは黒い髪で髭をきちんとそった男だった。まっすぐ前を見ていて、こちらを無視していたが、ときおりやや右に頭を向けて右前方を見ていた。彼女はここの道路がどのように延びているのか知らなかったし、周囲の地形も判らなかった。この男は分岐点か、入口を探しているに違いないと思った。後部座席に子どもが数名乗っているのが見えた——三人が肩寄せ合っていた。明るい髪の色の七、八歳の男の子が運転席側の窓に顔を押しつけていた。

彼女は運転していた男に、何やってるのよ、というような苛だちの身振りをしてみせた。

彼は注意を払わず、また目も合わせなかった。とうとう彼女はアクセルを踏み込むと、さっと追い越した。彼女は長い坂道を上り、ウィンチェルシー側の下り坂へと車を走らせた。ようやく平らなところまで来てハイウェイのスピードに戻ったとき、バックミラーをさっと見て、二つのヘッドライトが後ろのほうで坂のてっぺんに見えた。そのライトは坂を下ると、急に道から右に逸れて、見えなくなった。

「やれやれ」彼女は娘たちに言った。「あいつはようやく探していた場所を見つけたらしいわ」

その翌月曜の夕方、搾乳を終えてすぐ、彼女は夕食の支度をしに家に入った。テレビでニュースが流れていた。料理をしながらちょっと画面を見やると、薄い色のコモドアが湖のようなところから引き揚げられるのが見えた。彼女は娘を呼んだ。「あれは、あの車！　あの車だわ！」その晩は眠れず二時頃に起き上がると、彼女はその出来事について覚えていることをメモしておいた。

驚くべきことに、ドーン・ウェイトは、コモドアとその運転手についてどの関係筋にもまったく報告しなかった。自分の仕事だけに専念していたのだ。四年ものあいだ、検察側も弁護側も、あの晩路上でファクワスンを目撃していた者がいたなどとまったく知らなかった。

差し戻し審の陪審員が準備弁論で選出される前に、ウェイトはラズリー裁判官に長いあいだ警察に届けなかった理由について詳しく聞かれていた。彼女は真摯にその不作為について説明しようとしていた。届けるべきだとは判っていた、そうするべきだったと強く感じていた。自分は正しいことをしようとする人間だった。けれどもたくさんの理由があったのだ。

父の日の事件の六か月前に、彼女は家族とオーストラリアに移住してきたばかりだった。毎日、仕事のほかに三〇〇頭強の乳牛の世話をしなければならなかった。

ニュージーランドでは、と彼女は言った。誰か危険運転をしているのを見たら、そのナンバーを控えて警察に届けるのが適切な行為だとされている。彼女も夫も何度もそうしてきた。一九九〇年代、ある若者が信号を無視して突っ走った。夫婦は警察に報告し、彼は告発された。ところが夫婦が法廷に証言しにいく前に、その不幸な若者は自殺してしまった。これによって夫婦はひどくショックを受けた。というのもウェイトの義理のきょうだいも自殺していたからだ。この若者の死にいくらかの責任があるという恐ろしい意識は消えることがなかった。

二〇〇五年の父の日の一年前から、とウェイトは言った。自分はなぜかしらずっと不調で、疲れやすく、活力が出なかった。医師に診てもらってもどこが悪いのか原因は不明だった。二〇〇八年になってから、ついにリンパ腫と診断され、かなり進行していたので化学療法を受けなければならなかった。吐き気や虚弱に悩まされる治療のあいだ、ある友人が家の仕事を引き受けてくれることになり、事務室を片づけているあいだに、ウェイトは立体交差近くでの出来事の記憶を書きつけておいたメモ帖をうっかりと捨ててしまったのだ。

二〇〇五年までの二年間は、ウェイト家にとってほかの意味でも悪夢のようなときだった。彼女の父、義父、そして大好きだった義理の母が相次いで亡くなった。ここで彼女の声はかすれ、涙が流れた。三つ目の葬儀の翌日、彼らは娘のジェシカの誕生パーティをしようとした。その翌日に、ジェシカの親友が交通事故で死亡したのだ。

「私たちは彼女の埋葬に立ち会いました。そして国を出たのです。無理だった。娘をまたあんな目に遭わせたくなかったのです。私はそんなに強くなかった」

「それで」震える声で彼女は言った。「あのとき申し出られなかったのです。許して」

けれども、二〇〇九年一二月一七日にファクワスンの控訴が認められたことがニュースで報じられると、ウェイトの夫がこう言った。「今こそ、出ていくべきだよ」二〇〇九年一二月二三日、ドーン・ウェイトはウォーナンブール警察署に歩み入ったのだった。

＊＊＊

モリセイは狼が襲うごとく飛びかかっていった。

ウェイトは、この裁判で新参ではなかったか？　五年もあとになって出てきたのだから、そのあいだの裁判、投獄、控訴について何も被告人を助けることにならなかったのは否定できまい？　そして、ようやく申し出をしたときには、被告人を助けるためでなく、警察を手助けするためだった？　彼は、ウェイトが、いやに潔癖でおせっかいなニュージーランド人《キウイ》で、人のナンバープレートを記録してほかのドライバーを密告するのが大好きだと当てこすった。話によれば、日銭のために仕事を持ちつつ農場で一週間毎日二四時間働いている上で、さらにウォーナンブールからメルボルンまで三時間運転して、買い物し、食事をし、どこかに泊まってまた車で三時間かけて帰宅しているのなら、それほど具合が悪くはないのでは？　違反の汚点がない免許証を一五歳のときから持っているそうだが、その若い娘には良い手本になっていなかったのではないか？　別のドライバーに怒鳴るなんて？　追い越し際にとんまとか間抜けと呼んで、指を立ててみせるなんて？　娘とその友人を乗せたまま、ジグザグに進んでいる間抜けと並走するなんて？　ああ、それではゆっくり追い越した？　二秒で？　間抜けの車線に割り込もうと、その横に自分の車の左側面をぴったり寄せて、丸二秒間も並んで走った？それはあまりにも不注意で危険なことなのでは？　そしてハイビームのまま追い越そうとしたとは――その運転手がバックミラーで目を眩ませる危険があったのでは？　彼女が言っていることの一部にでも真実があれば、それは正気の沙汰ではない危険な運転だったのでは？　彼女はこれをでっち上げているのではないか？

ウェイトは懸命に冷静さを保とうとした。運転中の苛だちに言及されるたびに、彼女は笑みを浮かべた。ときおり、モリセイの一斉射撃のような攻撃を、柔らかく愛嬌のある笑いでかわそうとした。彼が、正確な距離を言うように強く求めたときには、昔ながらの女性的な特権を用いるかのように肩をすくめて穏やかに言い逃れた。女性の陪審員たちが、彼女の堅固な答えを喜んで心に刻んでいるのが目に見えて判った。彼女は説得しようと骨折ってはいなかった。後部座席に三人の子がいたと思うが、間違いかもしれない、と認識していた。おそらく鞄が後部座席にあって、それで彼女には、ウィンドウに顔を押しつけていた子どもが「ぎゅうぎゅう詰め」だったようにはっきり見えたのかもしれない。けれどもモリセイは車の後部座席についての考えは、テレビのニュースで見た子どもの写真から入ったのでは、と言った。あの有名な、一番幼い子を真ん中にして長椅子に座ったファクワスン家の三人の息子たち。

ウェイトは疲れていた。「私が覚えているのは、子どもたちがぎゅうぎゅう詰めに見えたということだけです」と彼女は繰り返した。「ぎゅうっと見えたんです」

それでは彼女は、運転席後ろのウィンドウのブロンドの子を記憶しているが、その通りだろうか？　その顔がガラスに押しつけられていた？　目は開いていたのか、それとも閉じていた？　耳は見えたか？　口は開いていたか？　着衣について何か覚えていないか？　どうして女の子ではないと判った？　それともフットボールを見たわけではないとはっきり言えるか？

ウェイトはかっとなった。「あら、馬鹿なこと言わないでください。明るい髪の子どもでした。男の子と言ったでしょう」

若い陪審員のあいだに笑みが起こった。弁護士によって悩まされる証人が反抗的になるのを見て楽しんでいるのだ。ウェイトは礼儀をわきまえていた。礼儀によって忍耐を保っていた。

「私はそこにいたのです」彼女は言った。「それを見ていたのです。作り話ではありません」

けれどもヘッドライトの角度、そして彼女が車のなかに見たと主張していたこと――三人の子が後部座席に押し込まれ、運転者の隣の助手席には誰もいなかったこと――に話が及ぶと、モリセイは彼女を羽交い絞めにしたようだった。裁判官も、この点について何度か介入した。

モリセイは尋ねた。それほどはっきりと見えたと彼女が主張しているコモドアの内部で、いったい正確には何が見えただろうか？　主張しているところの黒い髪で髭をそった白人男性のドライバーについて、実際にはまったく何も判っていなかったのでは？　口は開いていたか？　話していた？　鼻は見えた？　顎は、顎については見えたか？　耳は？　目は開いていた？　手はハンドルを握っていた？　ああ！　彼女はただ手がハンドルにあったと思っただけではないか、実際には見えていないのだから！　咳をしていたか？　準備弁論では、咳はしていなかったと言ったが？　彼は身を屈めておらず顔も赤くなっていなかったから、と？　顔色はどうだったのか？　赤くなかったとどうして確信できるのか？　色の違いの識別に問題があったのでは？　コモドアはグレーか、水色か、と思っていたではないか？　どちらにせよ、どうして運転者の顔を見られたのか？　その顔を見たときの明かりは？　運転していたファルコンには、ウサギ狩りのときに使うようなサイドライトはなかったのでは？　追い越しをかけたとしたら、車を並行に走らせているのだから、確実に車のライトは脇の車ではなくまっすぐ前を照らしていたのでは？　何？　彼女は彼の車のダッシュボードからの光で顔が見えたというのか？　彼女はコモドアの側面と後部のウィンドウはかなり色がついているスモークガラスだったのに気づいたか？　色がついたウィンドウは、ことに夜の田舎道では、かなり見通しが悪いことは彼女もきっと認めるはずだが？　車の後部ウィンドウには日よけのルーバーがついていたか？　ついていない？　この写真を見てほしい。後部ウィンドウにはルーバーがついている！　それをなぜか彼女は気づかず見過ごしている！　彼女はまた前の座席にはヘッドレストがついているのも気づいていないが、これによって必ずドライバーの頭の動きや前の助手席に誰が座っているかも見えなくしていたはずだ。あの晩の状況では、もう一方の車の内部に何かを見てとることなどまったくもってできなかったのでは？

　機銃掃射のように、空爆するように、彼は二秒間彼女が車を見ただけでは、とにかくドライバーがその瞬間に咳をしていた可能性を無視することはできないと認めさせたのだった。

＊＊＊

その晩、友人が夕食に来た。彼女はドーン・ウェイトの証言についてのニュースを見ていて私に熱心に聞いてきた。私がウェイトについて中傷すると期待していたに違いない。私が素晴らしい証人で、安定していて、知的で、内容に信憑性があると言ったとたん、立ち上がって私に怒鳴ったのだ。

「ウェイトを信じたっていうの？」

「ええ、あなただって証言を聞いたらそうだと思うわ」

「でも五年も警察に行かなかったのよ！　それってどうだと思う？」

「理由を聞いたわ。もっともだと思った」

「とんでもないわよ。癌だったっていうけど。私は脚を片方切断したって、這ってでも行って届けるわ！　それに、どうやって車のなかまで見えたっていうの？　あんな方法で？」

私は反対尋問がどのように作用したと思ったか、説明しようとした。

「反対尋問の焦点は、証人が言っていることがあやふやだと示して、陪審員に疑いを持たせようとすることよね。まずそのもとになっている証言をしっかり捕まえると、何度も打ってかかり、絞り上げて、大声であちらこちらと翻弄する。それから彼女の記憶力や自信や知性を中傷誹謗して、まごつかせて、口ごもらせる。彼女は自意識過剰になり始めて、言っていたことに付け加えたり、強めたり、誇張したり、さらには脚色しようとする。それは見たことが確かで、信じてもらいたいからよ。でも自分の言い方では許してもらえない。尋問者側が主導しているから。彼女は質問に答えることしかできない。そして、尋問者は彼女が言おうとしていることの中心から外れて、周辺のことでぼろを出させようとする──『彼の顎を見たのか？』なんて質問をして──すると彼女は狼狽し始めてしまって、尋問者の鋭い皮肉──『フットボールじゃなかったですかね？』──にたじたじとなってしまう。彼女は何とか断固立ち向かおうとするの──『まあ、馬鹿なこと言わないで』すると裁判官が顔をしかめるので、彼女は言い過ぎたと悟る。それで埋め合わせをしようと、最初の地点に戻ろうとする。見たことを覚えていて、それが何かも判っているスタート地点に。ところがもうそのスタート地点はなくなってしまった。自分で壊していたから。さて今や彼女は暗闇の淵に宙ぶらりんで、みんなから靴のひもまで見られているような恰好。それで、尋問者の次の質問には簡単に同意してしまうの。この責め苦を逃れるために。すると尋問者は丁寧にお礼をいって腰を下ろし、証人は解放され、よろめきながら建物から逃れると、抗議の叫びを止められない。髪はくしゃくしゃでネックレスも乱れたその姿をカメラは捉えた。そして翌日の新聞の一面には証人だった彼女が、まるで猫がくわえてきた獲物のようなようすで写っている。まるででたらめがばれた嘘つきか、脚光を浴びるためだけに作り話をする変人のような恰好で。証人になりたがらないのも不思議ではないわよね？」

私は顔を火照らせて、ほとんど息切れしていた。友人はへこまされた、といったようすで腰を下ろした。

「彼女が外でどのように見えようと構わないんだけれど」やがて友人は言った。「陪審員にどう見えたかが問題よね」

長く、思いに沈んだ沈黙が続いた。

「前に雑誌の『フー』で読んだのだけど」と私が言った。「ニューサウスウェールズ州の女性の話でね。深い木立のなかに散歩道が通った大きな公園があって、それを見渡せるマンションに住んでいたの。ある日バルコニーでお茶を飲んでいたら、若い女の子が散歩道を歩いているのが見えた。トラックスーツの男がその後ろからジョギングしてきた。そしてその男が女の子を押し倒して、暴行して首を絞めて、その遺体を薮に引きずり込んで逃げたのを目撃したのよ。それなのにこの人も警察に行かなかった。関わりあいになるのが嫌だったからって」

私たちは魚とジャガイモの料理を食べた。ワインも少し飲んだ。

「私、陪審員になったことがないわ」友人は言った。「ある?」

「ないわ。一度も。でも陪審員についての話を聞いたり本で読んだりしたことはあるわ。それに『十二人の怒れる男』をもう一〇〇回くらい観てる」

「ウェイトの証言を突き詰めてみて」と友人は言った。「ヘッドライトの角度とか、スモークガラスとか、怪しい点はさておいて、どう思った?」

「彼女は」と私は答えた。「ファクワスンの車が、立体交差の上り坂の手前で、咳き込み始めたと主張している場所のずいぶん前から、変な動きをしているのに気づいたのよ。車が六〇キロくらいの速度で車線を蛇行していたのを」

「では、彼は」友人が言った。「心ここにあらずで、彼女のほうを見ようともせず、またいたことにも気づかなかったっていうことね」

「そして、彼は咳き込んでいなかったっていうこと。色ガラスだろうと何だろうと、それは信じるわ。彼自身は、立体交差の前から咳き込んだとは一度も言っていないの。時間を費やしていただけかていたのかも？」

も？ 周りに車通りがなくなるのを待って？」

「または、何か考えていたのかも」友人は言った。「心の葛藤みたいな感じで。善悪のあいだで戦っていたのかも？」

「そう！ そして彼女はまさにそのときを目撃したのよ。後部座席から見えた顔は、次男のタイラーに違いないわ。彼女は、あの子が生きているのを見た最後の人なのよ」

友人は、ギャンビーノが登場したテレビ番組「六〇ミニッツ」を録画してあるか聞いた。一緒に見る相手ができたことがありがたく、私はテープを探し出して、二人で長椅子に座った。男の子たちは風呂のなかでカメラに向かって恥ずかしそうに笑っている。ムールズとギャンビーノが小川岸の草の上に座り、愛を表明して「夏の結婚式」について話している。そして、頭が重たげな新生児で、おむつ一枚に身体が全部包まってしまいそうなベイリーを、ギャンビーノが器用に扱っている。私は友人のほうを向いて、子どもたちが溺れ死んだとき、ベイリーはまだ日に一度は母乳を飲んでいて、この母と子の象徴的なつながりは途絶えていなかったのだと教えた。けれども客の頭は胸元のほうに落ちかかっていた。両手でクッションを抱えたまま眠り込んでいたのだ。

これまでだったら、彼女をつついて「起きて！ 見ていてよ！」と大声をあげただろう。けれども差し戻し審のあいだに、眠りたいという欲求は退屈と疲労だけから来るものではないことを私は学んでいた。残忍な衝突がところどころ起きながら数週間にわたって長くゆっくりと続くこの悪夢のなかで、突如私は、眠りとは堪えられないことから身を守る方法なのだと気づいたのだった。

私は音量を下げ、一人でインタビューの残りを見た。友人はその最後の場面で目を覚ました。ギャンビーノが、黄味がかったピンクのブラウスを着て頬を涙で光らせながら「私には毎年何回も記念日があるのです。毎年。もう、三人の子に食べさせて、身体を洗ってシャワーを浴びせ、朝八時半にドアから送り出す親ではなくなってしまった。もうそういう人間には決して戻れないのです」

「何とかするのよ、あなた」友人はクッションをお腹に押しつけて呟いた。「何とかして戻る方法を見つけるのよ」

＊＊＊

ドーン・ウェイトが見たと言う、車のウィンドウに顔を押しつけた謎の子どもによって、彼女は後部座席に子どもたちが三人ともいたと信じることとなり、その証言は法廷を束の間混乱させた。ラズリー裁判官は陪審員を退廷させ、検死を行なった法病理学者のマイケル・バーク医師が再び証人台に呼ばれ、ジェイの鎖骨が肩の関節につながるところにできていた小さな痣についての説明を求められた。ジェイが前の助手席でなく後部座席の真ん中に座っていたというのは可能だろうか？　衝撃を受けて、前の座席のあいだに飛び出し、肩を打ってそのままダッシュボードに頭をぶつけ、額と左頬に傷をつくったというのは起こり得たか？　バーク医師が陪審員の前で証言を述べたとき――彼は、聞くに堪えないような解剖の外科的経過について、原審のときよりもっとあからさまに述べていた――新しく判明したのは、ジェイは車が衝撃を受けたときにはシートベルトをしていなかったかもしれないということだけだった。子どもたちがみな後部座席に押し込められていたというウェイトの証言は実証できなかった。けれども当惑が、新たな悲哀の塊が、滓のように残ったのだ。

＊＊＊

事件当時にファクワスンに車を道路で止められ、ギャンビーノのところに連れていってくれと頼まれた若きシェイン・アトキンスンとトニー・マクレランドは、三年のあいだにその野性味のある美しさと、おそらく若さも失っていた。前より青ざめ、痩せて、皺ができ、憔悴して見えた。マクレランドは大工の資格を取り、髪を染めていた。アトキンスンは木工だったが、まだ、もしくは、またもや失業中だった。彼の赤ん坊はあの父の日に誕生し、彼らはそれを祝うために出かけるところだった。あの子はもう学校に行くくらい大きくなっているだろう。この二人がまだ友人でいるのか判らなかったが、あの晩共に経験したことは、好むと好まざるとにかかわらず、二人を生涯結びつけるだろう。

モリセイ氏はアトキンスンに優しかった。「私が誤っていて、あなたが正しい」とまで譲り、アトキンスンは我慢強く答えた。「ありがとうございます」けれどもひどく突っ込まれると、アトキンスンの怒りが高まった。「あんた、この前はここで」彼はモリセイに言った。「俺に違うことを言わせようとしたよね」低い笑い声が弁護団の席から裁判官席まで広がった。私には敵意のないものに感じられたが、証人の顔は暗くなり、田舎で苦労しているこの若者が、自尊心を傷つけられた小学生のように見えた。彼は目を上げて裁判官のほうを見て、その背を伸ばした。それから数分間、私はうたた寝をしたらしい。気がつくと、彼もマクレランドも証言を終え、もう彼らを二度と見ることはなかった。

＊＊＊

裁判所から道路を渡ったコーヒースタンドの近くで、ボブとベヴ・ギャンビーノが冷たい金属製のベンチに腰かけているのに出会った。ボブは、傷つけられた痕がある子どもたちの墓碑の写真を私に見せたがった。彼らの娘の仕業、もしくはその指示でされたことでは、とモリセイが示唆したことに、ベヴはひどく憤りを感じていた。

「スティーヴンは、あれはショットガンの痕だと言っている」とボブが言った。「だがそんなはずはない。撃った人間にとって危険すぎる。金槌とのみによるものだと思うね」

彼は携帯を私に差し出した。小さなモニター部分に「ファクワスン」という名が見えた。その下は亡くなった子どもたちの両親の名が刻まれているはずだ。だがその光沢のある御影石の表面は、白くえぐられた傷がついた状態になっていた。その長方形のえぐられた部分には「ロバート」と記してあったはずだった。

＊＊＊

当初の裁判でラプキ氏はこの事件を、ずっと心の奥にあったことが突然表面化して爆発したか、または入念に計画され実施された冷血な復讐かという二つの殺人パターンのどちらかに決めつけず満足していた。だが今や検察側は、後者の説を全面的に支持し、ティニー氏はそれを前面に押し出して、ファクワスンが自分でこの悪い知らせをギャンビーノに届けたときの彼女の表情こそが、彼の「美味な報酬」だっただろうとまで述べた。

この猟奇的な指摘を私は個人的には疑っていたが、隣に座ったジャーナリストは違っていたようだ。電話の盗聴テープが流され、ギャンビーノがファクワスンに子どもたちのシートベルトはみな外されていたそうだと告げたとき、テープのなかだけでなく法廷のこの場でもファクワスンは衝撃を受けたようすで泣き出した。すると携帯電話でゲームをしていたそのジャーナリストは目を上げ、私のメモにこう書き記した。「あの嘘泣きを見た?」

ある日、法廷の昼食休みに私はフラッグスタッフ公園にサンドイッチを持っていき、木の下の芝に座った。ファクワスンはなぜ原審で「自殺」という言葉が出たときに、姉たちに向かって怒りにゆがんだ表情をして頭を振っていたのだろう? 殺人より自殺のほうが不名誉だというような倫理的理解があったのだろうか? おそらくもっとも辱めとなること、「地方のアングロサクソンの男」が堪えられないほどの自信喪失とは、心中を企てたがそれを果たせなかったことではないか。私はある有名なシドニーの男性の話を思い出した。その男は、ギャップと呼ばれる崖から海に身投げしたが、岩に叩きつけられる寸前に、ちょうどそのとき寄せた大波に捉えられた。警備艇が彼を無傷のまま救出した。「崖から足が離れた瞬間」とその命が助かった男は言った。「気が変わったのです」ある記事で読んだアメリカ人の母親は、子どもを全員乗せた車で川に飛び込んだ。母親は溺れ、子どものうち一〇歳だった一番年長の息子だけが助かった。この子は母親を乗り越えて半分開いていた車のウィンドウから逃れたのだ。息子は、車が沈み始めたとき、母親が「間違いだった、やめておけばよかったわ」と叫んだのを聞いたと警察に言ったのだった。

こういった現象の核心にあるのは、想像力の欠如、すなわち恥辱と苦痛を終えてくれるのははっきりした一撃だけだという幻想でしか先が見えない無能さ、なのだろうか?

シンディ・ギャンビーノがファクワスンは離婚後のほうが良い父になったと言った。おそらく仕事に忙しい夫は、家庭内で権限を持っていて情緒的にも適性のある妻の存在により子どもたちから遮断されているのかもしれない。結婚が終わりを迎えて子どもとの面会が始まると、夫は自分から子どもに対応しなければならない。始めはショックで、この新しい義務に疲れ、困難に感じ、退屈にもなるかもしれない。けれどもやがて仲介者なしで接触していくうちに、そのお蔭で子どもたちの存在感が夫の鎧を解き、まさにその心身に入り込むのだ。もはや子どもを理解し、その愛を感じることにより、子どもたちの日常生活から自分が離れていることが、強い苦痛となる。情緒的に未熟で、知的な理解や概念を持てず、家族以外に支えてくれる友情に恵まれない男性にとって、子どもたちの存在が自分の苦痛の場であるばかりでなく、その根源であり原因であるように思えるかもしれない。これに終止符を打つことができたら——自分の一部となって痛み続けるこの傷を、切断するか完全に消してしまうことができたら! 原審の判決で裁判官が述べたように、彼は邪まな目論見を立て始める……

私はその考えに思いをめぐらせ、それがどういうことか見定めようとした。それはゼリーが固まるときのように次第に形を作っていった。そしてそれは、揺れながらも、隙間なく固まっていったのだ。

差し戻し審に勢いがつき、ラズリー裁判官が前屈みで深く腰を下ろし、裁判を公正で、効率的で、控訴を退けられるように気をもんでいるなか、モリセイ氏に対する私の尊敬の念は高まった。彼は追い詰められていたが、勇敢に闘い続けていた。「ファクワスン氏」と言わずに「ロブ」と依頼人を呼んでしまい、何度も裁判官から注意を受けていた。恥ずかしそうだったが、つい口に出てしまうようだった。

＊＊＊

新しい陪審団は、最初の陪審団と同様に彼の弁論には懐疑的なように見えたが、彼らの特徴は異なっていた。真剣で、成熟して、不安な気持ちの人たちのなかに、何人か学生のような若者がいて、その振る舞いはときに失礼なくらいリラックスしたものだった。一人は顎を前の机に落として腕を頬の横で伸ばし、明らかにメモ帖にいたずら書きをしたり、黄色のボールペンをくわえたりしていた。彼は別の無気力そうな若者とくっついていた。一緒に法廷に入って一緒に出ていき、ひそひそ声で意見を交わしたりこっそり愉快がったりしていた。「男の仲良し」いう感じだった。あとになって、ジャーナリストたちが専用の陰気な事務室に呼び集められ審議中の陪審員が外気に当たる時間に、この二人は陽射しのいい中庭で子犬のように飛びまわっていた。

けれどもこの陪審団に苦痛が広がりつつあるのを私は感じていた。裁判が三分の一ほど経過したところで、説明なしに陪審長の交替が告げられた。いかつい感じの年配の男性がこの地位を辞して後ろの席に下がり、四〇代かそこらの紅玉色のショールをまとって堂々とした女性がそれに替わった。この人を初めて見たとき、控えめで、孤高な感じがしていた。私の隣にいて傍聴していた法廷弁護士が囁いた。「気が合わなかったのかな？　陪審員には何人か母親もいるし」新しい陪審長の女性は、弁護士に一番近い陪審団席の前列角の席で、青ざめて、でも意を決しているように見えた。

＊＊＊

季節は冬で、法廷では咳をする者が多かった。毎朝ラズリー裁判官は、入廷してくると、ドアと裁判官席のちょうど真ん中で痙攣のような咳払いをするので、その面長の頬が膨れ上がった。法廷ではどんな瞬間も、半ダースほどの人がマフラーやティッシュを口に当てがって咳を止めようとしていた。けれどもファクワスンがもっともひどかった。咳き込みが始まると、警備官が水を持ってこなければならず、陪審員はその方向に流し目を送るのだった。もし彼が、みんなが見ている前で咳発作に襲われたら？　すぐに裁判は終わるだろうか？　みな帰宅できる？　ある日などは、彼の空咳があまりにもひどくなってしまい、弁護団の若手が昼食どきに、薬局に喉用のスプレーを買いに彼を連れていかねばならなかった。二時に戻ってくると、彼はいつものシャツとネクタイの上に大きなサイズのチャコールグレーの上着を羽織っていた。モリセイのものに違いなかった。肩が落ち、袖も長すぎる。この子どものような哀感がファクワスンの基本形だった。

＊＊＊

ファクワスンの差し戻し審が差し迫ったとメディアに報じられたその日から、胸にこたえるような話の断片や反応があちこちから聞こえてきて、物語を誇張したり際立たせたり、また単に表現の変化をもたらしたりした。ウィンチェルシーとその近隣の男たちは、急にわっと泣き出して、それまで言うまでもないと考えていた出来事を語り出し、友人を驚かせた。そのなかには差し戻し審で語られた事柄もあった。それ以外は準備弁論で、伝聞か想像として切り捨てられた。

だがそのなかで法廷に出てきた二人の話が、悲しくまた皮肉で、私の心に刻みついた。

父の日の午後四時、子どもを連れてジロングに向かう前、ファクワスンはマイケル・ハートの家に立ち寄っていた。ハートは原審では呼ばれていなかった。彼はファクワスンがディンツリー通りに建てようとしていた家の仕事をしていた大工だった。彼もまた、子どもたちが所属するフットボールクラブに関わるシングルファーザーだった。ファクワスンは彼に息子を連れて一緒に来るよう誘ったが、ハートは外に出る気にならず断った。モリセイにとっては、このファクワスンの誘いは当夜帰宅途中に貯水池に飛び込むという意図があり得なかったことを示し、計画的犯罪という検察側のシナリオを打破する目論見があった。けれどもファクワスンの心理状態に関心がある人にとっては、それがファクワスンに孤独の重荷をまた負わせたことになるとも考えられたのだ。

このちょっとした出来事における気乗りしない友人という役は、ファクワスンがその前年に甘受しなければならなかったもっと大きな出来事を反映していた。ギャンビーノがファクワスンに最後通牒を突きつける数か月前、羊毛刈り職人でＤＢというあだ名のダレン・ブッシェルが妻と別れていた。

その後独り身になったファクワスンは、ＤＢを訪ねて住むところを探していると話した。「奴は俺のところに来て家をシェアしないかと仄めかしたんです」とＤＢは警察の調書で述べた。「だけど俺も別れを経験したばかりで、もうそういうことに関わりたくなかった。だからそれには乗らなかったんです」

＊＊＊

証人台に呼ばれる人のなかには、何度も同じことを繰り返すという経験をひじょうに不快に感じる者もいた。事件のときに貯水池に最初に来ていた制服組の警官は、とても居心地が悪そうだった。警察で訓練されている通り、両手を握りしめて肩は緩めるという持久の姿勢を取っていたが、声はくぐもり頬はこけて血色が悪く、その苦痛の色は明らかだった。重大事故捜査班の古いメンバーは、皺の寄った顔でのろのろと、うんざりしながら、怒りの炎を抑えるかのように低い声でそれぞれ同じ証言をした。

シンディ・ギャンビーノの心変わりは、サーフコースト地域と呼ばれるウィンチェルシー近隣を大波のように巻き込んだに違いない。再度登場した証人は、モリセイがどのようにおだてても、協調的だった調子が控えめになっていた。だが彼らのようすは敵対的というよりは単にうんざりしていて、その証言も遥かな先の平原の道を辿るような調子だった。というのも今や貯水池の事件から五年が経ち、ファクワスンとギャンビーノの家族から外の世界では人びとの生活は慌ただしく過ぎていき、ジェイ、タイラー、ベイリーの死亡という現実も、亡くなった人びとすべてに当てはまるように、だんだん色褪せてぼやけたことになりつつあった。

けれどもモリセイは反対尋問で、重大事故捜査班に所属する若く背の高い土木・状況再現技師のグレン・アーカート上級巡査を「重要証人」からもっと意味の小さい証人にすると宣言した。

モリセイは警察の捜査について、誤りや装置の不具合や自主修正があったことを、痛烈に挙げ連ねていった。例の警察のミスの指摘は、アーカートの首を真綿で絞めるようだった。またモリセイは貯水池で彼を補助した経験の浅い警官の能力を嘲笑した。モリセイは、エクストン巡査部長のどの黄い印がファクワスンの車輪のどれを特定しているかについて、アーカートが意見を変えたと厳しく指摘した。彼はまた、撮影された路上テストで使用したコモドアはアーカートが思っていたような車輪整列の調整が事前に行なわれていなかったという不都合な事実をしつこく突きつけた。

法廷で聞いている私たちには、陪審員が手にして眺めている写真入りの小冊子を見ることができず、議論は言葉の奔流でしかなかったが、アーカートが証人台で苦闘していることは判った。屈辱感で歯を食いしばり、まるで襟がきつすぎるかのようにしょっちゅう顎を上げて首を伸ばそうとしていた。彼が自分自身の言葉(もしくはモリセイが言う「言い訳」)で、その証言の内容がいかにして起きたのか説明させてもらえないのは、不公平に見えた。「質問にだけ答えてください」と繰り返される指示は、まるで猿ぐつわか馬の面あてのように、侮辱的で暴君のような響きを持つようになった。とても多くの意味が込められている質問に対して「はい」か「いいえ」という返事は、なんと粗く不十分なことか。けれどその眉に汗が溜まり、口は怒りを抑えるあまり声の張りを失っていても、アーカートは中立的に、直ちに、そして礼儀正しく答え続けた。彼はファクワスンの車が正確にどこで左車線から右に逸れ始めたかについての主張はしようとしなかった。それで彼には判らない、ということを認めざるを得ないという代償を払うことにはなったが、証拠もなく、彼はその点であとに引かなかった。

そして陪審員たちは彼を好ましく感じていた。同情もしていた。彼は陪審員が本能的に信頼を置く証人だったのだ。彼がジェスチャーを用いて要点を説明しようとしてモリセイに制止され、「すみません、手はおとなしくさせておきますよ」とユーモアを交えて答えたとき、最前列にいた陪審員の女性二人が同情的な微笑を投げかけた。彼の振る舞いには何か誠実で人を惹きつけるところがあり、それがモリセイの細部にわたるひじょうに激しい攻撃にも持ちこたえていた。そしてアマンダ・フォレスターが立ち上がったとき、私は再び再尋問がもたらす暗雲を取り除くような名誉回復の奇跡を見ることになった。

アメリカ人作家のジャネット・マルカムがその主要作品である『ジャーナリストと殺人者』でこう述べている。「陪審員たちは思うに席に坐って証拠を検討しているのだろうが、実際には人物を観察しているのである」

＊＊＊

グレッグ・キングが、その友人を裏切る三度目として証人台に呼ばれることになり、私は喜んで居眠りをしてその証言をやり過ごすはずだった。

ところがそのとき、清しい目にきりりとした眉の一〇代の少年が法廷に威風堂々という趣きで入ってきて、私の隣に座った。その入廷者用名札には「エグルストン」と記され、彼が私に語ったところによると、メルボルン東部の郊外の私立高校一年生で「下級審裁判所」のインターンシップをしているということだった。「殺人裁判」を見たいという衝動にかられて、彼はロンズデール通りを渡って最高裁判所に入ってきた。彼は法律や裁判所事務についてさまざまな意見を持ち、学校の討論授業《ディベート》のように自信を溢れさせながら元気に私に語ってみせていたが、ジーンズと半袖のシャツ姿のグレッグ・キングがにじり寄るように証人台に立つと、少年の押しの強い独白は引っ込んだ。

ティニーはこの証人を、ねじを巻いた機械仕掛けの玩具のように作動させた。キングは記憶している自分の話をまるで句読点のない文章であるかのように震え声で吐き出した。ときには喘ぎ、涙で鼻をすすり、腕やすねを爪で引っ掻いていた。

ティニーは尋ねた。なぜキングは二回の盗聴録音のときに、フィッシュアンドチップスの店での会話すべてについてファクワスンに聞かなかったのか？「憎い」とか「殺す」といった言葉が入っていたはずだが？

「そんな気にはなりませんでした」とキングは言った。「これまでずっとファクワスンの家族もギャンビーノの家族も知り合いだったんです。ギャンビーノの両親とは仕事もしてきました。彼らのあいだに入っていって自分の親友を通報しなきゃならない。だって、俺にも子どもがいる。小さな町だ。みなが俺のことを何と思うだろうか？　家族にも、みんなにも影響あると恐れてたんです」廷吏がティッシュをひと掴み渡すと、キングは前屈みになって目を拭った。

キングが法廷の外で落ち着きを取り戻すまで、裁判官は陪審員に短い休憩を与え、席を立った。私はエグルストンを見た。「この証人についてはどう思う?」

「嘘をついているね」と彼はすぐに答えた。

「どうして判るの?」

「簡単さ」彼は言った。「フィッシュアンドチップスの店の外でファクワスン氏と彼が、彼がしたと言っている会話をしたときに、その子どもはどこにいた?」

「ああ、店のなかでフライドポテトが揚がるのを待っていたのでしょう」

「どうして子どもだけにしておいたの?」少年は勝ち誇ったように声をあげた。「子どもと一緒にいるべきだったはずだ」

私たちの席の後ろで暗号文のようなクロスワードをしていた、法廷でお馴染みの傍聴人が、小さく笑うと呟いた。「じゃあ自分の子どもを貯水池に置いておく奴はどうなんだ?」

「僕の見方からすると」そんなことには気づかないエグルストンは言った。「キングは新聞でこの事件のことを読んで、ファクワスンが有罪になるようにしようと決めたんだ」

「いったいどうしてそんなことをするの?」

「親なら誰でもするさ。それに」と彼はさらりと言った。「ファクワスンはもう六、七日寝ていないよ。目が腫れてしまっている」

「ねえ」私は言った。「君は探偵になるべきね」

彼はつんとして答えた。「まさか。絶対に法律を勉強すると決めているんだ」

グレッグ・キングは目を赤くして、証人台にまたこそこそと上った。生意気で高飛車な振る舞いをして、男らしさを取り戻そうとしていた。モリセイを名前で呼んで、場をわきまえるよう申し渡された。モリセイがファクワスンを「平穏な、非暴力的な人間」で——すなわち、警察が起訴を遅らせた例のウィンチェルシーのパブでの喧嘩で、暴力的なごろつきであることを示したキングのような者ではなく——と評したときには、キングは肩をいからせて手を腰にあてて身をそらし、反抗を示した。モリセイは原審でのキングの証拠調書をくまなく追って、大小の罠をしかけ、徹底的に検証した。だがキングのほうは、字義通りにしか理解が及ばず感情的な語彙に乏しかったので、モリセイの皮肉の攻撃も役に立たず、私たちに聞こえてきたのはモリセイの剣が空を切る音だけだった。膨大な量の調書に混乱してしまい、キングはとうとう手を広げて言った。「判らなくなっちまいましたよ」

エグルストンは聞えよがしに呟いて、「前に言ったことと矛盾しないか証人に首をひねらせ考えさせている」モリセイの素晴らしいやり方を指摘してみせた。けれども陪審員たちの口元はきつく結ばれていた。彼らは賢しらな弁護士が、この心傷ついた愚か者に圧勝するのが嫌だったのだ。そしてキングが滂沱の涙を流して声を詰まらせながら、ファクワスンがフィッシュアンドチップスの店の外で言ったことを深刻に受け止めなかったせいで、子どもたちが死んでしまい自分を責めている、と言ったときには、この批判的なグラマースクールの少年さえも青ざめて黙ってしまった。

キングには避けられなかった。これは負わねばならない十字架であり、彼がぎごちなくその十字架を負うさまは、やがてその姿に尊厳を与え、弁護団からのもっとも強い攻撃にも持ちこたえたのだ。

＊＊＊

私は警察が車を水に沈めて行なった検証ビデオをまた見る勇気がなく、陪審員の人たちが口に手をあててそれを見ているのを見つめていた。元陪審長だった男性は、顎をとても高く引き揚げていて喉仏が動くのがよく見えた。記憶では原審でのビデオは音声がなかったが、今度は、ダイバーが助手席のドアを開けようと苦闘している場面で、大人の力によるくぐもったゴツンという音、そして恐ろしげな低いゴボゴボという音と水が勢いよく流れる音がしているのに気づいた。私は思い切って目をやり、黄色の水が荒々しい力で湧き入り巨大な泡が立つさまを見て初めて、ファクワスンがずっと主張していたような、ジェイが助手席のドアを開けたという可能性はなかったのだと信じることができた。法病理医が見つけたジェイの顔が車のウィンドウを打ったときにできた赤っぽい擦傷についてはどうなのか――一つは額に、手のひらの大きさほどのもう一つは左頬にあったが？　それほどの打撲に子どもは仰天してしまわないだろうか？　おそらく後部座席にいて無傷だったタイラーが、自分のシートベルトを外してからベイリーのチャイルドシートを外そうとしたのでは？　二度目の検証ビデオが示す通りのことが起こっていたのでは？　車が水に飛び込むと、傾きつつ一瞬浮いている。まだ水の抵抗が弱いうちにファクワスンが運転席側のドアから這い出る。彼が泳ぎ去る一方で水が押してそのドアはバタンと閉まる。暗闇でジェイ――またはタイラー――が弟のシートベルトを何とか外そうとするなか、車に水が溢れてくる。左後ろのドアはロックされており、右側のドアは取っ手が壊れている。ジェイは運転席のドアを試すが、外からの巨大な圧力にはかなわない。車内外の圧力が均衡してジェイがドアを開けられるときには、すでにタイラーとベイリーの肺は水でいっぱいだ。けれどもジェイももう窒息してしまっていて、その何時間もあとになってから警察の捜査ダイバーが手さぐりで車の側面を確認するときには、ジェイは頭を大きく開いた運転席のドアから突き出したまま座席に横たわっているのだ。

＊＊＊

ファクワスンが、あの晩に何が起こったかについて沈黙を守り、車がどのように貯水池に沈んだのか言えない、または言おうとしないことが、周りのすべての人間に堪えがたい心の動揺を与えていた。ラズリー裁判官でさえも陪審員がいないところで舌を滑らせて、法廷侮辱罪に当たるとモリセイが私を非難したのと同じことを言った。「被告人は自動車を意図的に運転していたのか、意識を失っていたのか、またはハンドル操作に影響するほど前のめりになり得る状態だったのか？　彼以外には誰も判らないのだが」

私たちは、ファクワスンと同じ市民として、このような不可知の暗雲のなかでは生きられない。この事件の核心事実が私たちを心安らかにしてはくれない。水に飛び込んだ車のなかで、父親が逃げてしまっているときに、三人の幼い少年はその拘束から逃げ出そうとして、汚い水を吸い込み、むせて息がつまり、のたうって死んだのだ。

私たちがこの無言の男の機嫌を取っているさまには何か狂気じみたものがあった。この「ひどいいびきかき」、この「弱虫」、この「いい奴」、「愛情深い父親」で「良い家長」あまり知的とはいえず、むくんだ目の、猫背でぶよぶよと太り、無声映画のようなしかめ面と発作のように流す涙と、アイロンがかかった大きな清潔なハンカチを手に持つ、このずんぐり男をめぐって。

起訴された人物は誰でも黙秘する権利がある。陪審員は、被告人がその権利を行使すると決めたことによる、いかなる不利な憶測もしてはならないと、明確な説示を受ける。かつて、ある著名な法廷弁護士が、依頼人が主張しない限りは、決して本人を証人台に立たせないと私に話したことがあった。危険すぎるというのだ。熟達した法律の専門家がどのようなことができるか素人にはまったく判っておらず、それに立ち向かえるような準備ができていない。またそれに対する備えをさせようとすると、あらゆる柔軟性を失ってしまうのだ。

弁護側のモリセイが最初に証人台に立たせたのは、その依頼人であるロバート・ファクワスンだった。

彼の家族や支援者は、階上の傍聴席で裁判を見つめていた。けれどもそのなかの一人で、はっとするほど美しく身なりの整った、母親らしい雰囲気を持つ六〇代ほどの女性が、彼が証言するあいだ法廷内で介添人となることを裁判官によって許可された。彼女の息子がファクワスンの姪と婚約していること、そして司祭の夫と共に、ファクワスンが裁判のあいだ宿泊していたアパート式ホテルの費用を支払っていることを私は知っていた。彼女自身も何週にもわたる裁判のあいだ、彼を慰め支援するために同じところに滞在していた。この人は高い証人台からすぐ見える席を与えられた。そして膝で手を組み、ファクワスンの顔にまっすぐ向き合って座った。

被告人席から現れて証人台に身を晒したファクワスンを見るのは辛いことだった。きつい襟首に太いストライプのネクタイを締め、恐ろしいことをしでかすにはあまりにも哀れっぽい姿。モリセイは微笑みかけ、ゆっくりと進めていった。最初ファクワスンは何か震えるような溜め息をつきつつ、はっきりと話した。そう、窓の掃除人をしていた。けれども控訴に伴う釈放以来は失業していた。モリセイが子どもたちのフットボールクラブについて話し始め、子どもたちが父の日の午後に家に届けてきたプレゼントのことを尋ねると、ファクワスンの声はかすれ始めた。あぁ、子どもたちのとても良い写真をもらった。シンディからは鍋やフライパン――そして、当日貰うはずだったが、子どもたちが亡くなってから初めて手元に来たプレゼント。それはどんな贈り物だったのか? ファクワスンは片手で顔を覆って息を拭き出した。ほとんど言葉にならなかった。

「ジェイは私に孫の手をくれました」彼は途切れとぎれに話した。「そしてタイラー、タイラーは、チョコレートを」

私は思わず目に涙が浮かんでしまって慌て、陪審員のほうをちらっと見た。それは私だけではなかった。その瞬間、彼が無実だと信じられるなら何でも差し出そう、と思った。それは、どんな意味合いであろうと「彼を信用して」いたからでなく、また自分がこの法廷で見たり聞いたり考えたりしたこと、そしてこの世界について知っているあらゆることをさておいて、一人の男が自分の子どもを殺すということがまったく堪え難く感じられたのだ。
だがモリセイはすぐにその優位を無駄にしてしまった。

「それで」彼は優しく聞いた。「家に戻る途中の車ではどのような会話を?」

「ジェイが」ファクワスンは物憂げにいった。「『僕は父さんに孫の手を買ったんだ』と言い、タイラーは私にチョコレートを買ってくれたと言ったんです」

ジャーナリストたちは呆れてペンを置いた。モリセイは三度目にもファクワスンにつましい贈り物を挙げさせた。その不運な依頼人は早口でそれを言った。そして愛情がこもっていたその瞬間は、悲哀さが奪われ、しなびて消え去ってしまった。

だがモリセイが、空襲を受けたあとの残骸のあちこちに立ち上る疑念の煙に向かって水を撒こうとファクワスンを導いて語らせるあいだ、私は証人台に立ったこのぶざまで不幸な人間を再び哀れに感じていた。彼はまだ死んだ子どもたちについて現在形で話していたのだ。シンディについてはどんなに「素晴らしい母親」だったか、それと別れてからもひどいこと、意地悪なことはしたことがないと語った。その根底にあるのはもちろん、彼が復讐で子どもを殺したいと思わせるほどひどかったり意地悪だったりしたことはない、と示すことだ。だがモリセイは、シンディについては両天秤にかけなくてはならないために、ファクワスンから彼のポンコツ車を再び修理に出した日の話も引き出した。その日、ファクワスンは子どもたちをフットボールに連れていくのに良いほうの車――離婚で彼女が手に入れ、ムールズが町を乗りまわしていたのが目撃されていた例の車――を貸してくれとギャンビーノに頼んだ。だが彼女はそれをはねつけたのだ。「あんたにはあれは運転させない」

あるとき、とファクワスンは言った。タイラーをシンディのところに帰しにいったら、彼女は不在で兄弟二人だけで留守番をしていたことがあった。彼女は偏頭痛の注射を打ってもらいに病院に行っていて、ジェイにベイリーの面倒を見させておいたのだ。こういう類のことが幾たびかあってファクワスンの姉たちが心配し、子どもの親権を取り返したらどうかというような話もあった。けれども彼はフルタイムで働いていたので、結局それは実現しなかった。

グレッグ・キングは、良心の呵責を感じつつ友人としてのファクワスンについて話し、それほど昔から仲が良かった友を裏切ったと証人台で身が焦げるような叱責を浴びていた。けれども今ファクワスンは法廷で、二〇〇五年頃までにはキングには滅多に会わなくなっており、打ち明け話をするような間柄ではなかったと言った。もしそのような間柄の友人関係があるとすれば、それはダレン・ブッシェルかマイケル・ハートだろう、と。

あぁ、女たちにとって、男が語る友情の風景が、ときにどんなに寒々しく荒涼としたものに見えることか。ハートは、父の日に、憂鬱で半分病気の友人とその息子と共にジロングまで行く気にはなれなかった。そしてブッシェルは、一年前に捨てられて落ち着き先がないファクワスンに一部屋与えるのを嫌がった——「彼は仄めかしていたけれど、それには乗らなかったんです」それでもブッシェルはたまたま貯水池の救出現場を通りかかって何が起きたか知ると、知人の女性と共にジロングに戻って病院でファクワスンを探したのだった。これは確かに友人の自然な行為だ。重大事故捜査班の隊員がファクワスンと話をして、その無感情な状態と子どもたちの結末について無頓着だったようすに驚いたその直後に、彼らは救急病棟に着いた。「俺らは入っていきました」ブッシェルは警察に供述した。「奴には何て言っていいやら判らなかった。ロブはこう言ってました。『子どもを死なせちまった』って。奴は震えてました。何て話しかければいいのか判らなかったから、それ以上は聞きませんでした」

モリセイはファクワスンに、なぜシンディ・ギャンビーノが刑務所に面会に来るのを拒んだのか尋ねた。ファクワスンは溜め息をついた。「辛い時期でした」彼は言った。「面会は一時間だけだから、彼女が明らかに話したがっていることも十分話せない。それに、そのあとで誰も話し相手がいない独房に戻っていく気持ちを考えると――辛すぎるんです」彼は片手を耳の脇でひらひらさせた。「カウンセラーもいない。何もない。監獄なんだから」

そして最後に彼は、最近目撃されている二度の咳失神について説明した。一回目は勾留中に起こった。作業台のところで別の収監者が冗談を言っていた。みながわっと笑い出し、ファクワスンは咳き込んで椅子から倒れた。仰向けに横たわった彼を医療官と刑務官が覗き込み、足が骨折しているという騒ぎとなった。二度目は控訴で釈放された直後、姉のカーメンの自宅で起こった。咳き込み始め、次に気づいたときにはカーペットの上に横たわっていた。

この主尋問には感情的要素の占める比重が大きく、モリセイが質問を終えて腰かけたときにはファクワスンは悲劇の主人公のような顔つきで、権力による途方もない責めを負い打ちひしがれた運命の犠牲者、といった様相を呈していた。

＊＊＊

そして検察側のティニー氏が立ち上がった。彼はファクワスンを素早く手荒く追及したので、聞いている私たちはさっと居ずまいを正した。

「ベイリーは死亡したとき二歳だった。そうですね？　陳述ではあなたは、この子が自分でチャイルドシートのベルトを外せるかどうか判らなかったと言いましたね？　子どもたちと車で出かけた最後のときのことを思い出せませんか？　子どもたちが生きていた最後の瞬間をよく覚えていないのですか？　その命の最後の一時間、最後の一分に起こったすべてのことを思い出そうとはしなかったのですか？」

陪審員たちの顔は凍りついた。モリセイが促して事務弁護士が鋭い喘ぎのような抗議の声をあげるのが聞こえた。

原審ではラプキが足取りも軽く、見えない鋼で空を切る剣士のようだったが、ティニーは最初の猛攻撃のあとは、ペースを落として、沈着に、ときに緩慢に、けれども常に綿密に強打を放って相手を粉砕していった。彼は物語をきっちりと折り畳み、さらにそれを切り離してみせると、そこからは忌まわしい光が放たれるようだった。これまでにお馴染みとなっていた話が、汚れて見え、ずさんで、矛盾に満ちて怪しげな不明瞭さを持つように見えてきた。ティニーが並べたてたファクワスンの相反する話が判りにくいほど込み入っていたので、大々的に取り上げられたそのギャップを見せつけられて、私はコートの下に頭を隠して縮こまりたいような気がした。

ファクワスンが貯水池に落ちたときの話のなかに、感覚的な細部の説明がまったく欠けていることとを、初めて私は認めざるを得なかった。彼の身体的経験には現実味がなく、私たちは想像力で補うしかなかった。彼が述べた唯一の身体的感覚は「圧力」という言葉だけで、それも感覚と言うよりは言い訳のようなもの——グリーフケアのカウンセラーであるリオナ・ダニエルが親切げに救急病棟で示唆したので、彼がしがみついている一つの「考え方」——だった。ティニーが特定の論点を挙げてじりじりと圧迫をかけるたびに、ファクワスンは横に逸れて曖昧に一般化したり、冴えない決まり文句に終始したりした。「ひどく混乱していた」「あっという間だった」「前にも言ったように、ひどいショックと悲嘆を経験していた」「本当に、とても辛い時期だった」「前にも言ったように、何もわけが判らない状態で私は——」

「そうでしょう」とティニーは言った。「自分の席から、やろうと思えば後部に手が届いたはずですよね」

「それは——後ろに乗りかかるということ?」

「あなたは貯水池で沈みかかっている——そこで後ろに身を乗り出して、ベイリーのチャイルドシートを外してやることができたのでは?」

「そうかもしれない。判りません。でも前にも言ったようにあっという間のことだったから」

ときおり裁判官が、ティニーが言わんとしていることを強調したり明確にしたりした。「でも、あなたは考えなかったんですか——それが聞きたい点です——子どもを救うために何でもできることをしようとは考えなかったのか、と?」

「前にも言ったように」ファクワスンは頑固に繰り返した。「おそらく何も考えられない状態だったんです」

ファクワスンは、貯水池から上がって道路のほうに歩き出したとき、フェンスに絡まって傷を負ったことを今日まで誰にも言っていなかったのか、とティニーは問いただした。

「これまでいろんな目に遭ってきて」ファクワスンは嘲笑的に吐き出していった。「あらゆる細かな事柄を全部思い出さなきゃいけないんですか？　こんな悲嘆やトラウマを抱えているっていうのに――？」

彼はジェイが助手席のドアを開けたのを見たと言った――だがどうして見えたのか？　まったくの暗闇と言っていたではないか？　ライトがすべて消えていて、何も見えなかったと？

「見たのかもしれないし」ファクワスンは答えた。「見えた気がしたのかもしれない。思い出せません」

彼は明らかに証人台で攻撃に耐えられるよう指導を受けていたが、直立したおかしな自動人形のように見え、同じ答えを繰り返したときには、鼻から頬が強張ってひきつり、皮膚が灰色になったような顔で、無理やり笑みを見せていた。相手によって話したことに食い違いがあることについて問われると、何か呪文のような言葉に終始した。何度となく彼はこう言った。「もし自分がそう言ったなら、そうなんでしょう」「もしそれが自分のしたことなら、そうなんでしょう」証人台の初日に、彼は「前にも言ったように」という言葉を二九回も使っていた。ときおり、妙に形式ばった言いまわしをすることもあった。「私が覚醒状態になったとき自動車は停止していました」医師が家に来たとき彼は「床に伏せっていました」

彼がジロングの呼吸器専門医師スタインフォートを騙したかどうか問われると、ひどく意気阻喪したようすだった。スタインフォートに、以前の咳発作の話を失神したなどと誇張して言ったのではないか？　ファクワスンが口ごもりながら答えるなか、一人の女性陪審員が口元をぎゅっと結ぶのが見えた。いつもユーモアを感じさせる雰囲気のその人の表情は暗く陰鬱になった。その隣の女性は手を口に当てていたが、疑いを込めた笑いが垣間見えた。

殺人課が調書を取ったとき、車を探そうと貯水池に潜ったかどうかについて問われて何と答えたのか厳しく追及されて、彼はつけ込まれたかのようにむっとして言った。「前にも言ったように、俺の事故の二日後のことを、はっきりさせろっていうんですか？」

「けれども、殺人課でも、車のなかでも、病院でも」ティニーは指摘した。「あなたはとてもはっきりしているようでしたよ」

「俺の頭のなかがどうなってるかなんて」ファクワスンはその決まり文句を振りかざした。「誰に判るっていうんです？」

もし彼が車の入水の原因が咳失神だとずっと判っていたのなら、なぜ貯水池脇の道路で最初に会った、車を停めてくれた若者に、ホイールベアリングのことを話したのか？

ファクワスンは、この二人についての記憶がまったくないと言った。彼らに何と言ったかも思い出せなかった。ホイールベアリング自体についても判らなかった。「機械工ではないんでね」と暗い笑みを浮かべて言った。

ではなぜそのときにはそれについて言及したのか？

答えはなかった。けれどそういうときに彼のこんな言葉が口に出たはずだと、私ははっと胸を突かれた。「それなら、きっとホイールベアリングをやっちまったんだろ」――父親か、地域の仕事仲間の口から聞いたような、男っぽく冷めた投げやりな台詞を。

本やインターネットで、咳発作について調べてみたことはあったか？「ないです。だから医者に行ったんです」これまでグーグルで検索をしてみたことがあるか？　いや、車のサイトをときどき見たが、姉にやり方を教えてもらわなければならなかった。

いったいどうして、貯水池で最初に会った警官に咳失神のことは触れずに、胸の痛みのことだけ言ったのか？　それに事件の何日も前には友人のダレン・ブッシェルに、ウィンチェルシーのガソリンスタンドで運転中に失神したことを言っていたのに、これを警察には言わなかったのは？

「忘れてしまっていただけなんです。つまり、前にも言ったように、俺の事故の二日後、子どもを失ったあとに、何でも詳しく思い出せって言うんですか？」

ファクワスンがこういった短気な返答をするたびに、ティニーは手元の書類に目を落としてそれをぱらぱらとめくった。これはページが判らなくて探しているのか、それとも陪審員の心に証人の返答の異様さが浸透するための時間を取っているのだろうか？　彼の反対尋問は、もしファクワスンの抵抗と聞き手に沸き起こる疑念に満ちた、この恐ろしい沈黙がなかったら、緩慢に見えただろう。毎回その沈黙を破るたびに、検察官はまるで新しい考えがちょうど浮かんだというかのように、ゆっくりと目を上げた。

ファクワスンが、引き揚げられた車にいた子どもたちがどうだったか、誰にも聞かなかったのはおかしくないか？　そのシートベルトについては？　車のどこにいたのかを？」

ファクワスンは本当に当惑したように見えた。「誰に聞けばよかったというんです？」

彼は、どうしてコモドアのヘッドライトやエンジンが切られていたか判らなかった。警察には自分がやった記憶はないと言った。けれども盗聴されたギャンビーノとの電話の会話では、とティニーが告げた。彼は火が出るのを防ぐためにエンジンを切ったと言ったではないか。ファクワスンにはこの矛盾を説明できなかった。

「いったいなぜ車のエンジンが切られたのでしょうか？」

「判りません。答えられません」

「あなた以外にそれができた人がいますか？」

「答えられません」

「やれやれ、証人の方」ティニーは咎めるように言った。「車内で、あなた以外にエンジンを止めることができた人はいるんでしょうか？」

「そうですね」ファクワスンは答えた。「ジェイには簡単にできたかも」

記者たちは口をあんぐり開けて互いを見た。ファクワスンは手のひらをズボンで拭った。陪審員たちは眉をひそめて顔を曇らせた。

「あなたは本気で子どもたちの一人が、死にゆく直前に、あの車のエンジンを切る理由があると言っているんですか？」

「できるだけ判る範囲で言ってるんです」

「なぜヘッドライトを消したのですか?」

「何かにぶつかったかそこらでしょう、私には判りません」

「ぶつかった? ぶつかった? 何かその場を暗くしたかったという理由があったのですか?」

「ありません」

ティニーは、なぜ彼が貯水池からまっすぐシンディ・ギャンビーノのところに連れていってほしいと懇願したのかについて追及した――彼女の子どもたちが死んだ、と直接言いたかったという彼の負の感情だったのでは?

「そうじゃない」

「彼女に何ができたというんでしょうか、救出?」

「自分に判っているのは、彼女に会わなきゃ、と思ったことです。それしか判りません」

「何のために?」

「とにかく会わなきゃ、と」

「何のために?」

「い、い、い」

「判りません」

「会ってどうするつもりだったんですか?」

「事故を起こしたと言うんです」

「子どもたちを殺してしまった、と言う?」

「いや、事故を起こした、と」

「それで、彼女に何ができたというんでしょうか？」

「判りませんよ。でも会わなきゃならなかった。前にも言ったように、彼女が子どもたちの母親なんだから」

「それで貯水池を離れたのですね？ そして子どもたちは貯水池のどこかに沈んだ車のなかにいた？ そこには誰もおらず、あなたは車に乗って子どもたちを置き去りにして行ってしまった？」

「そういうことになったんです。そう。でもそういう言い方はあてはまらないが」

「それで、あなたは愛情深い父親でしたよね？」

「とても愛情深い父親でしたよ、お蔭さまで」

ファクワスンが子どもたちは死亡していることを驚くほど早く決めてかかっていたことをティニーに指摘されて、彼は両手のひらを上に向けて振り上げ、傷つき怒ったように笑って抗議した。「俺は自分の子どもを目の前で亡くしたんだ！」

彼は、ギャンビーノが結婚に終止符を打ったあとの取り決め全体について、腹を立てていたということは認めようとしなかった。「残念だった」とか「悩んだ」というのがせいぜいだと言うのだった。ティニーがこの否定について、針で巧妙につついてこじ開けていくように攻めていくようすを、若いエグルストンに見せてやりたいと思ったほどだった。

「もちろん」彼は言った。「ムールズ氏があなたの妻の車を運転していても、問題は何もないですよね？」

五年という年月は、まだこの傷を癒していなかった。ファクワスンはかっとなった。「ええ、なんでです？　俺たちの車を？　あれはまだ、あのときは俺たちのものだったんですよ」

「あなたのではないですよね、別れたあとなのだから？」ティニーは言った。「あなたの妻、あなたの元妻の車でしたよ」

ファクワスンは長きにわたる怒りで顔を真っ赤にした。「まだ俺たち二人の車だったんだ」

けれどもそのときには、もう「俺たち二人」はいなかったのだ。すべて俺たち二人の物はなくなり、消え去っていた。

子どもたちを除いては。

＊＊＊

当日に階上の傍聴席にいた知人男性が、何年かあとになって呻くように言った。「あれはまるで、哀れな動物が死にかかっているのを見ているようだったね。『もういい、撃って死なせてやれ！』と言いたくなるようだったよ」

けれどもそのあいだじゅうずっと、ファクワスンのあの美しくて母親のような介添人は、手を膝の上で組み合わせたり、祈りの姿勢のように顎の下に押しつけたりして、彼のひどいようすには影響を受けていないようだった。この人は席から彼を肯定したり励ましたりするようなとても優しい表情で見上げていた。頭を傾げ、ゆっくりと考え抜くように頷くさまは、まるで彼が言っていることすべてが明らかに真実だと熟考しているかのようだった。一度か二度、彼女はファクワスンに向かってそっとウィンクした。この哀れな男が、まごつきながら辛く苦しい物語を進めていこうとしているあいだ、彼女は何か無尽蔵のキリスト教的源泉から大いなる愛を送っていたのだ。

その週の日曜の晩に私は、妹がメルボルンゴスペル聖歌隊で歌うのを聴きに、フィッツロイにあるイヴリンホテルに行った。フィッツロイのような今風の地区で、ゴスペルを聴きに人がたくさん来るとは思っていなかったのだが、会場のバーは人でぎっしりだった。最初の曲は救いの水が足元まで流れてきて、やがて身体を持ち上げていく、というものだった。どきりとして私は、華々しいハーモニーのうねりに身を任せているピアスやタトゥーを入れた聴衆のなかに、モリセイやティニー、ファクワスンやその姉たちがいるような気がして振り返った。無神論者も信者もみな分け隔てなく、喜びに目を見張らせて身体を揺らしていた。六〇人強のコーラス隊がゴスペル「イエスは告発を取り下げた」を一斉に歌い出したときには、私はこの力強いコーラス隊を、バンドを、聴衆を、そして法廷に現れたすべての登場人物を、屋根を通り抜けて空へ投げ上げ、都会を、プリンシズハイウェイを越え、あの名もない貯水池のほとりへと運んでいった。そこで私たちは刀を投げ捨て、共に歌い、叫び、告白し、そのうちに純白のローブをまとった三人の子どもたちが、喘ぎ、水をしたたらせながら池の底から引き揚げられ、母の腕に収まって完結するのだ。

翌朝冷静さを取り戻した私は、弁護団の敵対的な視線をあびながら第一一法廷で腰をおろした。そこでは旧約聖書の報復の精神がまだ支配しているのだった。だが廷吏が私たちに立ち上がるよう呼びかけてこう言って儀式を始めると――「この栄光ある法廷に関わる者はみな参列し、述べるべきである」――私は「アーメン！」という叫びを抑えようと唇をかみしめるのだった。

ファクワスンは証人台の三日間に耐えた。弁護側は主張を立て直せなかった。モリセイがあれだけの苦労と力を集結し情を込めた献身によって打ち立てようとした牙城は、その根底が弱かったのだ。というのも、いかに彼が骨を折っても、陪審員が彼の依頼人を好ましく思い信用するようには仕向けられなかったからだ。それからの二週間にわたって最後の証拠について聞いているのは、人が、恐ろしくゆっくりした速度で崖の側面を滑り落ちるのを見ているかのようだった。ときにそのシャツが突き出た枝に引っかかり、岩棚や地層の小さな出っぱりで落下が妨げられる。だがシャツの布は伸びて切れ、狭い岩棚も崩れ落ち、またその人は滑り落ちるのだ。足を下にして、目を見開き、手を空に伸ばしたまま。

ボックスヒルから来たロブ・ゴードン博士という名の臨床心理士が、もしかするとその着陸場所を提供してくれそうに見えた。白髪に物静かな雰囲気のある、会議で忍耐強く何時間も理路整然としていることに慣れているような、官僚的な物腰の人だった。その専門は、トラウマに関連した障がいの診察と治療だった。カミンズ裁判官は、ファクワスンに忠実なグリーフカウンセラーのグレゴリー・

ロバーツについては、専門家として証人に足るかどうか厳しい見方をしていた。そのロバーツとは異なりゴードンはその分野では何十年にもわたり尊敬を集めていた。

モリセイはゴードン博士と事件の全容をおさらいした。道路脇にいたときのファクワスン、ギャンビーノの車のなか、貯水池に戻ったあと救助志願者たちが彼の冷淡な態度と救助に加わろうとしないようすに怒ったときのこと。当初（ほかの多くの心理専門の証人と同様に）私は緊張して博士の証言を待っていた。これまでの人生経験により心理的な過程というのは複雑で不思議なものだと考えていたことを愚弄するような、箇条書きの単純図を示されるのだろうと身構えていた。ところがその代わりにゴードン博士は、広範囲にわたる面白い講義を繰り広げた。それはとても明晰な、トラウマのメカニズム、その脳に与える心理的影響、そしてそれが人間の行動にどのように作用するかについての解説だった。その雄弁な語り――パニックや恐怖によって反射的な爬虫類脳状態になることから始まって、乖離、麻痺、無関心が起こる仕組み――によって、ファクワスンの当夜の経験をとても同情的に説得力を込めて再構成してみせたのだった。ファクワスンはその落下の途中でいったん止まり、震えながら確かな岩棚で引っかかっていた。

ティニーは苦もなく、当夜のファクワスンの行動の大部分が「大きな精神的ショック状態にある人にしては異例の範囲だった」ことをゴードン博士に認めさせた――たとえば、事故の数分後には子どもたちの死を受け入れて諦めてしまっていたこと、子どもたちを貯水池に残したまま現場を去ったこと、救助の申し出や電話の使用を断ったこと、救助の試みに興味を示さず、水中のどの辺りに車がありそうなのかについてのレスキュー隊の問いかけに対して何の助けにもならなかったこと、そして救急病棟では子どもの行方について通り一遍の質問さえもしなかったのに、自分がどうなるのかについては警察に強く問うていたこと。

けれどもティニーがさらに踏み込んで、こういった奇妙な振る舞いが、事故に遭った人ではなく殺人の意志を持って意図的に貯水池に車を突進させたような人についてはどうか、とゴードンに意見を求めようとしたところ、ラズリー裁判官が突然制止して、廷吏に付き添わせて証人を退出させた。その不在のあいだにティニーは質問に固執した。ラズリーは説明を求めた。モリセイは反対した。結局ラズリーは思慮深く（また私が思うに不承不承）その場の決定としてティニーの質問を取り下げることとした。そういう方向性での尋問をしてはならない、と。

ゴードン博士はまさにその日の午後中東に出立することになっていて、二時には空港に着いていなければならなかった。もう一時近くになっているのにまだ法廷の外で待っていたのだ。だが彼が退廷を許可される前に、廷吏が法廷に戻ってきて裁判官に公式に半透明の紙を一枚手渡した。それは、退出していた陪審団からの申し入れだった。ラズリーはそれをさっと読んだ。そして笑みを抑えられなかった。彼はそれを読み上げた。そこには、ティニーが臨床心理士に聞くことをたった今彼が拒んだばかりの質問が二つ挙げられていた。陪審員たちは議論の流れを感じ取っていて、蚊帳の外に置かれまいとしたのだ。

「閣下」ティニーはそっけなく言った。「これまでに私が聞いた陪審員からの質問のなかで、これら二つは最良のものと思います」

この差し戻し審にはユーモアのかけらもほとんどなかったが、このときばかりは法廷全体がわっと笑い出した。

ゴードン氏が呼び戻された。ラズリー裁判官は彼にその質問をした。「一、トラウマは、それが関わる出来事が故意、または不慮であるにかかわらず存在するのか。二、もし存在するのであれば、事故に遭った人と、その事故を計画的に起こした人について、行動上の明確な違いはあるだろうか？」

「行動上明確な違いが見られるかどうか予測するのは」ゴードン博士は言った。「難しいことだと思います。けれどもトラウマ自体の構造が違ってくるでしょう。最初の場合――事故のとき――は、トラウマは起こってしまった悲劇そのものです。二番目――故意の場合――は、『これは、自分がしてしまったのだ』ということなのです」

こうして、一人の男が引っかかっていた大きな崖淵がはがれて落ちていくなか、深緑色のスーツを着た臨床心理士は、イスラエル行きの飛行機に乗るために去っていった。

＊＊＊

道路脇で止めた二人の男について、また救急病棟での警察からの訊問について、そして貯水池から這い出たあとに起こったことやしたことの多くについて、ファクワスンにはっきりした記憶がないというのは信じられる気がした。けれどもゴードン博士による恐ろしいストレス下での脳の働きについての明快な説明を聞いていて、原審における陪審員のいないところでの討議を思い出した。それはファクワスンの心理カウンセラーだったコラックのピーター・ポプコが証言台に立とうとしているときだった。裁判官と弁護団が、事件のあと盗聴されていたポプコとファクワスンのあいだの電話の会話に出てきた、ある下りをどのように法廷に出すか協議していた。ファクワスンは警察の捜査が自分を「ノイローゼにしてしまうかもしれない」という強い恐れをポプコに訴えていた。その恐れは特に、自発的に受けることにした嘘発見器によるテストが迫っていたことだった。この類のテストはオーストラリアでは証拠として法廷では認められていなかったのだが。このテストを受けると申し出たことが、無実の証になりそうだった。だが私は、自分が無実と判っていてなぜそんなに恐怖にとらわれるのだろう、と思っていた。今、それが判った。彼は嘘をついているという結果を出されるのを恐れているのではなかった。彼が怖がっていたこと、恐怖のあまり半分狂気のようになっていたのは、機械仕立てで人間の呼びかけに対してまったく影響を受けないそのポリグラフ機器が、その晩に路上で彼が起こしたことの真実を自分自身に示すのではないか、ということだったのだ。彼自身が消し去り、知らないことと自分を納得させ、または純粋に忘れてしまっていた事実を。そして、恐れを抱いたのは当然だった。テストに失敗したのだから。

＊＊＊

検察側の番になると、彼らは原審に引き続いて、専門的証人としてアルフレッド病院のマシュー・ノートン教授を華々しく登場させた。ノートン自身は咳失神の発作を目撃したことがなかった。それが極端に珍しいものであることを高い生理学的専門性をもって説明したので、その話が長くなればなるほど、日常レベルの実質的な一般的経験からはますます遠ざかってしまった。

弁護側として、この象牙の塔にいる教授に立ち向かうために、モリセイは再びクリストファー・スタインフォート内科医を呼んだ。彼はファクワスンの主治医で、咳失神患者のデータベースを構築していた。スタインフォートは、ジロングで咳失神の王国を築いているかのようだった。ファクワスンの原審判決が破棄されたことを知って、地域の人びとが自分の咳発作や失神の話を法律扶助機関のリーガルエイドに持ち込んで、スタインフォート医師を紹介されていたのだ。そのうちの一人が証人台に立った。知的で歯切れよく話す中年の男性で、たびたびひどく咳き込んでしばらく意識がなくなるという話をした。その妻は彼の失神のようすを見たままに説明した。彼らの証言は狼狽するほどに説得力があった。この個人的証言には重みがあり、息を飲むような数分間だけはファクワスンの落下を止めていた。けれどもモリセイはさらにその証人の症歴を掘り下げ——ティニーの手に委ねるのを避けるためであろう——医師たちがこの男性の発作を調べて、その心臓に幼児期から未診断だった穴が開いているのを発見したことも明らかにした。いったいどうやって陪審員がこれほど複雑な医療ケースを評価することが期待できようか?

ファクワスンの事件について知って名乗り出て、ジロングのスタインフォート医師のところに送られた別の男性は、六一歳の、目が飛び出ていて赤ら顔の威張ったような雰囲気の警備員だった。以前はヘビースモーカーで、喘息を患い、肺気腫と高血圧の症歴もあった。彼は何年にもわたって一二回ほど咳き込み後の失神を経験していた。その咳失神が最初に目撃されたのは、家でビリー・コノリーのお笑いDVDを見て爆笑していたときのことだった。次は目撃者がなく、また笑えるようなものではなかった。ある朝メルボルンの株式取引所での夜間勤務から車で帰る途中、ウェスタンリングロードの路上で失神し、反対車線に飛び出してしまい対向車と衝突してセミトレーラーに牽引される羽目になった。最初は、自分も現場検証した警官も、運転中の居眠りだと考えた。彼が咳をして失神したことを思い出したので、危険運転の起訴は取り下げられた。

けれどもモリセイは自ら墓穴を掘った。ある高齢の肺を患った車椅子の男性のビデオ映像を二度にわたって流し、そこで彼が意図的に咳き込んで失神できることを示したのだ。合図に合わせてこの男性が、決然と三度ごほんと声をあげると、身体がぐにゃりとなった。彼の入れ歯が飛び出し、小太りの元気そうな看護師がたくみにそれを捕まえた。しばらくして、彼の意識が戻った。何か言葉のような声をあげ、歯をはめ直すと、紅茶を与えられていた。

そうして、医療専門家の高名さと相反するその実際の経験、ティニーのスタインフォート医師に向けた長くて強烈な反対尋問——そのあいだ、この優秀な証人はかっとなって守りの態勢になり、技術的な説明をくどくどと始めたので陪審員の目は眠たげになり頭が右に左に傾いでいった——のために、この咳失神の証拠はどちらにも有利にならないようなところで再び宙ぶらりんになってしまった。

その後、陪審員への説示で裁判官が彼らの義務について明確に規定した。「専門性のある証人のあいだに起きた意見の対立について判断がつかない場合は、疑義に関わる利点は被告人に与えられなければなりません」私はそうなる可能性があるかどうか危ぶんだ。

＊＊＊

リオナ・ダニエルは、ファクワスンが何度も言及しているソーシャルワーカーでグリーフカウンセラーだった――彼に最初に「圧力」という言葉を持ち出した人物だ。この人が今、証人台に立った。分別ある年齢の、さっぱりしていそうで暖か味のある、人の心に訴えかけるような態度で、笑うと寛大な顔つきになった。事故の夜一〇時に、彼女はジロング病院救急病棟に入っていき、ファクワスンが横になってのたうちまわっているのを見た。彼の顔はとても紅潮していて、と彼女は言った。汗まみれで一時期咳き込み、頭を右に左に振り、髪も衣服もひどく乱れていた。「寝具も散りぢりでした」彼は「明らかに子どもたちについてひどく心を乱していました」彼女の役割は、何が起こったかについて彼に異議を唱えたり問いただしたりすることではなかった。彼の言うことを単純に字義通り受け止めた。手を彼の腕において、優しく話しかけた。スーパーマンではないのだから、と彼に言った。凄い圧力だったろうから、ドアを開けられるはずがない、と。車はすぐに沈んだのだろう。それ以上できることはなかった。彼女は子どもたちが「彼のお母さんと天国にいる」かもしれないとさえ言った。けれどもまったく彼の慰めにはならなかった。彼は、自分はここにいちゃいけないと言い続けた。家に帰りたい、と。ずっと歩いていたい、と言った。みなが自分を責めるだろう、そして自分のせいだとも思っている。彼は言った。「何とかすればよかった、もう少し何とかすれば。子どもたちと一緒にいればよかったんだ」

解釈を付け加えず、何度もリオナ・ダニエルは彼の言葉を引用した。「ここにいちゃいけない、子どもと一緒にいればよかった。ここにいちゃいけないんだ」

＊＊＊

ファクワスンの姪のフィアンセの友人たち男女一群が立体交差で、四台のセダン車が坂を走っているところを家庭用のビデオカメラで互いに撮影した。モリセイが「走行車の即席実験」と呼んだこのボランティアたちの貢献の結果は、アーカート上級巡査によるビデオテストが示したように車が左に逸れたり直進したりするのではなく、重大事故捜査班が注意を怠って見逃した横断勾配によって、確かに右に逸れていくことを示していた。かすかなくすくす笑いの音声が入り、雨が吹きつけるフロントガラスが映ったこの新しいビデオの上映を許可したことで、ラズリー裁判官はモリセイの機嫌をとっているだけのように思えた。けれどもこれは本当だった。車はかすかに右に逸れているようだったのだ。横断勾配には確かに意味があった。警察はそれを計算せず怠慢だったことを見せつけられた。

ファクワスンは頭を後ろに傾けて小さな目を光らせながらこれに見入っていた。一度、彼は顎を上げてまるで「ほら、見たか？」と言うかのように陪審団のほうに振り返った。

この件に関する弁護団の専門的証人はデヴィッド・アクサップで、かつてビクトリア州警察に所属し、現在は自身の交通コンサルタント会社を経営していた。原審ではラプキ氏が、キップリング時代から来たようなこのがらがら声の老練家を巧みに窮地に立たせた。このときアクサップは、砂利と貯水池の縁のあいだに轍を残すためには、車の軌跡に「ハンドル操作」を三回含まなければならないことを認めさせられたのだ。やがてモリセイは、もっと中立的な「方向転換」という言葉に言い直していったが、アクサップの譲歩によって、ファクワスンがハンドルを握っているときに意識を失っていたという可能性は劇的に弱まったのだった。

差し戻し審ではモリセイ氏は、アクサップの勾配グラフが地形について何を表しているかに集中した。アクサップがこの現場で測定したほとんどすべてのことが、意識を保った人が運転してない車が坂を下ると、右に向かう傾向を示している、と彼は言った。アクサップが観察したように、草地に残った轍の真ん中あたりは、アーカートが主張しているようなまっすぐな線ではなく、カーブしている。そして今回アクサップは、三度の方向転換だけではなく、「バンプステア」による数知れないもっと小さな轍が見受けられたと言うのだった。これは、車の前輪がでこぼこの地面の障害物――草の茂み、フェンス、トラクターや家畜によって泥のなかに残って草に紛れた砂利など――にぶつかったときに小さく角度を変えることだ。

アクサップが「スマートボード」を使って説明するよう依頼されたとき、私は端の席からそっと真ん中の席に移動した。側面からでなく正面から見た証人の顔は、三年前に比べてずっと老いて弱々しく見えた。今や彼はたびたび弁護側に質問を繰り返してもらわねばならなかった。アマンダ・フォレスターの反対尋問ではときには身体全体が警戒感を示していた。頭を反らして驚いた馬のようにその白目を剥いた。その後、私は彼の眼鏡の縁に補聴器がついているのを見て心が痛くなった。

フォレスターは悠々と、からかうように自信をもって彼に取り組んでいった。彼女は完円弧とか半径、一〇〇分率比とか角度といったことにひじょうに慣れていたのだ。アクサップは彼女に対して「マダム」という呼びかけをしていたが、娘ほどの年齢の女性に手荒く扱われるのは癪にさわったに違いない。彼が技術的な修正や専門用語を述べるたびに、彼女はしばし黙って彼が優勢だと思わせ、それから頭を傾げて、白い歯を見せてバラ色の頬を膨らませて軽快に笑みを浮かべながら、彼の論点をすくい上げて自分のもっと大きな議論のなかに埋め込むのだ。その一撃のたびに、陪審団のなかの若い女性たちの顔には、満足と思えるような表情が浮かんだ。それはもしかすると、法廷外でこの二〇一〇年六月の同じ時期に社会全体に見られた高揚感の一つかもしれない。この国で最初に女性が首相になったのだから。恐れることなくその土俵に出ていって自由に相手を打ちまかそうとする姿は壮観で、見ていて鼓舞されるようだった。

フォレスターの手にかかり、弁護側の紛らわしい議論は打ち砕かれ、明快でありのままの展望が開けた。もし車のハンドルが操作されていないのであれば、それは地面の状態に沿って進むだろう。それゆえ車は、アクサップが測定したようには坂を下りてさらに轍の弧の通り貯水池に向かって草地を進んだはずがない。地面の右下がりの勾配に対して何か左に向かった力が加えられたのでなければ。

これが、ついに、本件の核心になったのだろうか?

＊＊＊

ゆっくりと悲哀のときが流れるなか、弁護団の議論はロバート・ファクワスンを知るひと握りの同僚や家族の証言に収斂していった。

その一人はビラガラに住む三〇代の主婦で、受付のアルバイトをしているウェンディ・ケネディという女性だった。彼女はきりりとした眉と黒い巻き毛をしていた。被告人席を通り過ぎるとき、彼女はファクワスンに暖かい笑顔を見せた。彼女は彼とギャンビーノがまだ夫婦だったときの友人だった。その息子がタイラーと仲良しで、彼らの家にもよく行っていた。子どもたちの葬儀では彼女は追悼の言葉を述べていた。

ロブは別離について腹を立てていたかって、その通り。動揺していたかって、その通り。けれどもほかの弁護側の証人と同様、彼女も「怒り」という言葉を避けるかのように見えた。この点についてさらに問われて、彼女はあたかもそれを控えめに表現するよう指示されているかのように、緊張した沈黙に陥った。やがて彼女は、不満だった、と言った。がっくりきていたと言ったらよいかもしれない。愚痴る、というか。不満で傷ついていた。ここまでが彼女に言える範囲だった。ファクワスンがムールズについて言った言葉を法廷で述べるよう迫られて「ここで言うんですか？」と彼女は聞いた。

「そうですよ」検察側が答えた。「それが何であろうと、法廷で述べて構いません」

彼女は少女のような笑い声で、語尾を上げて言った。「くそったれ？」

それでも、人がシンディを批判したときにロブはいつも彼女の味方をしていた。「あいつは良い母親だ。ちょっと苦しいときなんだ。今に落ち着くさ」そして確かに彼は親権を欲してはいなかった。でもロブは、ギャンビーノとムールズのいい加減な家庭生活で子どもに影響があることを心配していた。ロブとシンディが夫婦だったときは子どもは規則正しい生活をしていた。決まった時間に寝ていた。けれども新しい家では物事が……違っていた。ロブにとっては「良い状態とはいえなかった」

ファクワスンとギャンビーノが夫婦だったとき、とモリセイは尋ねた。その日常はどうだったか？

家庭生活に彼はどのように貢献していたのか？

ケネディは、ファクワスンが離婚の前後に忠実に行なった正規、非正規両方の超過労働について、そしてジェイが大学に行くための準備金を貯めるという彼の決心について述べた。そして無邪気なようすで「判で押したような人」と彼女が言う人間を描いてみせた。「それがロブです。本当に、同じことしかしないんです。朝起きて、玄関に降りていって、朝食の用意をする。支度して仕事に行き、帰ってくる。家に帰るとすぐに弁当箱を出して片づける。仕事場に台所があっても、自分の皿やカップやスプーンを持参していました。それがロブという人なんです。それからたいてい子どもをフットボールに連れていって、戻ってくると、猫に餌をやる。シンディが夕食の用意をすると、ロブが皿を洗う。片方が風呂の支度をすると、もう一方が子どもを風呂に入れる。そしてまた片方が風呂上がりの子どもの世話をする。それから子どもを床に入れて、寝かしつけるとロバートは居間に戻ってくる。もし長椅子の端がふさがっていれば、そこを空けなければならない。彼がズボンやセーターのような仕事着をそこに並べるから。それから彼は腰を下ろすんです」

ファクワスンは眉を上げて、何度も瞬きしながら彼女の顔を凝視してこれに聞き入っていた。モリセイは、几帳面で整理整頓の行き届いた夫であり父である姿を示したがっていて、ケネディは喜んでそれを提供した。だが彼女は不如意にも彼を、妻に去られたことで家庭内の秩序感覚と個人の抑制力を失った男、という古典的な型にあてはめてしまったのだ。

＊＊＊

子どもたちの葬儀のすぐあと、哀れなグレッグ・キングがズボンの前に録音機を隠してファクワスンを訪ねたとき、ファクワスンは彼にローンにいる仲間のマークと検討している秘密の事業計画について胡散臭い話をしていた。ヨーグルトの販売会社で、年に三〇万ドル稼げるというのだ。この「マーク」という存在について、私はファクワスンがパニックに陥った瞬間に捻り出した作り話のなかの名前かと思っていた。けれども今、この亡霊が法廷に登場して証人台に立ったのだ。青い半袖のシャツを着た、大柄で内気な、感じの良い四〇歳かそこらの男性だった。マーク・バレットはエアリスインレット出身の自営の窓拭き職人で、かつてカンバーランドリゾートでファクワスンと共に働いたことがあり、彼が子どもを溺愛していたことを知っていた。バレットはリゾートの仕事が気に入っていたが、賃金が低かったので辞めざるを得なかった。ヨーグルト事業のほうは、エヴィアと呼ばれるギリシャ風ヨーグルトで、マークの義理の兄のさらに義理の兄が、シドニーに大きな工場を所有していた。とても売れ行きがよく需要に追いつかないほどで、続けてビクトリア州のサーフコーストでの販売者を探していたのだった。バレット自身は気乗りしなかったが、ファクワスンが「新しい暮らしをしたがっている」と知っていたので聞いてみた。けれどバレットが知る限り、ファクワスンはまったくその機会を追求しようとはしていなかった。彼は、それは話の上だけのことだった、と言った。

ギャリー・デイヴィスというカンバーランドリゾートの雑役係は、猫背で痩せ、長い腕に大きな手の、悩める顔つきをした男だった。ファクワスンがいつも一週間おきの日曜に仕事を休んだので驚いていた。「だって日曜は稼げるんですよ。そこで金が入るんだ。賃金の低い仕事なんだから」彼は、ファクワスンが子どもをオースキックのフットボールプログラムに連れていき、代わりにずっと賃金が安い月曜に働くことに対する自分の驚きを再現してみせた。子どもたちが死亡した二週間ほど前、デイヴィスがカンバーランドの客室清掃部にトロリーを押して戻っていったとき、ファクワスンが雨水の排水溝の鉄格子に覆いかぶさるようにしているのに出くわした。「彼は膝当ての上に両手を置いていて、その顔はトマトのように真っ赤で頬が破裂するようでした——排水溝に向かって咳き込んで止まらなかったんです。唾が飛び散るのが見えました。ウィルスか何かだろうと思って近寄りたくなかったんで、少し近くまで行って咳がやむまで待ってたんです」

＊＊＊

家に帰る途中、駅の近くの商店街に寄った。前に、車の運転中に失神した話をしてくれた青果商が、車が貯水池に飛び込んだ進路について気になると言った。私はファクワスンが自分も一緒に死にたかったのだと思うかどうか聞いてみた。青果商の男はこれを認めようとしなかった。「もしそうしようとしていたのだったら、今もっとひどい状態だろうと思うよ。写真で見るとずいぶん健康そうじゃないか。三人の子どもが死んだ男には見えないね」

けれども自分の子どもがみな死んでしまった男というのは、どのように見えるというのだろうか？

＊＊＊

弁護側の陳述の最後の日、真珠のボタンがついた淡いグレーのカーディガンを着たファクワスンの姉のカーメン・ロスが、裁判が始まってから彼女の家で弟に起きた失神について、生々しく説得力のある説明をした。弟が咳き込み始めたとき姉は台所で夕食の支度をしていて、彼のほうは居間で姉に背中を向けていた。「シーッ」というような音を出したかと思うと、「ジャガイモを入れた袋が倒れるように」崩れ落ちたというのだ。ホットプレートの火を止めて駆け寄ると、彼は椅子とキャビネットのあいだの床の上で、半分身を起こして座っていた。目を見開き彼女を見つめていたが、意識がはっきりせず反応もしなかった。脈が感じられなかった。身体は冷えて顔が青白かった。揺さぶって名前を呼んだ。手がぴくりとして頭が左右に動き始めた。そして瞬きをした。手と膝をつかせて助け起こし、椅子に座らせた。何か呟いていたが、少なくとも一分じっと座ってからようやく周囲に気づき始めた。

この感じの良い女性の証言を聞きながら、多くの殺人犯にも信頼できるまともな兄弟姉妹がいるに違いないと思った。この姉の話を信じていても、弟が貯水池に飛び込んだときは意識があったと思うというのは、どういうことなのだろう？　初めて私はこの二つの説が互いを排するものではないということに気づいた。そして再び、この裁判で出てきた夥しい量の証拠は的を外れている、という感覚にとらわれた。常軌を逸するほどに詳細な証拠の矢が放たれ、けたたましい音を立てたあと、豪雨のあとの川のように通り過ぎていった。いわゆる理性という機能に急かされて、ファクワスンの罪に対する感覚が震えて揺れ動くのを感じていた。だが束の間の平静が訪れるとすぐに、同じ小さな疑念がうごめき湧き上がってくるのだ。「これは、当夜何が起こったかについて、どちらの側についても何の証拠にもならない」

どうすればいいのか？ 何が真実なのか？ どのようなものであろうと、それはどこか遠くの、漠然とした苦しみの領域のなかにあり、言葉では表しきれず、知性が求めても抗っているのだ。

徹底的に詳細にまで分け入った二つの最終弁論には、きっちり一週間を要した。

木曜の午後、精神的にへとへとになっていた私は、天井近くでかすかに引っ掻くような、もしくはぶつかるような音が聞こえた気がした。見上げてみると、法廷西側の壁にはめ込まれた高い窓ガラスの外側の表面を、定規くらいのサイズの細い棒が行ったり来たりしながら拭いていた。もしファクワスンが見上げていたら、自分の幽霊がすでに仕事をしているように見えたかもしれない。

ラズリー裁判官は陪審員に説示を始めたとき、確認しているのか言い訳しているのか、どちらとも取れるような口調でこう言った。「私は弁護団の修辞的な表現や非難めいた口調を真似るつもりはありません」最初、彼は自分の宣言通りに行動した。まる三日と半日にわたったティニー氏の最終弁論を、忠実に物憂げに辿った。口調を変えず淡々と、その長い文章を読み上げていった。彼は特殊部隊が匍匐前進するように、また藪を切り開いていくように進めていった。陪審員は退屈と戦わねばならなかった。彼らは誠実に顔を裁判官に向けメモを取った。被告人席のファクワスンは、緊張のため蒼白で険しい顔つきになり、もじゃもじゃの眉は前髪の高さまでぴんと張っていた。そんな彼を見るたびに、そこに座ってまたこれに堪えなければならないと思うだけで哀れだった。彼は、ときに緩めた唇のあいだから空気を吐き出したり、シャツの脇をはためかせて汗を乾かしたりしていた。またときおり悩めるような大きな溜め息をついた。

けれどもモリセイの最終弁論について一時間語るにいたったとき、ラズリー裁判官の態度は驚くべき変化を遂げた。殺人事件の裁判における最後の言葉が弁護側によって発せられると言う事実が、国家の絶大なる権力の証であるわけだ。けれども私は彼の言説に漲っていた溢れんばかりの精力に衝撃を受けた。その声の調子は高まっていた。彼はその強弱や調子を自在に変えていた。モリセイの弁論は確かにティニーのそれよりずっと暖かいものだった。もっと俗語混じりで直接的で自然で。その要約を語りながら、ラズリーは力強いスピーチのリズムを真似ずにはいられなかった。自分の声が突然表情豊かで力のこもったものになっていることを意識できないはずは絶対なかったのでは？　当初否定していたにもかかわらず、彼は確かに弁護人の修辞的な表現を使っていた。モリセイの論証に、その話しぶりをまとわせていたのだ。モリセイ自身が語ったときよりずっと説得力あるように響かせていた。モリセイの冗談の一つを引用さえした。その語り口調が旋律豊かに響いて、まるで自分自身の考えを述べているかのようだった。手のジェスチャーまで入れていた。強調するときには頭を振った。鬘の巻き毛が首の後ろで踊りはねていた。手元の書類から目を上げて陪審員たちの目を見つめていた。彼らはこの驚くべき調子の変化に影響を受けているのだろうか？　私は見ていて信じられなかった。突然、ファクワスンが無罪になると確信できた気がした。

とうとうラズリー裁判官は、陪審員を評議のため退出させた。起立した廷内を着席させ、お辞儀をすると、堂々たるようすで裁判官席の後ろの重い木の扉からさっと出ていった。自分を慰めるかのように、ピンクのレポートパッドを両手で胸に抱えて。

＊＊＊

私はジャーナリストたちと法廷をあとにした。

「どう思う？」私は若い女性記者の一人に聞いた。彼女は暗い表情で私を見た。「ファクワスンが逃れる可能性が高いと思うわ。奴はやったんだと私は思うけれど、証明できていないから」

その晩ラジオをつけると、ラジオナショナル局の「事件の背景」という番組で、有名な事件で無罪を勝ち取ったばかりのシドニーの刑事弁護士がインタビューを受けていた。

「あなたは確信をもって」とジャーナリストが質問した。「依頼人が無実だと言えますか？」

「私には関係ないことです」とその弁護士はとげとげしい耳障りな声で答えた。「私は彼の裁判における弁護士なのです。彼が有罪か無罪かは私の関心事ではない。それに私はこれまでの裁判で、その結果によって影響を受けたことはありません」

このような神経に障るような瞬間には、あるスピーチから引用された所見を思い出さずにはいられなかった。それはイングランドとウェールズの首席裁判官を務めたビンガム卿の言葉だった。彼は、法律に無関係な一般人を治安判事に任命することを強く支持していた。というのもそういう人たちには「プロの法律家に特有の、大部分の人には多かれ少なかれ受け入れられないような考え方、話し方、態度がないから」というのだった。

何年も経ってから、ある朝『エイジ』紙の逝去欄で、一人のビクトリア州刑事裁判担当弁護士への追悼文が幾つも掲載されているのを読んでいた。この四〇代の弁護士は侵襲性の強い癌で亡くなったのだった。彼は数多くの人たちから、ひじょうに誉高くそして親しみを込めて追悼されていた。人びとはその悲哀を崇高な表現やたどたどしい決まり文句で示そうとしていた。一つの簡素なメッセージがほかのどれよりも私の心を打った。私はあなたのお蔭で今日自由の身であるのです。

＊＊＊

陪審団が出ていった。私はジャーナリストたちと中庭を歩きまわったり、一人で建物の遠い端までぶらついてみたりしていた。何か奇妙な、どんよりした魔法にかかったような雰囲気が建物の内部には満ちていた。一瞬私は誰もいない廊下の奥からピアノの音が聞こえた気がした。

通り過ぎていった弁護団はひどく陽気に見えた。そのうちの何人かは私を見ると明るい笑顔で挨拶を寄こしたので、あの三か月にわたる私への無視は、想像のなかだけだったのかと思うほどだった。ある午後、蛍光灯に照らされた人のいない報道記者室の窓からレースカーテン越しに陪審員が中庭に列を作って進んでいき、そのブルーストーンが敷き詰められたスペースに広がって歩き始めたのを私は見ていた。彼らのようすはまさに囚人のようだった。誰かが、陪審員たちの部屋から大声が上がるのを聞いていた。

「陪審員不一致か、無罪だろうな」とＡＢＣの記者がいった。

三日が過ぎた。

四日目の昼休みに通りに出ていったとき、サザンクロス駅のキッチン用品店の外でベヴ・ギャンビーノにばったり出会った。

「今日はタイラーの誕生日なのよ」悲しげな笑顔で彼女は言った。「今日で一二歳になるはずだったの」

「どんな子だったの、ベヴ？　ほかの二人については聞いているけど、タイラーのことはまだ」

「えぇ」彼女は言った。「とてもいい子だったわ。物静かで、いつもぎゅっと抱きしめてあげた」

私たちは歩道に立っていた。寒々しい日で、霧のような細かい雨が降っていた。彼女の腕を取ってあげたい気がした。

「私、ふらふらと見てまわっているだけなの」彼女は言った。「見ているけど、何も頭に入ってこないのよ」

＊＊＊

その日の五時一五分前に陪審員たちが戻ってきた。重苦しい沈黙のなかで裁判官の呼吸さえ聞こえるほどだった。

三件共に有罪。

人が打ち負かされるのを見るのはひどいことだと言われるが、そのときのピーター・モリセイほど強張って真っ青になった顔を見たことはなかった。

並んで座っていたファクワスンの姉たちと介添人は、まるで日よけのようにその手で目を覆っていた。衝撃と苦しみのあまり震える口元だけが見えていた。のちにラジオで、私はファクワスンが「驚きと苦しみに身を震わせ、『何だって?』と口に出していた」ことを知ったのだった。だがそのときは、刑務官を両脇にして拘置所に連れられていく後ろ姿しか見えなかった。そのがっくりとした肩、散髪したばかりで襟の上に青白い皮膚が見えている短い首。

そしてシンディ・ギャンビーノは泣きも嘆きもしなかった。その代り、彼女は気絶しそうな母親の頭を自分の首の下に引き寄せ、そのこめかみにキスした。その深い愛情表現と、思いがけない優しさに、私は目を逸らすしかなかった。

＊＊＊

二〇一〇年九月一六日のファクワスンの量刑審理が終わりに差しかかったとき、モリセイ氏はこの訴訟において自らに課した縛りを破った。依頼人の指示に背くつもりだ、と彼は言った。依頼人の指示とは真逆だが——彼は裁判官に、ファクワスンのありのままの行動を見るように求めた。「子どもを道連れに自殺しようとして道路から逸れて運転した」これは赦免を求めるための、土壇場での最後の乱暴な主張だった。ラズリー裁判官の顔は無表情のままだったが、ファクワスンの顔は紅潮し、怒りにゆがんでいた。

＊＊＊

刑の宣告は一か月後の二〇一〇年一〇月一五日に予定されていた。第一一法廷の施錠された扉の外には早くから人が集まっていた。一〇時一五分に延吏が現れた。審理は一時間遅れることを人びとの群れから群れへと囁き声で次々と知らせてまわった。理由は告げなかった。人びとは散っていった。私は最高裁内の図書館に行って新聞を読もうとした。一一時一五分に法廷に戻ってみると、扉は開かれていて、人びとはすでに列をなして腰かけていた。私は何とか真ん中あたりの、五人の巨大な重大事故捜査班のメンバーの列の後ろに席を見つけた。沈黙。一一時半に延吏の公式なノックがあった。鬘を被り赤い法衣を着たラズリー裁判官が堂々と入ってきた。

ティニー氏が立ち上がり次のように告げた。理由の説明はなかったが、ギャンビーノ氏とムールズ氏はウィンチェルシーを出るのが少々遅れた。今彼らは交通渋滞でウェストゲートブリッジにいる。裁判官閣下には、彼らが到着するまで進行をさらに一〇分遅らせていただけないだろうか？

ラズリーはその裁判官席の背に身体を預けた。普段にない苦々しさを示すような表情で、数秒黙ったままだった。ウェストゲートブリッジから一〇分で来るというのは、と彼は言った。現実的ではないのでは。刑の言い渡しにはおそらく三〇分ほどかかるであろう。彼らは終わり頃に着くのでは。モリセイは待つことには異議なしと言った。裁判官は彼らが間に合うように短時間手続きを中断することを許可した。

ファクワスンの家族は、私が裁判の大半を傍聴していた脇のほうの席に、寄り添い合って座っていた。法廷では雑談の声が聞こえていた。あるジャーナリストが、ギャンビーノとムールズは五日前の、二〇一〇年一〇月一〇日という縁起の良い日に結婚したと教えてくれた。待っているあいだ、偶然ケリ・ハンティントンと目が合った。私たちはうなずきあったり感情を見せたりすることもなく見つめ合い、すぐに目を逸らした。後ろの被告人席にいるファクワスンのほうに目を走らせた。髪は長くなり、顔は膨れて年をとり、皮膚はクリームがかった灰色を帯びていた。一〇分、二〇分、そして三〇分経った。それから女性の低くてきつい声を聞いた。「ほらほら、お出まし、お出ましよ」警官の背中の列に沿ってギャンビーノとムールズが法廷に滑り込んでくるのが見えた。弁護団席の後ろに座ると、ギャンビーノが黄色の櫛を出して頭から肩まで紫に染めた髪をとかすのが見えた。私はハンティントンのほうを見た。また目が合った。彼女の顔はふわふわした巻き毛の下で微動だにせず、敵意と不信の念が発散していた。

ラズリー裁判官が席に戻った。彼は生気に満ちた表情豊かな声でその所見を述べた。この犯罪を嘆いているが、グレッグ・キングの「極端な」証言は受け入れず、この証言によってファクワスンを裁くのではないと言った。ファクワスンは社会にとって危険ではなく、子どもたちの殺人の前は人物に問題はなかったと述べた。三件につきそれぞれ無期懲役、最短でも三三年の刑に処す。

泣き声が起きる前に私は身のまわりの物を掴んで飛び出した。外では天国が開けていた。私はサンドイッチ店に飛び込んで暖かいパイにかぶりついた。ロンズデール通りに戻ると、ボブとベヴ・ギャンビーノが、向けられたテレビカメラを大きな傘でよけながら身を隠せる場所へと急ぐのが見えた。彼らは私を見ると手を振った。その表情は、今までにないほど開放的で吹っ切れたようだった。私たちはさよならを言い、反対の方角に歩いていった。私はずんずんと家に向かった。傘は風でひっくり返り、ズボンは膝まで濡れていた。

＊＊＊

あの日、この物語がどれだけ長引くことになるか誰も判っていなかった。

一年半後の二〇一二年五月に、今度もモリセイ氏を弁護人として、ファクワスンは再びビクトリア州最高裁判所に控訴し、棄却された。

二〇一三年八月一六日、彼はメルボルンでキャンベラの連邦最高裁判所に上告する特別許可を申請した。これが彼の最後のチャンスだった。かつてギャップイヤーのときに一緒に傍聴したルイーズが、その聴聞に突然現れて、私の横の席に座った。すでに若い女性になっていた。もうこの登場人物たちを見てから六年が経っているのだ。彼女はこの人びとがずっと年をとって疲れて見えることに衝撃を受けていた。

首都から来た威厳ある連邦最高裁判所の三人の裁判官――女性一人、男性二人――の前で、モリセイは二〇分の陳述を許された。立ち上がると、その黒の法衣が以前に比べて驚くほどの肉が削げている胴体に緩く翻った。ラズリー裁判官は、と彼は主張した。ファクワスンを殺人ではなく過失致死で有罪になり得ることを陪審員に知らせていなかった。ファクワスンは気管支の状態が悪く突然気絶することがあると判っていた。それでほかの道路上の人や自分自身の子どもの命を危険に晒すという過失を犯した運転者だったのだ。裁判官らは冷静に、表情も変えず、礼儀正しく聞いていた。二〇分という制限は厳格に適用された。「お終いですよ、モリセイさん」と、真ん中に座った裁判官が残念そうな笑みを浮かべて言った。三人は立ち上がり席を離れた。その不在のあいだ、三人の謹厳そうな若い職員が、まるでお伽話に出てくる人物のように、微動だにせずその空席の背にきちんと手を掛けて立っていた。誰も口を開こうとはしなかった。四分後、裁判官たちが押し寄せる波のように戻ってきて席に座った。

答えは否、だった。連邦最高裁判所はロバート・ファクワスンの上告を却下する。

その晩テレビのニュースでシンディ・ギャンビーノとスティーヴン・ムールズが法廷の外でカメラの前に立っているところが映し出された。

「これに私の人生の一〇年近くが費やされました」彼女は静かに言った。「子どもたちも安らかに眠っていることと思います」

二人は背を向け歩いていった。スポットライトの外に出てブルーストーンの側溝から道を渡って去っていくその後ろ姿は、わびしく、小さく消え入るように見えた。

もしロバート・ファクワスンが貯水池に故意に車で突っ込んだことに疑いがあっても、それは風に揺れる煙草の巻紙ほどの薄いものであり、私が最初に黒い水から引き揚げられる車の写真を見たときに心に浮かんだ、叶えられなかった祈りくらい不合理なものだろう。

私の思いは絶えずKマートの駐車場に停まった古いコモドアに戻っていく。ファクワスンが車を停めると、一番下のベイリーがチャイルドシートで眠ってしまっている。彼はベビーカーを忘れてきたので、子どもの目が覚めるまでラジオをつける。この悲しい父親はポンコツ車のなかで子どもたちとフットボールの試合中継を聴きながら座っている。このおんぼろの鉄とガラスでできた箱が、子どもに与えてやれる唯一の居場所だ。

私はジロングで生まれ育った。あの地方の冬の時期、日曜の午後の重苦しさともの哀しさを覚えている。バーウォン川がそのこざっぱりした川岸のあいだを流れている。色彩のない通りを車が静かに通る。柵の根本には湿っぽい雑草が生えている。しん、と空気は冷たい。鋼色のような雲は切れることがないだろう。時間は止まったかのようだ。未来がない。年月を経た火山地質の荒涼とした風景のなかで、人が抱えているわびしさが顕在化する。何かを引き起こす生命力が、その秘密の檻のなかで静かに炎を燃やしている。

夜になるまでにポンコツ車は凶器となり、やがて棺桶に変わる。

ジェイ、タイラー、ベイリーが、ボブ・ザ・ビルダーとボンバーズの金色のエンブレムに見守られながら静かな墓地で横たわっていることに思いを馳せるとき、彼らを自分のものとする家族の怒りが想像できる。「この子たちのことは知らなかったではないか。会ったこともない。なのにどうして自分の『悲嘆』として語れるのか?」

けれどもこれ以外に表せる言葉はない。子どもたちを知らなかった人でもみな、この子たちを喪失した悲しみを覚える。あらゆる人の胸が張り裂ける。まさに私たちはこの子たちの運命に関わったのだ。この子たちの死を私たちは悼むのだ。この子たちはもう私たちすべてのものなのだから。

訳者あとがき

事故か、それとも故意の殺人か。本書は、実際にあった事件の裁判を作者ヘレン・ガーナーが傍聴し、法廷で繰り広げられる人間劇を語る物語だ。登場する人びとを観察し、それぞれの人間性と感情の機微、背景に抱える問題や互いの関係性に思いを巡らし、裁判に没入してその行方に自らも深く影響を受けていく過程が、迫真性をもって展開される。

この法廷で求められているのは誰にとっての「真実」だろうか。それぞれの記憶、思惑、自尊心、本能、愛憎、計算が働き、さらに語られることと語られないことが入り混じるなかで、関係者全員の人間模様が繰り広げられていく。子ども殺しという恐ろしい事件だが、直接的な暴力は視覚化されない。ただ法廷という抑制が効いた場所で、人の憎しみや怒り、嫌悪が渦巻くようすが、簡潔にそして率直に語られ、子どもたちの死だけでなく人間そのものの悲しみ、哀れさ、救いようのなさへの悲嘆《グリーフ》が、作者の筆致によって余すことなく伝わってくる。

＊＊＊

著者のヘレン・ガーナーは、一九四二年に本書にも出てくるビクトリア州ジロングに生まれた。メルボルン大学卒業後、数年のあいだ高校教師をしている。その後フリーランスのジャーナリストとなり文筆活動をスタートした。作家としてのデビュー作『モンキーグリップ』（一九七七）は、一九七〇年代のメルボルンを舞台に若者たちのカウンターカルチャーとボヘミアン的生活を描き、映画化もされた。発表当時はその赤裸々さも含めて賛否両論だったが、今では、その時代と人びとの考え方をよく表現した現代オーストラリア文学の古典とみなされている。この作品には自伝的要素が色濃く反映されており、その後ガーナーは自分の経験をもとにした小説や短編小説集を多く出版、さらにノンフィクションを書き始める。ことに一九九〇年代以降はオーストラリア社会の問題を象徴するような題材を扱った作品でよく知られるようになる。

そのノンフィクションの一つである『ファーストストーン』（一九九五、邦題『セクシュアル・ハラスメント――性と権力の迷宮』明石書店、二〇〇八）は、刊行と同時に議論を呼んだ作品だ。一九九一年にメルボルン大学のオーモンド・カレッジで実際に起きたセクハラ事件とその顛末、そして自身が取材を通していかにそれに関わったかが描かれている。これは学寮長がカレッジのパーティーで、ダンスの相手だった女子学生の身体に触れたり別の女子学生によからぬ振る舞いをしたりしたとされ、その二人に訴えられたことが発端だった。伝統と格式あるカレッジで起こったこの事件は、大きく報道され関心を集めた。

ガーナーは一連の出来事に心を奪われ、自分なりの調査によるルポルタージュ風の本を書き始めたが、次第にジャーナリスティックな事実報告ではなく、問い合わせや面談によって接触した関係者たちと自身の関わりを中心に語り始める。ガーナーは一九七〇年代から八〇年代にかけてのフェミニスト文学の興隆を担った作家であり、いわば第二世代のフェミニストだ。セクハラ事件そのものについては、その娘の世代にあたる九〇年代のフェミニストたち、すなわち女子学生とその支援者たちとは一線を画している。ガーナーは、彼らはもはや力関係では男性側より優位に立つとみなしていて、なぜ警察に駆け込むことから解決しようとしたのか疑問を抱く。訴えた二人の女子学生は作者のインタビューを頑なに拒み、学生を法的・精神的に守る立場の女性教官やフェミニストたちからも対決姿勢を突き付けられる。一方の学寮長はその地位と権力ゆえに過剰に糾弾され、やがて大学、カレッジという組織と制度を守るために追放され、より大きな権力の犠牲者として描かれる。「罪のない者だけが（姦通を犯した）この女に石を投げよ」（「ヨハネによる福音書」第八章七節）のタイトルからも判るように、これは当事者だけでなく、ますます複雑化しつつある現代社会を生きるすべての人びとが関わる問題を提起したといえる。

事件とその関係者に自ら関わり入り込むというガーナーの手法は、その後も一九九七年に若いエンジニア職の男性がガールフレンドの法学部女子大生が謀った心中未遂のすえ殺されるという事件を取材した『ジョー・チンクェの慰め』（二〇〇四、二〇一六年に映画化）などで発揮される。このようなガーナーがフィクション、ノンフィクションを問わず、卓越した作家として広く読者に受け入れられていることは間違いない。オーストラリアには一九六一年に創刊された『オーストラリアン・ブック・レビュー』という月刊書評誌があり一二月に執筆者らがブック・オブ・ザ・イヤーを推薦する。二〇一六年には同年出版のガーナーのエッセイ集が複数の書評家から挙げられている。二〇一七年には作者が七五歳になったことを祝ってフィクション集、ノンフィクション集が二冊セットで刊行され、またバーナデット・ブレナンによる研究書が出版された。さらに同年には英国BBCが三五か国の批評家や作家、ジャーナリストに対して行なった「世界の人びとの意識を形成し歴史に影響を与えた文学作品」を募ったアンケートで、『モンキーグリップ』がオーストラリア作家の作品で唯一トップ一〇〇に入っている（一九七〇年代に出版されたものでも唯一だったようだ）。同じ作家や批評家といった玄人筋からも評価されていることからも、ガーナーが現代オーストラリア文学を代表する作家といってよいだろう。

そしてガーナーのノンフィクションが好評を博しているのは、その文学的な描き方によるものだ。ガーナーは「感覚的で世俗的な世界について荒々しいほどの観察眼をもつ作家」とも評されており、それは小説家として培った卓越した比喩表現やことばの選び方による描写力が、ときには痛々しいまでに辛辣に行使されていることに伺える。恐らく書かれた人が喜ぶはずもない、ある種の真実を、的を得た描き方で再現する——これによってガーナーは「クリエイティブ・ノンフィクション」とも呼ぶべきジャンルの物語を展開しているのであり、その手法は『グリーフ』でも十分に発揮されている。

＊＊＊

ファクワスン事件の裁判を、ガーナーは予備審問からビクトリア州裁判所における第一審、控訴を経た差し戻し審、再度の控訴と連邦最高裁への上告が却下されるまで、七年ものあいだ追い続けた。元妻への復讐による計画的殺人か、心中未遂か、咳失神による事故か——被告ロバート・ファクワスンは殺人を犯す「怪物」のようには到底見えない平々凡々たる男だ。だが裁判では、上辺からは分からない人の心の暗闇が明らかにされていく。本書でも明言しているように、ガーナーはここではいわゆる報道ジャーナリストとしてではなく、「フリーランスのジャーナリスト」、「好奇心ある一市民」、「素人」である一傍聴人として参加している。専門用語が飛び交い退屈になりがちな法廷の審理を簡潔な描写で描き、時には臨場感を与える現在形を用いて生き生きと伝えている。また裁判の行方についてはあくまでも観察者に徹し、ひたすら聞く姿勢を保つ。そして裁判記録には残らない登場者たちの表情、視線、身振り、気分をすくい上げて伝えている。その視線はあたかも劇場にいる批評家のようだ。
この司法の場で、ガーナーは自分自身の意見や疑問、迷いは示すものの、断罪はしない。被告ファクワスンについて、肩入れこそしないが、犯罪者として切り捨ててもいない(そのせいで本書刊行後には、ファクワスンを糾弾する一部から批判も浴びたそうだ)。そしてそれが繰り広げられるこの法廷という劇場で、私たち読者も傍聴者となる。被告、証人、陪審員だけでなく、弁護士、検察官、裁判官でさえも、感情を持った人間としてその劇での役割を演じている

本作では、ガーナー自身も含めて感情と本能に流されがちな一般市民からは一線を画して、法の名のもとに厳格に真実を抽出して裁きを下そうとする司法の存在が浮かび上がる。結局、この裁判と判決での犠牲者は誰だったのだろうか。三人の子を喪ったシンディ・ギャンビーノか、家族をはじめファクワスンを支援する人びとか、否応なしに引き出され証言させられる証人たちか、またはファクワスン自身なのか。そのなかで求められる真実とは何だろうか。ガーナーは「どうすればいいのか? 何が真実なのか? どのようなものであろうと、それはどこか遠くの、漠然とした苦しみの領域のなかにあり、言葉では表しきれず、知性が求めても抗っているのだ」と述べて、そのつかみどころのなさを表現している。曖昧さのベールのもと、グレーゾーンのなかで、司法はあくまで法にのっとり裁きを下そうとする。この法制度とその番人たちを、ガーナーが「畏れ」をもって見つめ敬意を表していることが、本書がその象徴的存在であるビクトリア州の最高裁判所へ捧げられていることからも判る。

ある批評家は、本作が「ネガティブ・ケイパビリティ——英詩人ジョン・キーツが定義した、不確実なものや未解決のものを受容する能力——を達成して書かれている」と評した。この人間の不確実さ、心の闇を求めたクリエイティブ・ノンフィクションの傑作が本書であり、ガーナーはその後も法廷で人間性について

の取材を続け、傍聴記を月刊誌などに寄稿している。

＊＊＊

この作品のもう一つ重要な背景には、離別した親（往々にして元夫）が復讐として子どもを殺める事件がオーストラリアで続き、家庭内暴力の一形態としての子ども殺しが社会的に認知されるようになったことがある。本文中にも、孫を喪った祖母がその焼死に疑念を抱き作者に手紙を送ってきた場面が出てくる。親の手にかかって亡くなるというのは、子どもの側からすれば究極の児童虐待だ。オーストラリアでは本書刊行の前後に、復讐による子ども殺しが続き社会の注目を集めた。二〇〇九年には、元妻のもとにいた四歳の娘を交流面会の途中に橋から落として死なせた男の事件があった。また二〇一四年には、やはり交流面会中の息子を父親が殴打し刺殺するという事件が起こった。このとき一一歳の息子を喪ったローズィ・バティは、これは当局が父親の当時の素行問題を十分に母子に伝えず介入義務を怠ったせいで起きた事件であり、社会がもっと家庭内暴力の犠牲者、弱者の立場にいる女性や子どもに目を向けるべきだと訴えた。バティは家庭内暴力の生残者《サバイバー》として、公の場で社会の意識の変革と被害者の権利擁護を主唱する運動家となり、二〇一五年のオーストラリアン・オブ・ザ・イヤーに選ばれた。ガーナーはこのバティにも取材して、その人柄と事件が与えた影響についてエッセイを書いている。

このような時流のなかで『グリーフ』刊行後、ガーナーが事件と本書について語る機会が増えた。ある警察官の妻は、この種の事件の背景に何があるのか、本書を読んで警察関係者は知るべきだ、という手紙を寄こした。また、ガーナーの講演を聞きにきた児童虐待保護専門機関の人びとからは感謝の書状を受け取ったという。この問題については、日本でも妻や子どもを焼死させた事件、また面会交流中の娘との無理心中など、同様の事件が散見されている。本書で忘れてはならないのは、法廷で唯一語ることができなかった犠牲者の三人の子どもたちだろう。そしてこの物語には、亡くなった子どもたちを悼むガーナーの気持ちが溢れている。

本書には、そのガーナーが暴れる孫たちに激しい怒りを抱きそれが炸裂寸前になるシーンが出てくる。もしそういう瞬間的な怒りが、殺意が、行為に結びついたら——たとえどれほど愛していても、その一瞬ですべてが変わり、もう戻れないのだ。本書は人間の危うさ、脆さ、愛憎の境界の曖昧さ、複雑さを浮き彫りにする。本書が突き付けている人間の不確実さ、それぞれが秘めている心の闇への問いは開かれていて、私たちに考えを巡らせる余地を残している。

＊＊＊

本書の訳出に際しては、多くのかたにお世話になった。まず作者ガーナーさんにはその温かい励ましと協力に感謝の言葉もない。法廷という設定とそこで交わされる専門用語に慣れない訳者が、惑って次から次へと送り付ける質問のメールに対して、厭わず即座に返事を送ってくださった。メルボルンでお目にかかったときには、裁判や原著執筆のあいだ、そしてその後の興味深いさまざまなエピソードを聞かせてくださった。そして本書との出会いと邦訳のきっかけを与えてくださった現オーストラリア・ニュージーランド文学会会長の有満保江先生に深くお礼申し上げる。有満先生は訳稿に丁寧に目を通し適切なアドバイスをしてくださった。またオーストラリア在住の田村恵子さんには、作者に関するさまざまな有益な情報を送っていただいた。現代企画室の小倉裕介さんには、その法学の知識を生かして翻訳者がこれ以上望めないような編集をしていただいた。最後になるが、家族には訳者の仕事にいつも惜しみない支援と励ましを与えてくれることを改めて感謝したい。

加藤めぐみ

【著者紹介】

ヘレン・ガーナー（Helen Garner）

1942年、ビクトリア州ジロング生まれ。メルボルン大学を卒業後、高校教師の職に就く。1977年、小説『モンキーグリップ』で作家デビュー。若い高校教師のインナータウンにおけるボヘミアンな生活を描いた自伝的な要素をもつ小説で、賛否両論を呼ぶ。同作は1982年に映画化。現在では現代オーストラリア文学における古典的名作のひとつと数えられている。その後も、性と社会的関係、家族という制度の根源を問うテーマの作品を自らや周囲の経験をもとに発表しつづける。また、小説や脚本と並行してノンフィクション作品も多く手がけている。大学における性的嫌がらせ事件を扱った『セクシュアル・ハラスメント（原題：*The First Stone*）』（1995、邦訳2008）は当時のフェミニズム運動への批判的な態度を示し、高評価と同時に大きな非難にもさらされた。2014年に発表した『グリーフ（原題：*This House of Grief*）』はオーストラリアで知らぬ者はいない殺人事件の公判に取材し、その独自の視点が注目を浴びるとともにノンフィクション作品として到達した高い文学性が賞賛を集めた。2006年には第1回目となるメルボルン文学賞を、また2016年にはそのノンフィクション作品に対して国際ウィンダム・キャンベル賞を受賞している。

【訳者紹介】

加藤めぐみ（かとう・めぐみ）

津田塾大学文学研究科修了（文学修士）。ニューサウスウェールズ大学人文学部研究科修了（文学博士）。現在、明星大学人文学部福祉実践学科教授。専門は英語圏文学、オーストラリア地域研究。
主な著書に *Narrating the Other: Australian Literary Perceptions of Japan*（Monash University Press, 2008）、『オーストラリア文学にみる日本人像』（東京大学出版会、2013）、『海境を越える人びと —— 真珠とナマコとアラフラ海』（共著、コモンズ、2016）、『オーストラリア・ニュージーランド文学論集』（共著、彩流社、2017）、主な訳書にジェフリー・ブレイニー『オーストラリア歴史物語』（鎌田真弓と共訳、明石書店、2000）、アン＝マリー・ジョーデンス『希望　オーストラリアに来た難民と支援者の語り』（明石書店、2018）などがある。

This House of Grief: the story of a murder trial by Helen Garner
Masterpieces of Contemporary Australian Literature, vol. 6

グリーフ　ある殺人事件裁判の物語

発　行　2018年11月20日初版第1刷
定　価　2500円＋税
著　者　ヘレン・ガーナー
訳　者　加藤めぐみ
装　丁　塩澤文男（cutcloud）＋久保頼三郎（Ryan）
発行者　北川フラム
発行所　現代企画室
東京都渋谷区桜丘町15-8-204
Tel. 03-3461-5082 Fax 03-3461-5083
e-mail: gendai@jca.apc.org
http://www.jca.apc.org/gendai/
印刷所　中央精版印刷株式会社

カバー・表紙写真＝塩澤文男撮影
扉写真＝ビクトリア州最高裁判所外観、加藤めぐみ撮影

ISBN978-4-7738-1813-0 C0097 Y2500E

④ **闇の河**

ケイト・グレンヴィル＝著／一谷智子＝訳

新たな生を希求して「未開」の入植地に移り住んだ一家と、その地で永く生を営んできた先住民との邂逅。異文化との出会いと衝突、そして和解に至る過程で「記憶」はいかに語られるのか。多文化に開かれたアイデンティティを模索するオーストラリア社会に深い衝撃をもたらした現代の古典。

二五〇〇円

⑤ **ほら、死びとが、死びとが踊る**

ヌンガルの少年ボビーの物語

キム・スコット＝著／下楠昌哉＝訳

十九世紀前半の植民初期、「友好的なフロンティア」と呼ばれたオーストラリア西南部の海辺で、先住民と入植者の間に生まれた友情と対立の物語。生と死、人と鯨、文明と土着のあわいで紡がれた言葉、唄、踊り。アボリジニにルーツを持つ作家が、オーストラリア現代文学の新たな地平を切り拓く。

二五〇〇円

［オーストラリア現代文学関連書］

ダイヤモンド・ドッグ

《多文化を映す》現代オーストラリア短編小説集

ケイト・ダリアン＝スミス、有満保江＝編

世界に先がけて「多文化」を選んだオーストラリア社会は、どこへ向かっているのか。さまざまなルーツが織りかさなり多彩な表情を見せるオーストラリアの現在を読みとく、ニコラス・ジョーズ、エヴァ・サリス、デイヴィッド・マルーフ、ティム・ウィントン、サリー・モーガン、キム・スコットら、新世代を代表する作家十六人による短編小説集。

二四〇〇円

＊価格はすべて税抜表示です。